LO QUE TARDA EN MORIR UN IDIOTA

LO QUE
TARDA EN
MORIR
UN IDIOTA

LO QUE TARDA EN MORIR UN IDIOTA

J. M. Aguilar

SUMA
de letras

© 2009, José Manuel Aguilar Cuenca
© De esta edición: 2009, Santillana Ediciones Generales, S. L.
Torrelaguna, 60. 28043 Madrid
Teléfono 91 744 90 60
Telefax 91 744 92 24
www.sumadeletras.com

Diseño de cubierta: OpalWorks

Primera edición: mayo de 2009

ISBN: 978-84-8365-081-3
Depósito legal: M-6916-2009
Impreso en España por Unigraf, S. L. (Móstoles, Madrid)
Printed in Spain

A los sueños,
que dan cuerda a la vida.

Capítulo

I

El edificio de oficinas del número tres de la plaza de San Miguel se compone de tres plantas. Como vértebras que lo articulan, en cada una hay un largo pasillo blanco, iluminado por fluorescentes dispuestos cada dos metros. Pasillos largos de más de veinte metros sin ventanas, apenas quebrados por las escaleras que los comunican con el mundo exterior, que cruzan de parte a parte el edificio. Pasillos estrechos cuyo albor únicamente es roto por las puertas de una clínica dental, dos escuelas de idiomas, una gestoría y seis despachos de abogados.

Durante todo el año la escalera huele a cloro. El olor asciende desde la piscina del sótano e inunda los pulmones de los vecinos, con los que rara vez te cruzas. Sólo tus pasos y su eco. Únicamente la luz blanca que rebota en la blanca pared y el suelo blanco, devolviendo la claridad sin merma al aire que lo llena todo. Luz que ausenta sombras, que se derrama por igual, inerte en un mundo en continuo cambio.

En esta soledad, un fuerte golpe es algo que hace que todo el edificio se gire sobre sí mismo, como un atleta inquieto por un chasquido en una de sus articulaciones. Un fuerte golpe que abre una de aquellas puertas, al fondo del pasillo, por la que un hombre sale corriendo, con las manos agarrándose el vientre. El hombre sangra por una herida que no deja ver, en un esfuerzo vano para que no estalle contra la pared y rompa la pátina inmaculada de aquel lugar.

Sin ruido, el herido vuelve la cabeza, nadie a sus espaldas, y prosigue de inmediato su huida. Al llegar al recodo, ya jadeante, las fuerzas le abandonan y dobla una rodilla. Por un segundo queda quieto, con la mirada en el suelo. Busca aire, mientras su rostro se contrae por el dolor. Su ojo izquierdo comienza a cerrarse y de una pequeña brecha en la sien fluye un hilillo rojo que ya ha comenzado a coagularse. Unos segundos de tranquilidad tras el infierno que acaba de soportar. Unos metros de distancia. Mira hacia atrás. Nadie le sigue. Las escaleras frente a él le llevarán a la calle. Allí podrá pedir ayuda.

Empieza a levantarse con dificultad, pero un sonido al fondo le espolea, aportándole energías renovadas para proseguir la marcha. En tres pasos dobla la esquina, mira las escaleras por un instante, y comienza a bajar a trompicones. Al apartarse deja ver la silueta grande y silenciosa de un desconocido que ha surgido del final del corredor. El hombre observa con parsimonia el reguero de sangre que deja su víctima. Es de color rojo oscuro, por lo que sabe que no cuenta con más de diez minutos si quiere volver a preguntarle. Levanta la mirada y deja ver las salpicaduras de sangre en su rostro. De las escaleras le llega el ruido que delata que su presa ha trastabillado. Con paso ágil y silencioso inicia la persecución, cuidando de no pisar ningún resto. En diez zancadas llega al arranque de la escalera. Su zigzag le permite ver los dos pisos que cubre hasta el vestíbulo. Un piso más abajo su víctima comienza a incorporarse de nuevo. En ese momento sus miradas se cruzan. Cada uno de ellos sabe qué piensa el otro.

El hombre herido reinicia su huida. Al llegar al vestíbulo el olor del cloro es agobiante, pero en esta ocasión sus sentidos no reparan en ello. Huye hacia la calle, buscando una figura que le pueda prestar ayuda. Al apoyarse en el quicio de la puerta la madera gruñe bajo su peso. Toma aire con dificultad una vez más y murmura una blasfemia. Sus manos se escurren sobre la camisa, como si estrujaran una bayeta empapada y jabonosa, haciendo inútil su intento de retener la vida que se le escapa en cada latido.

Al alcanzar la plaza siente el calor del mediodía. Un coche pasa oculto por un edificio a su derecha. Frente a él, la iglesia de San Miguel le devuelve el ocre remozado de su mirada. En cinco pasos más llega al centro del pequeño espacio, junto a una fuente cubierta de pintadas. Únicamente el sonido del agua rompe el silencio somnoliento de la siesta. Todas las puertas están cerradas. Con terror escucha de nuevo el gruñido de la puerta que acaba de superar. Con terror siente que sus rodillas ya no pueden más. Con terror mira, una vez más, en derredor, y comprueba que hace ya muchos años que le abandonó la suerte.

El cazador se detiene en el umbral del edificio y apoya su cuerpo sobre el portón de madera. En la mano izquierda, semioculto por la manga del traje una talla mayor, asoma un cuchillo de caza. Con calma, repasa las ventanas de los edificios que forman aquel lugar. Todo está en silencio. A su derecha, el rumor de coches ocasionales, más allá del edificio que oculta la vista de la calle contigua. El resto, postigos cerrados y persianas bajadas, barreras frente a la luz del mediodía del sur. Su quehacer acaba de derrumbarse junto a la pequeña fuente de la que bebió antes de subir. Un rayo de inquietud y prisa le atraviesa sin oposición. Aún no ha logrado lo que deseaba, aquello por lo que ha viajado tan lejos, lo que tantas noches adelantó y ahora está tan cerca.

La sacristía de la iglesia de San Miguel es una estancia oscura, de techos altos, cuya única decoración es la inmensa cómoda, donde se guarda la vestidura talar del sacerdote, y un lienzo oscurecido. Construida a finales del siglo XVI sobre los restos de una mezquita, el edificio aún conserva un arco de herradura en su cara suroeste. Aunque toda la construcción guarda el frescor gracias a los muros de más de un metro de ancho, aquella estancia es el lugar más agradable cuando el calor hace incómodo cualquier otro asiento. Doña Encarnación Jiménez Arjona lo sabía, por eso cada mediodía, desde un tiempo inmemorial, se sienta allí, sobre su cómoda silla de enea, cerca del ventanuco estrecho y oscuro que se abre a la plaza. Allí gasta las horas, incapaz de echar la siesta, golpeándose el pecho con su abanico de madera calada.

Encarnita, como era conocida por todos, había pasado toda su vida en la nada. Casada joven, como era costumbre en su juventud, pronto entendió cuál era su papel al lado de aquel buen hombre que tanto la quiso pero al que fue incapaz de dar un hijo. Entendió, sin que nadie se lo tuviera que decir, cuáles eran sus obligaciones, cuándo tenía que guardar silencio y en qué momento podía pedir sin que las otras mujeres la criticaran y su marido le repitiera que había que guardar la apariencias, que ya era bastante lo que él tenía que soportar con sus amigos y vecinos como para que ella echara más leña al fuego. Encarnita había pasado de puntillas, con los pies envueltos en una gamuza, por los salones de las conveniencias, los pasillos del placer y los tálamos del deseo. Sería por eso, pensó aquella tarde, que le gustaba tanto aquel lugar donde podía mirar sin ser vista.

Durante toda su vida había ocupado la sobremesa mirando. Ni cuando era niña, allá por los años cuarenta, había logrado pegar ojo a poco que el sol se encontrara por encima del horizonte. Y así, con tranquilidad, aprendió a esperar a que el resto del mundo volviera a la vida, a entretenerse con cualquier gato que cruzaba o brisa que rompiera el cielo; todo ello sin que el ritmo de su abanico cejara en su empeño. Pero aquel día, por primera vez en su larga vida, la siesta fue distinta. Aquel día contempló algo que jamás olvidaría, por más años de vejez que le restaran.

Nada más ver la primera figura supo que algo extraño estaba ocurriendo. No había visto a nadie andar de esa manera en todos los años de su vida. Casi se arrastraba, como con desgana, aclaró más tarde a varias vecinas en su calle. Y, sin embargo, no fue eso lo que logró detener el golpeteo de su abanico. Una segunda figura, surgida de la oscuridad y el silencio, la hizo estremecer. Era un hombre joven, delgado pero fuerte, con la tez morena como la de un agricultor curtido al aire libre. Un hombre recio, de una vez, que quedó por un instante mirando al primero, dejó caer la cabeza sobre su hombro derecho, y finalmente fue hacia él.

Encarnita, oculta por la oscuridad de la habitación, adelantó el cuerpo sin darse cuenta. Rígida, asustada y curiosa. El desnivel de aquel lugar hacía que el ventanuco de la sacristía estuviera más alto que el resto de la plaza, por lo que contemplaba sin esfuerzo todo el altozano. El joven alcanzó en tres zancadas al que corría, comentó en su declaración ante la Policía Nacional. Estaba allí y al momento estaba al lado del que había salido primero. Entonces pasó lo que en las dos semanas siguientes no se hartó de repetir a todo aquel que la quisiera escuchar. El joven se inclinó sobre su víctima y, agarrándola del cabello, la arrastró de nuevo hacia el portal.

El único paisaje que dejaba ver la ventana de la habitación de los vis a vis era la alta pared del módulo de servicios múltiples, más allá de la reja verde oscura que cerraba cada vano de aquel complejo carcelario. Con desgana contempló los seis sillones de escay negro. Arrinconada, una mesa baja completaba todo el mobiliario.

Diez minutos antes, el golpe seco de la puerta metálica, seguido de otro más agudo proveniente del cerrojo exterior, le había anunciado su aislamiento. Diez minutos y ya había agotado mentalmente todas las combinaciones posibles que una pareja de amantes podía intentar con aquel ajuar. Inclinándose para poder ver más allá del muro, contempló el patio que había cruzado para llegar a aquel lugar. Había tenido que dejar su teléfono móvil y todo el material de grabación en el control de entrada, después de identificarse y extender frente al funcionario el permiso concedido por la subdirección del centro para poder estar allí. A mitad de camino, un nuevo control, un patio más

LO QUE TARDA EN MORIR UN IDIOTA

amplio y finalmente aquel edificio. Toda la planta baja estaba ocupada por cabinas en las que las visitas podían encontrarse con los presos. Un cristal de seguridad entre un mundo y otro. En la planta superior, las salas del vis a vis.

Con parsimonia volvió a su maletín. Había traído dos pruebas para evaluar la personalidad de aquel sujeto y una escala que mediría la presencia de depresión. Los resultados toxicológicos demostraban claramente que los ocho meses de prisión preventiva habían hecho desaparecer cualquier resto de cocaína y MDMA del cuerpo de su cliente. Esto, aunque pudiera parecer normal al ciudadano corriente, no era tan frecuente como se creía. En la cárcel era muy habitual el tráfico de sustancias. Muchos presos tenían montado su pequeño negocio, sin que los funcionarios pudieran impedirlo. Todo bajo las estrellas tiene un orden, se sonrió, sintiendo que el sarcasmo le emponzoñaba el humor cada día más.

Diez minutos más y aún el pasillo, más allá de aquel lienzo metálico, permanecía en silencio. Su cliente llevaba encerrado ocho meses. Hizo la cuenta mentalmente. Doscientos cuarenta y cuatro días. Cinco mil ochocientas cincuenta y seis horas. Treinta y cinco mil ciento treinta y seis espacios de diez minutos como el que acababa de sufrir. No era de extrañar que se hubiera matriculado en un curso de acceso a la universidad, inscrito como ayudante de jardinero y ahora aspirase a convertirse en monitor de dibujo para los presos de su módulo. Manuel Artacho Henz, psicólogo al que la defensa legal del interno había encargado su peritaje para el juicio, se preguntó cómo pasaría él el tiempo si se encontrara en la situación de aquel desgraciado. Aunque para cualquiera aquella idea fuera descabellada, los años de profesión en los tribunales habían comenzado a construirle un sentido de la vida sutil, en el que cualquier acontecimiento cabía en cualquier momento si las circunstancias eran las propicias. Había contemplado cómo muchas mujeres hermosas e inteligentes se veían abocadas a arruinar su vida casi sin darse cuenta. Cómo hombres orgullosos y dispuestos cometían una equivocación que echaba por tierra todo un camino de sabias decisiones. Incluso había comprobado, con la frialdad del perito que contempla la vida de los sujetos que debe evaluar diseccionada en autos, informes, sentencias y requerimientos sobre su mesa, cómo muchos de ellos tuvieron un papel imprescindible para llegar a su propia inmolación. La idea de encontrarse entre ellos algún día no era, ni mucho menos, descabellada. Estos pensamientos se fueron acumulando en su mente, hasta que el torbellino alcanzó la velocidad del ansia. El precio de la imaginación siempre es el miedo. Con un gesto de dolor en el rostro volvió a su maletín y maldijo entre dientes la tardanza.

Ese día iba a aplicar el primer cuestionario de personalidad al presunto homicida, con intención de completar el informe pericial que estaba preparando para su abogado. El MMPI es una de las pruebas más usadas en el mundo para lograr un perfil de personalidad del sujeto de interés. Consta de quinientas sesenta y siete preguntas en las que hay que contestar si se está de acuerdo o en desacuerdo con afirmaciones del tipo «a menudo oigo voces sin saber de dónde vienen» o «merezco un severo castigo por mis pecados». Junto con el Inventario Clínico Multiaxial de Millon, era la prueba que más utilizaba para elaborar el perfil de personalidad de sus pacientes. Con ello podría defender, frente a un tribunal, la existencia de una patología psicológica que hubiera venido a alterar significativamente la capacidad de razonamiento del sujeto o a refutar un argumento incriminatorio de la acusación. Con ello y con la insustituible habilidad del evaluador en la entrevista personal. Los años de profesión le habían convencido de que jamás una prueba psicométrica alcanzaría la agudeza de una penetrante y entrenada capacidad de escucha y empatía humana.

Cuando un investigador se enfrenta a un asesinato, lo primero que busca instintivamente es un motivo, un elemento que dé sentido, porqué o causa a aquel despilfarro de vida y violencia. No importa la razón que persiga, el lugar en el que la ubica o el valor que pudiera tener. La lógica de la vida plantea que aquello que contempla tiene un principio y un fin, tiene un sentido y con ello un objeto. La mayor parte de las investigaciones jamás llegan a plantearse el origen, la justificación o la culpa. Eso queda para los psicólogos, a los que los abogados de la defensa pedirán que profundicen, que se sumerjan en el charco de vísceras que forman el pasado del sujeto, con intención de buscar un resquicio que permita la absolución de su cliente, o pudiera ser considerado un eximente. En ocasiones, un antropólogo social, un médico inquieto o un periodista avispado pretenden llegar más allá e indagan en el pasado del homicida, el pederasta o la envenenadora. Pero no mucho más. Ninguna sociedad se toma el verdadero trabajo de auscultar sus entrañas más allá de lo imprescindible, de aquello que otorgue consuelo a todos y les permita volver a conciliar el sueño. Nadie hace demasiadas preguntas. Ninguno se plantea qué estamos haciendo mal. Incluso, en alguna ocasión, esa misma sociedad se deleita en el goce de la contemplación más sangrienta, convertida ya en espectáculo sin freno.

La situación cambia cuando nada parece responder al origen supuesto, la razón lógica o bizarra, el sentido de las cosas. Es entonces cuando el absurdo llena el escenario en donde el cuerpo de un hombre se desparrama sin vida sobre el asfalto. Los investigadores se miran unos a otros, respondiendo sin palabras a las preguntas de siempre. No existe robo, ni agresión sexual, no hay signos de lucha, ni constan enemigos o deudas inconfesables. Nada justificaba que aquel cuerpo estuviera allí tirado, con el cráneo fracturado y la cara hinchada por los golpes. No había razón para que aquella mañana todos estuvieran congregados a su alrededor, en medio de una calle estrecha de un pueblo perdido en el valle del Guadalquivir. Y, sin embargo, aquel cadáver es tan real como el calor que aplasta sus cabezas, como la urgencia de una familia que pide explicaciones al otro lado de la línea marcada por la Guardia Civil en torno suyo. Seguramente Rousseau murió plácidamente en su cama, rodeado de sus hijos y amigos. Caliente y contrito. Seguramente jamás conoció el nombre casi olvidado de aquel lugar.

El ruido de la cerradura a su espalda le devolvió a la realidad. Su joven paciente, vestido con un impecable chándal y zapatillas de deporte, entró en la habitación con el semblante serio. Manuel suspiró, forzó una sonrisa y le tendió la mano. En su cabeza, el cuerpo destrozado de un ser humano se descomponía varios metros bajo tierra, dando fin sin sentido a una vida que se peleó por buscar un hueco en este mundo.

Capítulo
III

Al cabo de tres horas de evaluación, Manuel volvió a la ciudad. Estaba cansado y apenas si tenía tiempo de comprar algo para el almuerzo. Como era su costumbre en esas ocasiones, se encaminó a la calle Obispo Ramos, aún conocida por muchos como Dormitorio. En aquel lugar, muy cerca de la fuente ordenada construir por Carlos V que todo el mundo conocía como la Piedra Escrita, se encontraban las mejores tiendas de verduras y frutas de todo el barrio de San Agustín. Soledad atendía su puesto con la sonrisa de todos los días.

—¡Demasiado calor para llevar un traje como ése!

—Es que vengo de una boda —le respondió Manuel sin interés.

—¡Seguro que sí! —contestó con sorna—. ¿Qué te pongo?

—¡No tengo ni idea de qué hacer!

—Tengo unas berenjenas que son un pecado. —Soledad gustaba de hacer todo tipo de bromas con sus clientes habituales.

—No sé. ¿Qué tal esos cardos?

—Fresquísimos. Tócalos, duros y gordos. ¡Podrías hacerlos con almejas!

—Sí, eso me convence más —asintió Manuel con todo el cuerpo.

—O con bacalao. —La voz surgió a su espalda. Cuando se giró encontró el breve talle de Consuelo, una vecina con la que había coincidido en varias ocasiones.

—¿Con bacalao? —le preguntó Soledad tras el mostrador.

—Coges media cebolla y la picas muy menudita. La rehogas a fuego lento hasta que coja color. Los trozos de bacalao los enharinas y los doras por ambos lados sobre la cebolla. Muy poquito. ¡Vamos, vuelta y vuelta!

—¡Eso pinta bien! Sigue, por favor —insistió la dependienta. Manuel guardaba silencio, muy interesado en aquella explicación.

—Le añades perejil picadito y un vaso de vino blanco y otro de agua —prosiguió la anciana.

—¿No le echo sal? —inquirió Manuel.

—¡No, aprovecha el salado del bacalao!

—¡Sigue, por favor! —achuchó Soledad.

—Añades el resto de los ingredientes, cardos y almejas, y lo dejas a fuego lento durante diez minutos.

—¿A fuego lento? —precisó él.

—¡Y la olla tapada! —aclaró la mujer, con los ojos muy abiertos y asintiendo con la cabeza para dar más fuerza a su aserto—. De vez en cuando mueve la olla por las asas, pero no toques el bacalao para que no se deshaga.

—¿Cuándo sabré que está hecho? —terminó Manuel.

—Fíjate en la salsa —sentenció Consuelo—. Cuando veas que la salsa ya está trabada el plato estará listo.

Manuel asintió con rostro serio. Consuelo peinaba los setenta años y le encantaba vestir con colores muy fuertes y totalmente descoordinados. De su cuello siempre colgaba una cadena de oro que nunca era la misma. Cuando la conoció, pensó que tenía una gran necesidad de llamar la atención, pero con el tiempo había comprendido que estaba totalmente equivocado. Su voz era dulce y los comentarios que hacía mientras esperaban en las tiendas en donde se cruzaban le llamaron mucho la atención. Daba argumentos convincentes ante cualquier tema de actualidad, razonando, con la serenidad y la distancia que únicamente otorgan los años, ante un público mucho más joven que ella que, por un momento en el día, apartaba su prisa para escucharla.

—Si ves que está demasiado líquida espésala con un poquito de harina.

—¡Soledad, necesito perejil, cebollas y cardos! —concretó con seguridad el forense; cuando tuvo todo en su bolsa se despidió con un sonrisa—. Mañana os cuento cómo me ha salido.

Al salir volvió una vez más su mirada al rostro de aquella mujer. La historia de una vida escrita en sus arrugas. Al darse cuenta, ella le sonrió coqueta e inclinó la cabeza.

Tras pasar por la pescadería, encaró el camino de regreso, cargado con las bolsas. Manuel vivía en una casa de tres plantas en medio del barrio de San Agustín, una parroquia intramuros de la vieja ciudad. Las calles en aquel lugar son un infierno para los coches y un placer para el paseante acalorado. El trazado sinuoso y la angostura de sus dimensiones proporcionan siempre una sombra en la que cobijarse en los frecuentes días de calor, pero en muchas ocasiones no permite la circulación de los vehículos. Lo que para muchos era una incomodidad, para Manuel era todo un alivio.

La cocina se encontraba al fondo de la planta baja, iluminada por un pequeño patio privado en el que desayunaba, rodeado de plantas, cuando sus compromisos le dejaban tiempo para averiguar a qué sabía el café. La estancia era espaciosa, y en sus armarios y cajones se podían encontrar todos los artefactos que un enamorado de la cocina hubiera pensado jamás necesitar. Remangado, comenzó a organizar las viandas sobre la encimera de silestone azul. Del portacuchillos asomaba una colección de hojas de acero de Sheffield con el mango del mismo color. En el equipo del salón sonaba música electrónica. En veinte minutos todo estuvo preparado para dar buena cuenta de ello y tener algo nuevo que contar al día siguiente.

Tenía que trabajar por la tarde, pero en cuanto probó el primer bocado apartó el vaso de agua y se sirvió un Paternina blanco que llevaba un par de semanas esperando ese momento. Mientras devoraba aquel sencillo placer, asintiendo en cada porción el buen juicio de aquella anciana, comenzó a releer una revista de cocina. Dedicaba un reportaje a la Thermomix. Durante un buen rato volvió a repasar las alabanzas que la autora le otorgaba, pero, una vez más, llegó al final sin que le convenciera. Había probado paté, alubias, cordero, incluso algún que otro postre hecho con aquella máquina, pero no terminaba de gustarle la idea. Sin lugar a dudas, era un clásico en esto de las cacerolas.

—Con algo más de treinta años y ya pareces un viejo echando pestes de las máquinas modernas. —Su voz resonó en la cocina vacía. Se sonrió ante aquel comportamiento—. ¡Y encima hablas solo! ¡Vas a tener que ir al psicólogo como sigas así!

Con un expreso rebosante de crema en la mano, subió a la última planta. Una gran mesa de madera ocupaba gran parte de la habitación abuhardillada. Sacó la carpeta de la evaluación de la mañana y comenzó a revisar las respuestas.

Aunque disponía de un programa de ordenador que le daría todos los resultados en menos de un minuto, siempre le gustaba detenerse en las respuestas individuales que el sujeto daba a aquella batería de preguntas. En unos minutos apartó la mirada de aquellas hojas y volvió al atestado de la Guardia Civil. Tenía marcadas las hojas en donde se podían leer los resultados de la autopsia de la víctima y los resultados toxicológicos del imputado. Cogió un cigarrillo de un paquete, escondido en un cajón de su mesa de trabajo, y repasó las fotografías del cadáver. Su paciente se había empleado a fondo con el cráneo de la víctima. Seguramente habían caído en el forcejeo inicial y él le habría agarrado la cabeza, golpeándola repetidamente contra el suelo. El patólogo había certificado lesiones enfrentadas en la zona frontal y occipital del hombre. Le habían arrancado varios mechones a ambos lados del cráneo, detrás de las orejas.

Cerró con rabia la carpeta, perdiendo la mirada en los tejados que se divisaban por el gran ventanal que ocupaba un tercio de las paredes de aquella habitación. El cielo gris azulado dejaba ver la sierra al norte. Las nubes pasarían sobre ella dejando de nuevo sin alivio la tierra sedienta. Se había instalado allí hacía más de dos años; vivir en una casa como aquélla había sido su sueño, y ahora sólo podía pensar en lo inútil que comenzaba a ser todo. Nada parecía tener suficiente sentido o valor para esforzarse, para apostar, dar la vida o, al menos, intentarlo. Nada, si todo podía acabar como había acabado aquel hombre a manos de su asesino. Sin razón, sin causa, sin una excusa, si es que en algún lugar del mundo había causa suficiente que justificara el asesinato de un inocente, un paseante que cruzó su camino con alguien que no sabía qué hacer con su tiempo libre sin meterse por la nariz todo lo que estaba a su alcance.

Dejó la taza sobre el expediente y encendió el ordenador portátil con el que trabajaba en casa. Buscó la carpeta de fotografías y le dio a la función de diapositivas. Una sucesión de impresiones digitales de una playa ocuparon la pantalla. Las había hecho hacía unas semanas en Bolonia, en un viaje de fin de semana con Marta. Hace algunos años, en uno de sus primeros viajes a aquel lugar, descubrió un árbol que le llamó la atención. Sus hojas eran pequeñas pero de un intenso rojo. Había estado bebiendo durante toda la noche y parte de la mañana, y tardó varios segundos en darse cuenta, con gran sorpresa, de que aquel árbol era una flor de pascua. De no ser por aquel día, jamás en su vida habría reparado en que aquellas pequeñas macetas que tanto se regalaban en Navidad podían alcanzar aquel porte. Enseguida decidió que aquél sería el lugar en el que se instalaría después de jubilarse. Si esa planta, que en la ciudad apenas si llegaba viva a finales de enero, había logrado ser un árbol en aquel lugar, qué no conseguiría él.

Una llamada en su teléfono móvil le obligó a abandonar sus deseos. Al otro lado, Rafi Arias aguantaba las ganas de sollozar.

—Perdone que le moleste a estas horas —comenzó a decir—, pero acaba de despertarse y ha preguntado por usted.

—Rafi... —Iba a recordarle una vez más que le tuteara, pero comprendió que era inútil—. ¿Está lúcido?

—Más o menos. Le han puesto morfina y anoche, como no podía dormir, Percodal.

—Estoy en mi casa. Tardaré unos cuarenta minutos en llegar.

—Muchas gracias, doctor, muchas gracias —agradeció en un susurro.

Durante unos instantes se quedó mirando el vacío. Aquella anciana era la madre de Marcelo Schwob, un paciente con el que había trabajado los tres últimos años. Había sido diagnosticado de trastorno paranoide de la personalidad por el psiquiatra que le atendió en la Seguridad Social y, aunque el patrón de comportamiento típico de estos enfermos es la suspicacia hacia todos los que le rodean, habían llegado a establecer una relación de respeto tal que él se había convertido en su único lazo con el mundo que le rodeaba.

Capítulo
IV

Llamó a un taxi. Lo esperó taciturno en la puerta de su casa, balanceando su maletín, con la mirada en el cielo curvo. Manuel había nacido en una gran ciudad, de la que huyó en cuanto tuvo excusa. De cara redonda y mirada afilada, en su primera juventud anduvo entretenido con una morena de caderas anchas y ojos pequeños que le regaló con placer y frases, hasta que ambos decidieron que había llegado el momento de cambiar el color de las paredes. Desde ese día había trasteado aquí y allí, sin convicción y algo de prisa, mientras los asuntos de su despacho le iban consumiendo cada vez más el empeño, llenando ese hueco que quedaba cuando llegaba a casa y le contestaba la cama que quedó sin hacer por la mañana. En silencio, su cada vez mayor prestigio profesional había sido la metadona que le permitía seguir adelante, sin temblores ni delirios, ante la abstinencia de caricias y sonrisas en el amanecer. Aunque había tenido rachas de frenesí misántropo, a las que sucedieron épocas de empeño seductor o sexo sin resuello, en aquellos instantes su alma andaba en calma chicha, permitiendo que la lucidez de su ingenio no se viera nublada por asuntos terrenos. De todas ellas había concluido que todo acaba, pero era suficientemente inteligente para evitar dejarse caer en la reflexión de lo vacío y hueco que siempre resulta el transcurrir por la vida. Convencido de la condena a la que estaba atado, le gustaba hacer bien su trabajo como justificación última para no abandonar todo y marchar sin dejar señas.

Una mañana de septiembre bendijo su suerte por haber decidido salir a pasear. El cielo despejado y el mucho tiempo libre hizo que se cruzara con un amigo. A su lado paseaba una mujer pequeña, de ojos de gata, a la que se quedó mirando sin disimulo, mientras su amigo no paraba de hablar de asuntos que no le importaban. Al día siguiente, sin apenas haber podido retenerse tras una noche que gastó en repetir su nombre, se presentó en su despacho para invitarla a tomar un café. Aquella misma noche hicieron el amor. Lo que le acababa de ocurrir era algo totalmente nuevo para él. Sus anteriores parejas le habían atraído por su mezcla de caricias, dulzura e inteligencia. Lo que en ella descubrió estaba más cerca de la posesión y lo oscuro. Durante días se entregaron a sus respectivos cuerpos, sin hablar, sin apenas mirarse sino para encontrar los labios del otro. Manuel miró al final de la calle. Luego al suelo. Ahora nada quedaba de aquello, gastado como una caja de cerillas que, sin haber tomado la precaución de haber cerrado, prende de golpe, con una luz tan intensa como breve.

Al bajarse del taxi inspiró hondo, con la intención de liberar el pesar sobre sus hombros. Si una enfermedad mental es devastadora en cualquier situación familiar, cuando ésta está jalonada de eminencias de la Medicina, la situación se vuelve calamitosa. Marcelo tenía esa carga añadida a su sufrimiento. Su padre se había negado siempre a reconocer la demencia del que iba a ser el continuador de una estirpe sin parangón en la Medicina. Hasta su muerte tuvo que soportar las miradas condescendientes de sus hermanos, todos médicos como él, que le recordaban la imperfección de su vida, única mancha tras casi cincuenta años de inmaculado ejercicio ininterrumpido. Ahora su hijo yacía en la cama del hospital en donde el padre había dejado sus mejores horas, enfermo de cáncer, y extrañamente lúcido.

Al llegar a la habitación, la anciana le sonrió por todo saludo y les dejó a solas, saliendo sin ruido. Los monitores indicaban las constantes vitales del enfermo que, medio incorporado sobre grandes almohadones, parecía dormido.

—¿Sigues escuchando nuestras cintas?

—¡Por supuesto! ¡Hay tanto que aprender! —le contestó con una sonrisa—. No sabía si estabas dormido. ¿Duele mucho?

—¡Eso siempre me gustó! —Marcelo abrió el ojo derecho y esbozó una sonrisa pícara—. Nunca nos hemos hecho preguntas retóricas, de esas que la gente hace para quedar bien. Siempre al grano. —Inclinó la cabeza en dirección al gotero de su izquierda—. Eso de ahí me tiene medio colocado. ¿Te imaginas lo que diría mi padre si me viera? —Intentó impostar la voz—: ¡Sabía que eras un yonqui!

—A lo mejor así hubiera encontrado una razón lógica a tu enfermedad y te hubiera dejado en paz.

—No lo creo. Hay sujetos a los que se les debería permitir tener a sus hijos en un laboratorio. Yo nací imperfecto. Si hubiera nacido en una probeta no habría tenido más que tirarme por el desagüe. —Se detuvo un instante para tomar aire—. Todos nos habríamos ahorrado muchos sufrimientos.

—Supongo que si así fuera no se pasarían la vida jodiéndoles, pero yo me habría quedado sin mi magnífica colección de cintas —respondió sonriente.

Los individuos aquejados de trastorno paranoide dan por sentado que los demás se van a aprovechar de ellos, les están engañando o pretenden hacerles daño, aunque no tengan prueba alguna que apoye sus recelos. Con cualquier excusa elaboran suficientes argumentos para sospechar que los demás están urdiendo algún complot en su contra y que pueden ser atacados en cualquier momento, de improviso y sin razón aparente. En cualquier detalle, observación o gesto inocente descubren significados ocultos que son degradantes o amenazantes para ellos, agresiones que únicamente ellos llegan a entender. Consciente de que la medicación únicamente controlaría el comportamiento de su hijo, el doctor Marcelo Schwob apareció en su despacho para pedirle, una mañana de primavera de hacía tres años, que fuera el terapeuta de su hijo. Una visita lacónica y llena de frustración de un hombre que sentía que, con aquello, descendía al nivel que cada día contemplaba en los rostros de sus pacientes.

—¿Qué harás con ellas cuando me muera? —le preguntó el enfermo.

—Si las conservo, nunca morirás. Somos hasta que desaparece el último que nos recuerde.

Marcelo asintió.

—¿Crees que mi vida ha sido inútil?

—¡No lo creo! Has llenado de alegría la vida de tu madre. Incluso hubo una época en la que hiciste feliz a tu padre.

—¡Pero no voy a dejar nada! Tú has escrito esos libros que no hay Dios que entienda. Has ayudado a decenas de personas. Pero yo...

—Una vida no tiene más sentido si está más o menos llena. —Manuel acercó una silla—. Le da sentido el mero hecho de cómo se ha vivido.

—¡Siempre aciertas! Lo que demuestra una vez más que mi padre era un cabrón con mucha suerte. ¡Él te eligió! ¿Recuerdas?

—¡Perfectamente! Recuerdo cada uno de los diez minutos que estuvo en mi despacho como si hubiera sido esta mañana.

—Debió de sufrir una gran humillación en esa situación. ¿En qué estás liado ahora?

Manuel dudó en contestar. Era conocido por ser un profesional sumamente discreto con los asuntos que pasaban por sus manos. Cientos de confesiones de alcoba, infidelidades, deseos insatisfechos y miedos disfrazados cruzaban su memoria sin detenerse. Formaba parte de su trabajo. Pero aquél era el lecho de un moribundo y el mundo quedaba a mil kilómetros de allí.

—A finales del mes pasado un hombre mató a otro que paseaba por la cuneta de una carretera secundaria de un pueblo, al sur de la provincia. Estaba drogado. —Se detuvo un segundo y aclaró—: Muy drogado. Cocaína, éxtasis y alcohol. Se cruzaron y... tal vez discutieron por cualquier tontería, no lo sabemos, el caso es que el joven mató a golpes al primero.

—¿Sin razón alguna?

—Sin razón, sin intención. Se cruzaron. ¡Eso es todo!

—¡Ésa fue la razón!

Manuel le miró con incredulidad.

—¿Cruzarse?

—¡No confundas razón con intención! —aclaró el moribundo—. La mayor parte de la gente con la que tratas a lo largo de tu vida actúa como artilleros sordos en la oscuridad, sin objetivo fijo. Disparan en una dirección, pero sin poder concretar qué les mueve cada mañana cuando deciden ir por un camino u otro, llegar a la noche y acostarse con la pareja por la que hace años no sienten nada, mientras miran embobados a hurtadillas al compañero de oficina o las infinitas piernas de la jefa. —Durante un minuto quedaron en silencio, observando por la ventana las nubes blancas y rechonchas.

—¡Tal vez tengas razón! —rompió Manuel.

—¡Por cierto! Si sigues contándome historias como ésa, al final me va a parecer cojonudo estar a punto de morirme de cáncer. —Ambos se rieron con voz queda.

—Todo esto me tiene muy cansado.

—¡No puedes decaer! Tu trabajo es básico para mucha gente. Sabes que no existen muchos profesionales tan comprometidos como tú.

—Esos argumentos comienzan a no convencerme. Todos los días asisto a muchos actos totalmente gratuitos que no ocasionan más que dolor.

—Entonces es cuando debes escuchar una de nuestras cintas.

—¡Entonces! —dijo Manuel, asintiendo con la cabeza.

La puerta de la habitación se abrió. Una enfermera les pidió que se fueran despidiendo.

—Sin embargo, ¡nada justifica la muerte de un ser humano! —afirmó Manuel, acercándose a la cabecera de la cama del enfermo—. La televisión y el cine nos venden el asesinato como una de las bellas artes.

Marcelo volvió la mirada al psicólogo, detenido sobre sus últimas palabras.

—Hoy en día los asesinos son elegantes tipos que seducen a mujeres con una sonrisa —contestó Marcelo, señalando el televisor—, mientras con la mano libre acarician el último deportivo que han comprado con el fruto de sus actos.

—La realidad es otra.

—Tipos inmundos que se consideran víctimas de la sociedad —apostilló Marcelo.

—No saben nada de alta cocina. Ni hablan correctamente cinco idiomas.

—Apenas suelen dominar el propio —bromeó el paciente.

—Les mueve la codicia, el rencor o la venganza. Tienen cuentas que ellos consideran que la sociedad les debe ajustar.

—Agravios imaginarios o reales.

—Que ajustan con los más débiles e inocentes. ¿Sabías que en Estados Unidos los niños juegan con cromos de asesinos? —le preguntó Manuel.

—¡La extraña fascinación del hombre por la violencia!

—¡Son niños! ¿Cómo se les ocurre?

—¡Últimamente no has visto mucho la televisión! —le sonrió Marcelo—. ¿Verdad?

—De cualquier manera. Debe haber un límite.

—¿Y quién lo impone?

—¡El sentido común! —respondió Manuel. Guardó silencio por unos instantes e inspiró hondo—. La mayor parte de ellos, cuando son descubiertos, se entregan a la policía sin oponer la más mínima resistencia.

—¡Dos días! —Manuel miró inquisitivo a su paciente. Tras sonreírle, Marcelo accedió a aclarar sus palabras—: Dos días es lo que debes aguantar. Dos días es lo que tardan en olvidarse de ti. Dos días y los periodistas se habrán ido, la televisión estará muy ocupada con cualquier otro tema y tú podrás volver a tus ocupaciones diarias. — Marcelo se detuvo—. Sin embargo, la paz jamás volverá a las familias de las víctimas. ¡Jamás!

—Luego, algún niño recién llegado a un estudio de cine querrá hacer una película sobre aquella historia.

—Y llegará la ternura, la visión condescendiente y los esfuerzos por comprender su situación.

—La ternura hacia el asesino y su tragedia.

—¡Qué solos se quedan los muertos!

La enfermera volvió a entrar, esta vez se limitó a mirar al forense. Manuel sostuvo la mano de su amigo durante unos instantes.

—¿Tú crees que el Colegio de Psicólogos verá estas confianzas con buenos ojos? —bromeó Marcelo.

—¡Que les den! —le susurró en el oído.

En el pasillo esperaba Rafi. Tenía el pelo alborotado y unas profundas marcas negras bajo los ojos.

—¡Muchas gracias por venir, doctor!

—Le he dicho mil veces que no soy doctor.

—Es la costumbre, llevo toda la vida... ¡Entiéndalo usted!

—No se preocupe —la disculpó Manuel—. Quiero que me llame si hay alguna novedad. Intentaré venir dentro de unos días.

Cuando salió a la calle, el cielo estaba encapotado. Inspiró hondo y, poco a poco, la presión del pecho fue desapareciendo. Volvió la mirada hacia la imponente estampa del edificio que acababa de abandonar. Marcelo nunca volvería a bajar las escaleras que le habían llevado allí. Un autobús verde frenó cerca.

Capítulo

V

El soterramiento de las líneas de tren a finales del siglo XX, con objeto de construir la nueva estación que albergaría el primer tren de alta velocidad de España, había liberado varias decenas de hectáreas de suelo urbanizable. Coincidiendo con la época de mayor subida de las propiedades inmobiliarias en Europa, un nuevo barrio, en medio de la ciudad, surgió entonces, como un pequeño grupo de álamos que se hace sitio en mitad de un bosque de encinas centenarias. Allí se habían construido algunos de los mejores y más arriesgados edificios, rompiendo la somnolienta arquitectura de la ciudad lenta. En uno de ellos se encontraba la consulta de Artacho. Una construcción forrada con piedra caliza en cuyo interior su amplio patio soleaba las viviendas que albergaba. La consulta se componía de tres despachos, una sala de espera y una cocina sin uso que poco a poco se había llenado de mil cosas útiles. Ángela atendía el teléfono sin dejar de escribir en su ordenador. Manuel asomó la cabeza por el umbral.

Ese día su secretaria había decidido que le quedaban bien los moños.

—¿Recados?

—¡Cientos! —gritó histérica sin tapar el auricular del teléfono mientras le tendía varios trozos de papel—. El juez del Tres no ha dejado de llamar. Quiere verte. Tiene un caso de abusos a un menor que quiere que evalúes.

—¿Cuántas consultas tengo hoy? —le preguntó, señalando el teléfono. Ángela comprendió la indicación y tapó el auricular.

—¡Tres! A las seis, siete y ocho. —Manuel se dirigió hacia su despacho.

—¿Algo más? —preguntó ya en el pasillo.

—¡Hoy cenas con Luis! —concluyó ella, levantando la voz.

El único capricho que se había permitido en toda su vida profesional era aquella amplia estancia. Con una superficie de cerca de treinta metros cuadrados, estaba decorada con una punta seca con la que Dalí ilustró el *Fausto* de Goethe editado por Graphic Europa Anstalt en París en 1969. Frente a él, una obra de Tàpies y un Saura combinaban con una mesa de cerezo. Al fondo y bajo un inmenso ventanal, la mesa de trabajo y las estanterías completaban la habitación. Al llegar al umbral de su despacho, se detuvo con las cejas levantadas. Subido a su mesa, un yorkshire, adornado con un lazo rosa, cabeceaba intentando arrancar un trozo de papel de un expediente abierto sobre ella. Sin cambiar el gesto, deshizo el camino hacia el despacho de Ángela. Ella seguía enganchada al teléfono. Al volverle a ver allí, le preguntó con un gesto de los hombros qué quería.

—¿Cuánto tiempo lleva tu sobrina de viaje?

Ángela abrió los ojos con sorpresa.

—¿Cómo narices sabe que...? —No terminó la frase. Bajó la cabeza con un movimiento rápido, buscando algo debajo de su mesa, y de inmediato se incorporó con igual brío. Arrancó una sonrisa forzada y se dirigió a su interlocutor al otro lado del teléfono—: ¡Oye, te llamo luego! Ahora tengo que colgar.

—Creo que los temas de incapacidad no le gustan mucho. ¡Se está comiendo el expediente de Gonzalo Arribas!

Antes de que terminara la frase, Ángela ya estaba a mitad de camino del pasillo que comunicaba ambos despachos, lanzando una maldición tras otra al Creador por haber puesto a todos los perros sobre la tierra. Durante unos instantes, Manuel escuchó los ladridos agudos y los golpes que Ángela se estaba dando con todos los muebles de su despacho en su intento por cazar al fiero animal, mientras él repasaba las notas de las llamadas recibidas. Cuando su secretaria volvió a su puesto de trabajo con aquel perro en brazos, el moño se había trasladado a su oreja izquierda.

De vuelta a su mesa vació el maletín y comenzó a ordenar los expedientes. Tenía una hora hasta el primer paciente. La visita a Marcelo le había trastornado más de lo que quería reconocer. Durante todo el camino de vuelta no había hecho más que recordar un pasaje del *Tractatus* de Wittgenstein. En algún momento de aquella obra, el pensador afirmaba que la muerte no podía ser considerada un acontecimiento de la vida, ya que la propia muerte no se vive. Nunca había estado muy de acuerdo con ese oscuro filósofo, pero sin duda en ese momento más que nunca estaba convencido de que la vida no era otra cosa que las propias acciones diarias, y vivir no era sino participar en celebrarlas, aprendiendo y buscando algo con ellas. Participar incluso hasta del propio hecho de morirse. Fantaseó durante un buen rato ante la posibilidad de haber tenido a aquel personaje en su consulta. Había estado en Gran Bretaña hacía dos años, y durante una visita a un colega en Cambridge tuvo la oportunidad de visitar las habitaciones que el filósofo austriaco había ocupado en el Trinity College. Un austero departamento compuesto de cocina, dormitorio y una sala iluminada por una ventana de tres arcos que daba al patio del edificio neogótico. Sin duda, un sujeto extraño e interesante.

Encendió el ordenador y comenzó a introducir los datos de la hoja de resultados de su cliente interno en prisión. Tras unos minutos, el ordenador le devolvió las gráficas que definían su perfil de personalidad. No iba a ser capaz de concentrarse en nada que requiriera un mínimo de atención, por lo que decidió dejar para más tarde su análisis. Desde hacía dos semanas sobre su mesa se encontraba una nueva carpeta. Una joven de un pueblo de la provincia había estado desaparecida durante tres días. Había cogido el coche de su padre y se había marchado hasta Málaga por carreteras secundarias que la habían desviado inútilmente. Su conducta errática finalizó a las afueras de la ciudad. Durante ese tiempo había estado escondida en un motel de carretera, acompañada por una chica bielorrusa que decidió abandonarla cuando desapareció el último billete de su cartera. El accidente de tráfico, la detención por la Guardia Civil, los dos días en el calabozo hasta que fue identificada y el juicio rápido formaban una foto borrosa en la memoria de los hechos de los que apenas había querido hablar.

El médico forense había diagnosticado fuga disociativa alegando que la característica diagnóstica esencial había sido un viaje repentino e inesperado lejos del hogar, con una fuerte dificultad para recordar parte o la totalidad del pasado del sujeto. Manuel recordó que algo semejante le ocurrió a Agatha Christie cuando descubrió que su marido le era infiel. Cogió un *post-it* y anotó que debía averiguar si había tenido últimamente un desengaño amoroso o algún problema en el trabajo. Tras quedarse mirando aquella nota unos segundos añadió, entre interrogantes, la palabra «embarazo». Aunque no eran exactamente igual a lo que se refería el médico, los síndromes de huida siempre le habían llamado la atención. Había recopilado varios nombres que hacían referencia a estos episodios en distintas culturas. Los nativos del Ártico lo llamaban *pibloktoq*. *Grisi siknis* era el nombre que recibía de los misquitos de Honduras y Nicaragua, mientras que en el Pacífico oeste la palabra para designarlo era *amok*. De aquí a las antípodas los seres humanos mostraban conductas semejantes, comportamientos que reflejaban la angustia que sufrían sus protagonistas, incapaces de enfrentarse al azar de la vida, una respuesta que no difería en esencia si eras un rico europeo o un nativo en la edad de piedra, lo que daba un valor insignificante al lugar y las posesiones, mientras hacía eterno y esencial el desasosiego del alma. Sin duda iba a tener mucho trabajo con ese asunto, y aquel día ya había agotado todo su arsenal de buenas intenciones.

Tras perder unos minutos en prepararse un café, hizo un segundo intento y volvió al expediente del homicidio. El cuerpo de la víctima había sido encontrado en la cuneta, rodeado de hierbas altas y secas, en posición de crucificado. En ocasiones el agresor ordena el escenario de modo especial. Incluso puede llegar a colocar el cuerpo en una postura determinada. Si el investigador se da cuenta de esto, obtiene un elemento fundamental para comprender la mente del asesino. Este comportamiento requiere organización, tiempo y cierta serenidad para llevarlo a cabo, por lo que da una información definitiva sobre el carácter del sujeto. Ningún matón impulsivo y desorganizado tiene la capacidad de plantearse semejante alternativa. El asesino desorganizado coge un cuchillo de la cocina de la propia víctima, un objeto contundente de un estante o una piedra del escenario. Esa arma circunstancial le será suficiente para intentar controlar a su objetivo.

Manuel revisó el escenario que había leído en el atestado de la Guardia Civil. El agresor había usado sus manos desnudas. Sólo tras varias decenas de golpes, seguramente cuando la visión de su obra comenzó a llegar a su adormecido cerebro de cocainómano, recurrió a golpear la cabeza de aquel inocente contra el suelo. Existía una gran diferencia entre los asesinos que tienen la ejecución como profesión y lo que los alemanes llamarían *lustmord*. En el asesinato por placer la motivación es el simple placer personal que la ejecución de su víctima parece aportar al depredador. Sin embargo, aquellos que asesinan bajo los efectos de tóxicos tienden a acercarse al patrón de los asesinos desorganizados. Manuel trajo a su memoria las fotografías del escenario. Aquel muchacho no había perdido del todo la conciencia de sus actos. No podía alegar amnesia causada por el alcohol y la cocaína que había estado consumiendo la noche anterior. Tampoco podía justificar su conducta homicida debido a la pérdida de juicio que esas sustancias le habían producido. Tras el asesinato había vuelto a su domicilio, había introducido la ropa sucia de sangre en la lavadora y se había echado a dormir. Ningún tribunal aceptaría una de esas razones como eximente a su comportamiento.

Manuel levantó la hoja donde figuraba el perfil biográfico del fallecido. En ocasiones, una manera indirecta de intentar elaborar el perfil del agresor es el estudio de la víctima. Esta circunstancia se puso de relieve para la criminología a principios de 1978. Por aquella fecha la ciudad de Columbus, en el estado de Ohio, había perdido el sueño. En todos los establecimientos, en los centros de reuniones y los bancos de los parques no había otro tema de conversación que los asesinatos de siete ancianas que habían ocurrido en los últimos meses. El miedo se había apoderado de las mujeres blancas de cierta edad, hasta el punto de que una pistola fue el regalo más común que habían recibido aquella Navidad.

La policía no tenía más que unas débiles pruebas forenses que apuntaban a que el asesino podía ser un hombre negro. Entonces aparecieron unas cartas, firmadas pomposamente por alguien que se hacía llamar las Fuerzas del Mal. En la misiva, enviada al jefe de policía de la ciudad, se anunciaba que, si el asesino no era detenido antes de junio de ese año, comenzarían a aparecer cadáveres de mujeres negras. Los investigadores se percataron de que aquello no parecía tener mucho sentido. Sin ninguna duda, la carta —escrita a mano en papel del ejército— pretendía meter aún más presión a las fuerzas del orden; sin embargo, era un camino tan forzado que se desechó la idea inicial de que un grupo de hombres blancos hubieran ideado aquello como estrategia para aumentar la seguridad de las ancianas blancas.

Llegada la fecha, apareció el primer cadáver. Era una mujer joven, una prostituta que solía trabajar en los locales cercanos a la base militar de Fort Benning. Entonces, los investigadores decidieron centrarse en la victimología del caso. La víctima era una mujer negra que frecuentaba a soldados de su raza en los bares cercanos a la instalación militar. Inmediatamente, la policía etiquetó a la víctima como de alto riesgo, muy diferente al perfil de las ancianas. Las compañías de la prostituta estaban muy delimitadas, por lo que los investigadores rápidamente pensaron que el asesino, imaginándose que enseguida entraría a formar parte de la lista de sospechosos, pretendía distraerlos llevándoles hacia el camino contrario, es decir, un grupo de hombres blancos preocupados por la seguridad de las ancianas de su raza.

A las pocas semanas, una nueva carta de las Fuerzas del Mal anunció un nuevo asesinato. A estas alturas la policía tenía la certeza de que el asesinato ya se había llevado a cabo y que, de nuevo, el asesino pretendía desviar la atención de los investigadores. La investigación se centró en los soldados negros de la base y pronto se descubrió al culpable. Nada tenía que ver con el asesinato de mujeres. Paralelamente, la policía había estado investigando qué personas de raza negra habían estado en contacto con las ancianas. Cuando uno de los investigadores cayó en la cuenta de que, por su edad, la mayor parte de ellas habría tenido una persona de servicio, la búsqueda se centró en esa pista. Varias de las ancianas habían tenido como asistenta a una mujer cuyo hijo, Carlton Gary, había cometido varios asesinatos en Nueva York. En aquellos momentos se encontraba fugado de la cárcel, y se había ido a esconder a Carolina del Sur, donde había atracado varios restaurantes. La orden de búsqueda dio rápidamente sus frutos. Fue juzgado y condenado a muerte.

Manuel chasqueó los dedos. Aquel camino tampoco le llevaría a ningún lugar en ese momento. Con un golpe seco cerró el expediente. No podía aguantar más el asco por hoy. Se levantó y fue hacia la estantería. Las cintas de casete de las entrevistas de Marcelo siempre estaban en primera fila. Cogió una de ellas y decidió perder el resto de la hora hasta la llegada de su primer paciente. El sabor de la muerte próxima le había estropeado el ánimo.

Capítulo
VI

De verdad crees en eso? —Manuel levantó la mirada con curiosidad—. ¡Sí, hombre! ¡Eso de ahí! —insistió Marcelo, señalando un pequeño peregrino de cerámica de Sargadelos.

—Me lo regalaron unos amigos —contestó con desinterés y, sin dirigirse a nadie en la habitación, aclaró—: Hoy es 10 de agosto. Son las once de la mañana y, como te he dicho antes, esta entrevista, así como las que llevemos a cabo a partir de hoy, va a ser grabada.

—*Domine ceterorum, libera me.*

—¿Cómo te encuentras?

—Creo que al fin he entendido que yo no le intereso.

—¿No le interesas a Dios? —Manuel conocía perfectamente la respuesta a esa pregunta, pero aquella disgregación le ofrecía la oportunidad perfecta para valorar el grado de delirio de su cliente—. Sigues pensando que Dios se olvidó de ti en su plan.

—Todo mi cuerpo se ha transformado. Mis manos ya no son mis manos. Pasan delante de mí y no las reconozco.

—¡Tus manos son exactamente iguales que hace dos semanas! No veo la diferencia a la que te refieres.

—He comenzado a verlo en mi rostro.

—¿En qué?

—La barbilla. Es más abultada. —Marcelo se giró con intención de que el psicólogo pudiera comprobar lo que decía. Manuel contempló con parsimonia el perfil de aquel joven de veintitrés años, alto y moreno, por el que cualquier mujer estaría dispuesta a dejarse llevar alguna vez—. Comenzó anteayer. Me estaba afeitando y sentí... ¡No! Vi cómo comenzaba a abultarse.

—Muy bien, pero no encuentro ninguna diferencia.

—¡Hay una cosa que no cambia!

—¡Dime!

—¡Mis dientes! ¡Siguen igual! Igual de pequeños y de blancos, no se han desplazado. —El rostro de Marcelo expresaba una infinita perplejidad—. ¿Te imaginas que todos se desplazaran hacia fuera?

Por un instante ambos quedaron en silencio. Manuel miraba a Marcelo con curiosidad, sin duda ocupado en imaginarse la forma fantástica que su rostro adoptaría si ocurriera semejante posibilidad, tan real en su cabeza como el diagnóstico en su expediente clínico.

—¿Sigues acudiendo al trabajo?

Marcelo despertó de su ensueño.

—¡Oh, sí! Allí ya soy prácticamente imprescindible. Soy estupendo con los setos, pero no me dejan coger el cortacésped. Mi jefe dice que es demasiado pronto.

—Creo que es una decisión acertada. Apenas llevas...
—Manuel se interrumpió. Marcelo había dejado de escucharlo. Durante unos instantes se quedaron en silencio.

—*Domine ceterorum, fac me liberum: leprosus sum.*

—¿Por qué crees que Dios se ha olvidado de ti?

Marcelo volvió la mirada con parsimonia, incrédulo y arrogante.

—¿De verdad crees que Él quiere esto para mí?

—¡No lo sé!

—¿Qué he hecho yo para ser así?

—¡No lo sé!

—Nadie sabe nada. Nadie sabe qué hacer. Marcelo debe ser paciente. Marcelo debe entender. Marcelo debe tomarse la medicación —prosiguió sin acritud, sin desdén, casi sin ganas—. ¿Sabes que Marcelo quería ser arquitecto? ¿Qué ha hecho Marcelo para no poder lograr su sueño? ¿Tal vez mi madre usó demasiados detergentes cuando estaba embarazada de mí?

—¡Déjalo! Sólo consigues hacerte más daño. Ya hemos trabajado la aceptación de tu enfermedad —interrumpió el terapeuta—. Sabes perfectamente que si sigues la medicación y los consejos que yo te doy puedes hacer una vida normal. No voy a aceptar tu lástima por Marcelo.

—Hoy no me interesa lo que tú aceptes o no. Hoy soy yo quien manda. —La mirada del tonsurado, fiel creyente que no admite disgregaciones en lo que acaba de aprender en el seminario, sujeto no contaminado aún por la realidad tozuda, era clara y dura. Manuel comprendió que ese día nada podía hacerle cambiar de actitud.

—¿Desde cuándo no tomas tus fármacos?

—¡No me sirven para nada!

—Creo que eso nos lo tendrías que dejar al psiquiatra y a mí. Tu hermana me llamó ayer.

—¡De mí se aparta el día!

Manuel decidió darse unos instantes. Recordaba el día que apareció en su puerta, acompañado de su padre, un hombre mayor vencido por la vida y unos hijos que nunca fueron lo que esperaba. Marcelo era un cachorro asustado que aún no había asimilado los acontecimientos de la última semana.

—¿Me vas a preguntar hoy por mi padre?

—¿Me vas a contestar hoy?

Marcelo inclinó la cabeza sobre su hombro izquierdo.

—¡Sí! Te has portado bien. Eres un tío legal. El psiquiatra es un capullo. ¿Quieres que hablemos de eso?

—Me encantaría que me lo contaras si eso sirve para ayudarte.

—¡Ves, eres un tío legal!

Capítulo
VII

La tarde se había escurrido en una copla. Sin embargo, la columna de asuntos pendientes a su izquierda no disminuía. Por más horas que gastara, siempre había algún correo que contestar o un padre a mil kilómetros, necesitado de orientación para encarar un proceso legal en el que se dirimía la guarda y custodia de sus hijos.

Hace dos años la llamada no vino de tan lejos. Una mañana de sábado, su teléfono móvil sonó temprano. Al otro lado de la línea se encontraba Luis Garoso, fiscal de la Audiencia Provincial. Aunque no se conocían personalmente, tenían amigos en común y, debido a que frecuentaban los mismos pasillos y despachos, cada uno de ellos había oído hablar del otro en multitud de ocasiones. El fiscal necesitaba asesoramiento en un asunto que le había llevado a perder el sueño. Por lo general los funcionarios de la Administración de Justicia suelen despachar sus asuntos con asepsia y ligereza. Acostumbrados como están a ver todo tipo de miserias humanas, no se implican especialmente en ninguno, unos por desidia, otros por pura higiene mental. Aunque en ocasiones, y siempre cuando ya han repetido varias veces que lo han visto todo, se topan con un asunto que va más allá de cualquier sentido de la moral y la humanidad que hubieran defendido antes de entrar a trabajar allí. Luis Garoso lo había encontrado aquella semana. Y necesitaba ayuda.

Con la paciencia de un mercader persa esperó en la cola de los taxis. Las imágenes de aquellos días volvían a su mente sin esfuerzo. El fiscal había asistido aquella misma mañana a la declaración de una menor que le había inquietado sobremanera. Al volver a su despacho para calificar aquel asunto, las dudas habían comenzado a devorar su determinación. La niña, de apenas seis años, había relatado delante de la juzgadora y él mismo varios pasajes de violencia que afirmaba haber contemplado en casa. La intensidad y viveza de los relatos había convencido a ambos profesionales; sin embargo, un pequeño detalle, como un ruido de fondo molesto que nadie sabe identificar, no abandonaba su ánimo. Consciente de las consecuencias que su decisión iba a traer para aquella familia, pensó a quién podría consultar su decisión. Tras ciertas dudas descolgó el teléfono. Al otro lado, la voz suave y algo aflautada de Manuel respondió a la llamada.

Una vez revisados lugares y amigos comunes, el fiscal participó su preocupación al psicólogo. Manuel escuchó atento la retahíla de golpes, insultos y agresiones que la menor afirmaba haber contemplado entre sus padres. Luis intentó entonar las frases, buscando las palabras precisas que la niña había usado, con intención de que su interlocutor percibiera las dudas que en él se habían levantado. Al final, el silencio dejó paso a la reflexión.

—¡Si me equivoco a la hora de calificar penalmente los hechos...! ¡Los cargos por violencia doméstica son muy serios, ya conoces las órdenes que tenemos de arriba!

—¡Entiendo! —respondió Manuel lacónicamente—. ¿La niña se relaciona con la familia extensa del padre?

—¡No te entiendo!

—¿Ve a su abuela? ¿A sus tíos y primos?

—¡No tengo ni idea! ¿Es importante?

—¡Llévate a la niña a tu despacho, a solas! Utiliza una excusa cualquiera para dejar fuera a la madre y a la abogada. Entonces aprovecha y pregúntale si le gustaría ver a los abuelitos de papá y a los primos.

—¿Y luego?

—¡Llámame!

Luis salió al pasillo y, con la excusa de darle un caramelo por su valiente actitud, se llevó a la niña a su despacho, ante la confiada mirada de la madre y la letrada que la asistía. Tras cerrar la puerta, el fiscal interrogó a la niña en los términos que Manuel le había señalado. Las respuestas de la niña le hicieron tartamudear. Cuando volvió a encontrarse a solas retomó el auricular.

—¡La niña odia a sus primos, dice que son unos amigos de los maltratadores!

—¿Y de la abuela qué ha dicho?

—La niña no quiere relacionarse con ella.

—¿Qué edad tenía la niña cuando ocurrieron los hechos?

—¡Unos diecinueve meses! ¿Puede ser que lo recuerde todo con esa viveza?

—¡Es neurológicamente imposible! Seguramente la declaración de la niña está inducida por la madre y su abogada.

Luis Garoso colgó el auricular sin darle las gracias. Tomó asiento y contempló las fotos que tenía en las estanterías enfrente. Su abuelo y su padre habían sido fiscales antes que él. En aquel mismo instante el peso de la responsabilidad lo aplastaba como la losa de la tumba de un dictador, gruesa, fría, hecha tanto para evitar el pillaje como para impedir que el finado volviera a inquietar a sus pares. Nadie iba a importunarle si aplicaba la mayor calificación penal contra aquel padre. Sin embargo, las dudas y la responsabilidad le hicieron dudar durante el resto de la mañana, sin que jamás le abandonaran a partir de aquel día.

Las llamadas fueron repitiéndose, acortándose el transcurso entre ellas y alargando su duración. Pronto aquel asunto se convirtió en un hito vital en esos dos hombres. Una herida abierta que, en las tardes de conversación y alcohol, tarde o temprano daba la cara. Finalmente, el paso de los años lo convirtió en un asunto íntimo, como un gesto que únicamente tu amante, entre un millón de personas, entiende.

Desde aquellos días se habían cruzado multitud de conversaciones, invitaciones a comer como aquélla, y alguna que otra fiesta nocturna, transformando aquella llamada en una sólida amistad salpicada de asuntos judiciales.

El taxi le dejó en la puerta. El restaurante habitual, decorado con una suerte de motivos provenzales demodé, estaba tranquilo. Esperaron a que les sirvieran los entrantes para comenzar con la conversación.

—¡Bueno, ya está todo! ¿Sobre qué querías hablarme? —preguntó Manuel sin levantar la mirada de los platos recién servidos.

—Es sobre un expediente que entró en mi última guardia. Al principio parecía un robo. A un tipo le habían perseguido, parece que durante un buen trayecto. Luego le abrieron el vientre con un cuchillo, uno grande. Tal vez uno de caza. El médico forense dice que no puede saber si era uno de éstos o un cuchillo de cocina grande, de los que usan los carniceros.

—¡Recuérdame que no vuelva a aceptar nunca más cenar contigo! —interrumpió Manuel entre dientes, mientras saludaba a un conocido de una mesa cercana.

—El caso es que al día siguiente descubrieron el maletín del sujeto. Un viandante se lo había encontrado dentro de una papelera.

—¿Y? —inquirió el psicólogo con una punta de solomillo a medio camino de la boca.

—¡Estaba intacto! Dentro encontramos un par de expedientes, un teléfono móvil y su cartera. Ciento setenta euros y varias tarjetas de crédito. Una American Express y una Visa Oro.

—¿Has dicho un par de expedientes?

—¡Ah, sí! No te lo he dicho. ¡Era abogado!

—¿Abogado? —Manuel conocía a muchos de los abogados de la ciudad—. ¿Lo conocía?

—Juan Castro Melchor, un abogado de familia. —Luis calló por un segundo—. Yo nunca coincidí con él en Sala. ¿Y tú?

—¡Creo que sí, pero no recuerdo haber trabajado nunca para su despacho! —Se detuvo, intentando hacer memoria, mientras daba cuenta de su cerveza—. Hace años tuvo una racha muy buena. Se puso de moda entre cierta clase alta que buscaba un abogado que no reparara mucho en la deontología profesional.

—Sí, eso lo recuerdo. Hará de aquello siete u ocho años. ¿Qué ocurrió?

—Supongo que nada —contestó Manuel—. El ejercicio de la profesión liberal tiene esas cosas. Lo mismo estás arriba que, de repente y sin mayor motivo, llega un día que no suena tu teléfono.

—¡Pues el de éste no debía de sonar desde hace mucho! Los policías que llevaron a cabo el registro me contaron que el despacho estaba en muy malas condiciones. —Frunciendo el entrecejo Manuel le pidió que aclarara aquello—. Sí, estaba lleno de esos detalles que te muestran que allí no circula el dinero. Había varios sillones en la sala de espera con la piel rota y los brazos muy rozados. El ordenador no lo había cambiado desde hace cinco años.

—¡Es curioso cómo se hacen viejos esos aparatos!

—¡Y el mal aspecto que da! El de este tipo era uno de esos con monitor monocromo, de catorce pulgadas y el plástico amarillo.

—¡Dios mío! —se atrevió a frivolizar Manuel.

—¡Déjate de leches y acércame el jamón, que me voy a quedar sin probarlo!

—¡No, hombre, no! Tú sigue hablando que yo te lo cuento luego.

—¡Bueno —prosiguió el fiscal—, el caso es que aquello no podía ser un robo! Los de la comisaría comenzaron a pensar en un ajuste de cuentas o en una venganza.

—¡Siendo abogado tiene muchas papeletas!

—Y ese tipo de abogado en concreto. En sus tiempos no hizo muchos amigos entre los propios compañeros. Pero, o el asunto es muy viejo, o tampoco esto tiene mucho fundamento. ¿Te he dicho antes que llevaba unos expedientes en el maletín?

—¡Dos! —contestó Manuel, afirmando con la cabeza.

—¡Exacto! Ambos eran asuntos de impagos. Cosas de poca importancia que un compañero que lleva los temas de una compañía de seguros le había pasado. El Colegio de Abogados nos ha confirmado que no había llevado nada del turno de oficio en los últimos tres años, aunque se mantenía al día en la Mutualidad.

—¡Sigo sin ver qué quieres de mí!

—¡No sé qué hacer con este asunto! No sabemos por dónde tirar. —Luis miró en derredor—. Llevaba años separado de su mujer, y no tenía contacto con ella de ningún tipo. Su único hijo se había ido a vivir a Nápoles tras acabar la carrera. Se llamaban una vez al mes y, según el registro de Telefónica, la conversación no daba para mucho. Las tres últimas no habían durado más de cinco minutos.

—¡Un tipo de pocas palabras!

Luis perdió la mirada en el fondo del restaurante. Parecía ver allí las escenas que relataba.

—Lo que más me sorprendió fue su frigorífico —prosiguió—. Parecía que estaba preparado para marcharse en cualquier momento. En el dormitorio encontramos una bolsa de viaje a medio hacer, pero el aspecto de la ropa daba la impresión de que llevaba allí mucho tiempo, ¡semanas tal vez!

—¿Crees que temía algo?

—¡Eso creo! Alguien le tenía ganas —afirmó Luis—. Y creo que él lo sabía. Era consciente de que tarde o temprano llegaría el momento y estaba preparado.

—Pero si eso es así, por qué no poner tierra de por medio —planteó Manuel cada vez más interesado—. ¡Es estúpido quedarse si consideras que te la estás jugando! A no ser...

—¡A no ser que no puedas irte! O que no tengas dinero, o que nadie te ayude, o que pienses que puedes enfrentarte a ello cuando llegue. ¡Mierda! Demasiados «o que»...

—Creo que ha llegado el momento de pasarme al vino. —Manuel estiró el brazo hasta alcanzar la botella de Faustino V—. ¿Consultasteis sus tarjetas de crédito?

—¡Sí, y nada de nada! Aunque las conservaba no las había usado en los últimos quince meses. Al parecer, todo lo pagaba en efectivo.

—¿El correo electrónico? —apostó el psicólogo.

—¡Nada!

—¿Alguna asociación profesional, religiosa, cívica? —Luis negó con la cabeza—. ¿Alguna amante, mantenida, amiga especial?

—¡No!

Manuel mantuvo silencio durante un instante, pero decidió proseguir ante el gesto hosco de su amigo.

—¿Deudas de juego, de trabajo, de adicciones o mujeres?

—¡El tío era casi un anacoreta!

—¡Joder, cómo cambia la gente! Recuerdo perfectamente una noche en una timba en casa de... —Manuel dudó un instante. Luis sonrió.

—Estoy cenando. ¡Hace cinco horas que dejé de ser fiscal!

—En casa del juez del Trece que...

—¿En casa de Ramírez de Arévalo? ¡Joputa, con lo estirado que es en el despacho!

—Recuerdo que llegué tarde. La partida llevaba cuatro horas y toda la habitación estaba sumergida en humo.

—Pero, ¡si en el despacho no nos deja ni...!

—¡Calla, escucha y olvida! —Manuel prosiguió—: Castro había dejado ya la partida cuando yo llegué. Creo que me dijeron que había perdido cinco kilos. Vino acompañado de una chica, pero ella se quedó cuando él se fue.

—El caso es que estamos seguros de que en estos momentos no tenía ninguna deuda. —Ahora fue Manuel el que sonrió a su amigo ante la seguridad de su afirmación—. Nosotros también tenemos nuestras fuentes de información.

Manuel levantó las palmas, en un gesto que expresaba un «si tú lo dices», acompañado de una expresión de guasa suficiente como para que no resultara ofensiva a su amigo. El vino les calentaba el pecho, y varias gotas de sudor perlaban la frente del psicólogo.

—¿Cómo murió? —preguntó mientras se secaba el sudor con un pañuelo.

—Ése es uno de los detalles que más llaman la atención de este caso. Sabemos que lo persiguieron durante un buen trecho. El tipo huyó, corrió como un poseso, pero no andaba en muy buena forma. Según el médico forense, había perdido bastante peso en los últimos meses. —El fiscal dio cuenta del bocado de su tenedor—. Pero lo que le debilitó fue una herida en el vientre que le hizo perder mucha sangre.

—¿Alguna razón física para la pérdida de peso?

—Nada. Estaba sano.

—¿Consumo de tóxicos? —insistió Manuel.

—La analítica dio negativo. De vez en cuando le daba al güisqui, pero nada más.

—Hablando de güisqui, ¿sigues saliendo con aquella amiga tuya que...?

—Vete a tomar... —Luis miró a su alrededor y bajó la voz—: Lo dejamos hace tres meses. ¡Ya te lo conté!

—¿Lo dejasteis? Pero si erais tal para cual —bromeó con una amplia sonrisa en el rostro—. ¡Vale, sigue!

El funcionario rebuscó en su plato, como si allí pudiera encontrar el hilo de la conversación.

—El asunto es que creemos que fue torturado. Le dieron una paliza estupenda. Tenía roto el arco cigomático, tres costillas y varias falanges. En la autopsia se encontraron derrames en el bazo y fuertes desgarros en el hígado.

El silencio de Manuel revelaba la importancia que le estaba dando a aquello último.

—¿Las lesiones se ubicaban en las extremidades, fundamentalmente en las zonas más distales?

—¡Sí!

—¿En las lesiones en el tronco había afectado algún órgano vital? —prosiguió el psicólogo.

—No.

—¿Usaron guantes?

—Creemos que sí. Al menos no hemos encontrado huellas.

Manuel repasó mentalmente, entreteniéndose con su copa.

—¿Se usó algún aparato o sólo fuerza bruta?

—Sólo golpes, nada de juguetes —aclaró el fiscal—. Ninguna marca de puños americanos o algo semejante.

—¿Cuánto creéis que estuvo entretenido con la víctima?

—Se tomó su tiempo. Tal vez cuarenta y cinco minutos.

—¡Cuarenta y cinco minutos en un lugar público! —insistió Manuel.

—Fue al mediodía, no había casi nadie.

—¡Aun así! Aumenta el riesgo exponencialmente.

—¡Cierto! ¿Qué opinas?

—Formación militar, tal vez de algún país del este de Europa. Sabes que por aquí andan a sus anchas.

—Eso pensé yo también. Pero aún hay más... —Luis rebuscó en la carpeta que había llevado y que había dejado apoyada en una silla vacía—. Tenemos una testigo. Este dibujo lo realizó un policía con la descripción que le dio. Es una especie de tatuaje que el tipo tenía en el pecho, a la altura de la clavícula y ocupando parte del cuello. No tenemos muy claro lo que puede ser, la señora estaba lejos y, la verdad, no concreta mucho, pero creemos que puede ser una eme en letra gótica y un seis. Esto último también pudiera ser una ge. Lo de la eme no nos crea dudas, pero la señora no pudo ver bien el segundo símbolo.

Manuel mantuvo ante sus ojos aquel dibujo durante un rato.

$$\mathcal{M}6$$

—A la señora también le llamó la atención que tenía la cara picada. Con manchas en una mejilla. Hemos pensado que podría ser una herida o una escarificación.

—O las marcas que le dejó la varicela de pequeño. —El fiscal asintió ante la alternativa que le acababa de plantear su amigo—. ¿Habéis mirado con la gente de prisiones si algún grupo de internos tiene esta marca?

—Sí, lo hemos comprobado. También hemos mirado en las bandas de emigrantes de Albania y Bulgaria que operan en Madrid y Levante, pero no hay nada parecido.

—¿Por qué me cuentas todo esto? —le interrogó, devolviéndole el dibujo.

—¡Esto no es un homicidio habitual! Quiero tu opinión profesional, que me digas lo que piensas sobre este asunto.

—¿Cómo narices conseguirán que les queden tan bien las verduras? —Manuel comía a dos carrillos, con la sonrisa de un niño que está dando cuenta de una tableta de chocolate robada—. ¿Te has fijado? ¿Crees que las hierven antes de asarlas?

—¡No tengo ni idea! —Se encogió el funcionario—. ¿Me has escuchado?

—Sí, sí... ¡Quieres que te haga de pitoniso!

—¡No seas imbécil! Necesito que me des tu opinión sobre qué es lo que estamos buscando.

Manuel cedió. Se limpió la boca con la servilleta y sostuvo ante sus ojos el anagrama.

—El número es el principio fundamental, la base y esencia de todas las cosas habidas, y el único camino posible para conocer los misterios del mundo.

Luis se quedó inmóvil, expectante.

—¿De qué coño hablas?

—¡No tiene importancia! —Manuel sonrió—. Déjame el expediente y en dos días te llamo. ¿Entiendes que recurriré a Eduardo?

—¡Lo daba por hecho!

Manuel se quedó mirando el dibujo que Luis había dejado a un lado de la mesa. No recordaba ningún informe en donde se hablara de marcas tan visibles en miembros de las mafias del Este. Sería algo realmente nuevo si así fuera. Recordaba muy bien fotografías de espaldas totalmente tatuadas, de pechos y brazos decorados, pero nunca nada que fuera demasiado ostentoso por encima de la camisa. La mayor parte de esos tipos eran antiguos miembros del ejército y mantenían ciertas pautas de sus tiempos en la milicia. Con un nuevo sorbo acabó su copa. Al día siguiente lo pensaría.

Capítulo
VIII

Existen ciudades ruidosas, ciudades oscuras, ciudades enredadas. También existen ciudades blancas, verticales y olorosas. Aquélla era una ciudad amable y ocre, donde los sueños aún se fraguan en blanco y negro, y una sonrisa ilumina toda una avenida. En esta ciudad los coches, estrangulados por calles trenzadas hace mil años, buscan recodos absurdos para estacionar, entorpeciendo el paso del viandante. Frente al restaurante, uno de esos vehículos encaraba su parachoques hacia la gran cristalera que abría el vientre del local a la calle. Dentro, un hombre pugnaba por encender el equipo de música. El ritmo de una bachata llenó el habitáculo. Mientras seguía el compás con la cabeza y los dedos sobre el volante, encendió otro cigarrillo. La noche era suave y tenía todo el tiempo del mundo para gastar.

Sobre el asiento izquierdo, varias revistas se apilaban sin orden, junto con el periódico donde había localizado la fotografía del fiscal encargado de la investigación. Cogió una de ellas y comenzó a hojearla sin interés. Las fotos de casas lujosas, con piscinas azules y jardines interminables, le recodaban sus tiempos en Los Ángeles. Sólo había podido disfrutar de aquella vida durante ocho meses, los mejores ocho meses de sus asquerosos veintiún años. Un tiempo que le había dado para conducir coches, comer en los mejores restaurantes y acostarse con una decena de gringas rubias. Recordaba muy bien la expresión de sus ojos cuando desnudaba su cuerpo ante ellas. Las marcas en su piel provocaban la curiosidad de la mayoría, aunque también el terror en algunas. En su memoria había quedado una muchachita blanquita y suave con la que tuvo que emplearse a fondo. Al acordarse de su cuerpo, una sonrisa se cruzó en su anguloso rostro. Aquellas muchachas llevaban una vida fácil. Qué sabrían ellas de nacer en una chabola, rodeado de mil más aún peores. Qué sabría ella de cruzar la selva, de subir a trenes de mercancías atestados de gentes tan deseosas como él de escapar del infierno y dispuestas a matar por un buen sitio o un billete de diez. De no poder mirar a los ojos a un triste funcionario de policía de un pueblo inmundo, por temor a que te reviente un tímpano. Le había pagado doscientos dólares para que se marchara con él de una fiesta en casa de un compadre. Quería quedar bien con sus hermanos y había sido generoso con la muchacha, pero ahora quería lo que había comprado. En su tierra era así, y tenía muy claro que en el norte las cosas funcionaban del mismo modo. Si pagas lo usas, te lo comes, te meas en lo alto si hace falta.

Volvió la mirada a la calle. Nadie deambulaba a esas horas por allí. La luz amarilla iluminaba cada rincón de aquel lugar. Revisó las ventanas en torno suyo. Nadie podía verlo si permanecía dentro del vehículo. ¿Qué estarían haciendo ahora sus compañeros? Seguramente preparándose para salir a divertirse después de un duro día de negocios. Nunca hubiera imaginado que los echaría tanto de menos. En aquel lugar se sentía pequeño, nadie le conocía, y por ello nadie le tenía respeto. En su ciudad todo era distinto. Él era todo lo que no se puede nombrar, todo lo importante. Nada ocurría sin que él lo supiera, asintiera o rechazara. Casi cuatro años le había costado llegar a estar en lo más alto de los negocios, pero tanto más difícil estaba resultando mantenerse. Cada semana surgían tipejos que querían ocupar su lugar, gente preparada, pero ninguno con su inteligencia. Nadie como él sabía llevar a los hombres, convencerlos de que se lo jugaran todo por su palabra, a sabiendas de que luego serían recompensados con creces.

Cogió otra revista. Aquella casa miraba al mar y disponía de una amplia terraza techada con cañizo azul. En otra fotografía un amplio salón de techo alto disponía de varios sillones de cuero negro. En medio de la instantánea el propietario lucía orgulloso. El conductor se detuvo en el rostro de aquel hombre, dejando que el odio le llenara poco a poco el pecho. Seguramente sería un abogado, o el dueño de alguna de esas fábricas adonde sus mujeres van a trabajar por cuatro dólares la hora, lo que apenas les da para ir tirando. Buscó en el pie de foto alguna aclaración, pero no encontró nada que le ayudara. Mejor así. Aquel hombre era como los que había conocido en California o Texas. Hombres con dinero que no saben ocuparse de sus asuntos y necesitan a gentes como él, otros hombres que les guarden sus mujeres, sus hijos o haciendas. Hombres que se ensucien en su nombre, mientras ellos se sientan en sillones de piel como aquéllos.

Todo acabó demasiado deprisa. Aquel asunto del maletín atrajo sobre él y sus colegas a toda la Migra. Habían hecho aquello mil veces y nunca había ocurrido nada fuera de lo común. Todos empezaban a conocerse, y eso facilitaba las cosas. El mismo individuo les entregaba el envío. Al verles les hacía una señal con la barbilla y ellos le saludaban con la mano. Transportaban la mercancía hasta su destino y otro tipo, siempre el mismo, les pagaba a la entrega. Nada de drogas, nada ilegal, les advirtió cuando aceptó el trabajo. Era demasiado expuesto. Y, sin embargo, aquel maldito policía tuvo que pararles y pedirles que le enseñaran lo que llevaban. Sin duda jamás había visto tanto dinero junto en su asquerosa vida de patrullero, pero seguro que tampoco había visto desangrarse a un hombre tan rápido como él lo hizo.

Volvió a las fotografías. El Morche le había advertido una noche de jarana que, cuando uno se acostumbra a lo dulce, mal le sabe lo rizado. Fue en uno de esos atardeceres que gastaron el verano anterior en medio de un cacahual en Tlaxcala. Aquél era un lugar en donde el viento sólo se sentía en el movimiento de las nubes, y el nada que hacer había hecho que su compadre no parara de platicar, contando historias que importaban y otras que eran importantes. Aquella frase había resultado tan cierta como las marcas de su piel, crónica de sus andares por los pueblos convertidos en el patio trasero de los ricos del norte. Ningún día había dejado de pensar en el modo de volver a las casas donde el aire acondicionado brota del suelo como un manantial fresco, donde el terrazo está cubierto de lana y las paredes son de una pieza. Morche hablaba y decía verdad. Ya nada sería suficiente para darle pago a sus ansias. Y, sin embargo, no podía volver.

Dentro del restaurante, un movimiento llamó su atención. El tipo que estaba con el del juzgado había levantado una hoja. Intentó ver qué le enseñaba a su acompañante; aunque no podía distinguir los detalles reconoció el dibujo. Lo reconoció de inmediato y un millar de dudas asaltaron su cabeza. Era imposible que le hubieran visto, y a pesar de eso, aquel dibujo dejaba claro que alguien había estado allí. Por un instante estuvo tentado de entrar en el restaurante y arrancar aquel papel de las manos de ese tipo. ¿Quién demonios se creían que eran?

Tiró con rabia el cigarrillo por la ventanilla. Estaba lejos de su casa y no conocía la ciudad. Tenía que andarse con mil precauciones. Si lo cogían no lo mandarían con los suyos. Lo deportarían a su país y allí las cosas estaban mal para su gente, muy mal. Maldijo entre dientes. Si le cogían y le mandaban a su país le reconocerían de inmediato. No llegaría a entrar en la cárcel. Lo despacharían de un tiro en la trasera de la comisaría y luego echarían su cuerpo al río. Golpeó varias veces el volante hasta que finalmente logró calmarse.

Ya no quedaban muchos de sus amigos del sur en su país. Todos habían emigrado o caído balaceados por el ejército regular. Los que quedaban no volverían jamás a sus casas. Para cuando el agua del infierno detenga su cauce, se dijo recordando otra vez a Morche, para cuando el cielo se llene de ladrones y él fuera elegido su guardián. Tendría cuidado y amarraría todos los cabos sueltos. Tenía coraje para eso y para más. Volvió la mirada hacia el interior del restaurante. Con tranquilidad observó el rostro de aquel tipo. A partir de ese momento se había convertido en parte de su negocio.

Capítulo
IX

Una tormenta furibunda, ensortijada de hojas secas y plásticos, se había desatado más allá del inmenso ventanal de su despacho. Manuel se giró, abandonando con pesar aquel espectáculo del cielo, para mirar a Marcelo. Éste permanecía hundido en su sillón, taciturno y gris, con los ojos sobre la grabadora negra encendida sobre la mesa del forense.

—¡He llegado a la respuesta! —dijo sin dejar de mirar aquel aparato.

—¡Me encantaría oírla! Creo que podría ayudarnos mucho en nuestro problema —respondió Manuel.

—¡Mi problema! ¿O es que ahora sueñas con animales cubiertos de afiladas hojas? —le interrogó incómodo Marcelo, arrebujándose en su asiento.

—¡De acuerdo!

—He llegado a la conclusión de que si Dios no existe aún, ya nunca existirá. Los seres humanos ya no desearán construirlo algún día.

—¿Construir a Dios? —interrogó Manuel.

—Si Dios ha de ser elaborado, otorgándole una conciencia superior a la nuestra, debemos ir un peldaño más allá en la escalera ascendiente del conocimiento. Pero llevar a cabo esto no es sino cultivar el campo de nuestra futura esclavitud.

—¡Porque un ser superior no nos consideraría, ya no sólo como iguales, sino tan siquiera como dignos de existir!

—¡Exacto! —asintió Marcelo.

Manuel guardó silencio. Tras un minuto volvió la mirada a su paciente.

—Pero... ¿no nos vería como sus progenitores? ¡Tal vez creciera en él el respeto al creador, aunque éste hubiera sido mil veces superado por su hijo!

—De acuerdo, pero... ¿por cuántas generaciones? ¿Diez? ¿Veinte? Al fin llegaría alguna que rompería con aquello que considerara un lastre del pasado —argumentó el enfermo.

Manuel volvió a callar.

—Imaginemos el problema al revés —insistió el psicólogo—. Si yo tuviera la oportunidad de crear una conciencia inferior a mi propia conciencia, si fuera capaz de dar a luz seres independientes que no me alcanzaran en inteligencia, claridad y potencia, yo me sentiría digno de ellos por el mero hecho de ser criaturas mías.

—¿Aunque se equivocaran en mil ocasiones? ¿Aunque arrastraran tu nombre?

—¡Sí! —asintió Manuel—. No existe padre que no vea con los mejores ojos a sus hijos.

—¿Aunque asesines a tus hermanos, todos hijos del mismo padre?

—Supongo que eso me haría dudar. —Tras guardar silencio por un instante prosiguió—: Incluso me haría pensar en que me he equivocado.

El enfermo se llevó las manos a la boca, agitándose como si luchara consigo mismo para que sus palabras no escaparan de su boca.

—¡Deja de hacer eso! —dijo el forense, sin poder ocultar una sonrisa.

—¡No!

—Estamos aquí para hablar. ¡Di lo que quieras!

Marcelo se tomó unos segundos. Entonces la sonrisa desapareció de su rostro, que adquirió un tono gris.

—¿Qué derecho ha tenido Él para crearme, lanzándome a este mundo sin medios para defenderme, enfermo, inútil?

—¡No lo sé!

—¡Es sádico!

—Puede que lleves razón. La Psicología no tiene respuesta para lo que me planteas.

—Nací con desventaja y he de dejar pasar mi vida escuchando la lástima que doy a los amigos de mi padre. ¿Por qué? ¡Podía haberse evitado ese trabajo!

—Tus padres también han recibido un gran regalo. Durante mucho tiempo les hiciste felices. Ahora mismo, aunque tú no lo creas, haces feliz a tu madre.

—¿Mi madre es feliz?

—¡Mucho más de lo que te imaginas!

Capítulo
X

A la mañana siguiente los golpes en la puerta le despertaron con un sobresalto. Manuel bajó con los ojos entrecerrados los doce primeros escalones, maldiciendo la hora. Sin acordarse de preguntar, abrió la puerta. Marta le sonrió desde la calle, mientras le tendía una bandeja con dos vasos de papel y una bolsa de dulces.

—Me sobraba tiempo, pasaba por aquí y...

Manuel asintió con un ojo cerrado y el pelo alborotado, indicándole con una mano que pasara rápido. Mientras se perdía en el cuarto de baño del primer piso, Marta se dirigió a la cocina con la seguridad del que conoce perfectamente el lugar al que acaba de llegar. A los quince minutos estaba afeitado y medio vestido.

—¡Anoche te llamé y no estabas! —comentó sin mirarle, dejando caer sus palabras como el que abandona un pañuelo sobre la mesa.

—¡Cené fuera!

—No tienes que explicarme nada.

—¡No lo he hecho!

—Te llamé porque quería hablar contigo.

Marta se había vestido con una amplia falda estampada con flores de vivos colores y una camiseta roja de tirantes. Manuel recordaba haber visto aquella falda sobre la cama de algún hotel tiempo atrás.

—¿Qué vas a hacer hoy? —le preguntó mientras comía una napolitana de chocolate sin soltar en ningún momento la taza de café.

—¡Hoy es sábado! Te lo digo porque soy muy consciente de que para ti eso no es un asunto muy relevante, pero el resto del mundo civilizado hoy pasea, lee el periódico sin prisa y juega con los niños en el parque. —Sorbió café y acabó con el último bocado de su ensaimada—. ¡Yo no tengo gran cosa que hacer! Pensaba terminar de hacer unas compras para mi apartamento nuevo y comer fuera con alguna amiga. ¿Y tú?

«Tengo que reconstruir el escenario de un crimen», pensó en decirle, «un amigo necesita ayuda y no he podido negarme».

—Tengo que terminar un informe para una vista a primera hora del lunes. Un asunto de incapacidad.

—¡Genial! —respondió sin énfasis.

Marta trabajaba en el despacho de un centro de logística que distribuía mercancía perecedera por todo el sur peninsular. Desde su ordenador controlaba una red que se extendía desde Almería hasta Cáceres. El trabajo de Manuel le sonaba extraño, y las cosas en las que gastaba el tiempo más excentricidades que herramientas profesionales.

—¡Anoche cené con Luis! —Marta le miró por encima de su taza con los ojos muy abiertos—. ¿Sabes que ha dejado a la chica con la que estaba saliendo? —Reflexionó unos instantes en silencio—. La verdad es que eso de las relaciones es todo un milagro. ¡Yo pensaba que era la mujer ideal para él!

—¿Por qué?

—Les gustaban las mismas cosas, los dos eran unos apasionados del estudio del Derecho. —Y añadió con una sonrisa—: ¿Recuerdas cómo les gustaba hablar de las sesiones de la Asamblea Nacional Francesa de 1791, esas en las que los revolucionarios franceses discutieron el código penal? ¿Las dichosas sesiones en las que fue rechazada la pena capital?

—¡Tú y yo nos quedábamos mirándoles sin saber de qué narices estaban hablando!

—¡Exacto! Pero ellos sí, cada uno de los dos sabía exactamente qué estaba diciendo el otro. —Ambos guardaron silencio. Manuel aún andaba despertándose—. ¡Robespierre!

—¿Qué? —exclamó ella extrañada.

—¡Ella conocía todo el discurso! ¿Te acuerdas? Fue Robespierre el que se enfrentó a toda la Asamblea, convirtiéndose en el portavoz de la facción que defendía la abolición de la pena de muerte y la arbitrariedad de las leyes. Ella lo imitaba muy bien. —Volvió a sumirse en los recuerdos—. ¡Realmente es un milagro que dos personas se enamoren!

—¡Supongo que sí! A quien le cuente que tuve dos amigos que tuvieron una relación basada en su pasión por Robespierre seguro que me recomienda tomar menos el sol.

—Nada parece que tenga mucho sentido en cuestión de sentimientos. ¿No crees?

—¡Estimado amigo, estoy absolutamente de acuerdo con usted! Todo eso parece el capricho de un alma burlona. ¡Oye! Tal vez exista entonces el angelote ese con las flechas y el carcaj. —Dudó un instante y siguió en tono burlón—: ¡Cupido! ¡Dios mío, un enano gordo, burlón y sin licencia de armas maneja el mundo!

Ambos rieron. Ambos sabían que hablaban de ellos mismos. Unos meses atrás Manuel y Marta habían hecho su último viaje juntos a los escenarios en donde se hicieron las fotografías que guardaba en su ordenador. Estuvieron alojados en el Pozo del Duque, un hotel cómodo cuyas ventanas les habían permitido disfrutar del sol sobre el mar del Estrecho. Allí habían gastado la última munición de su relación, jugando a querer entenderse, conscientes de que nunca lo lograrían. Todo había sido perfecto, la conversación, las ganas, el deseo. Todo y nada habían logrado. El silencio en el coche a la vuelta el domingo fue suficiente para ambos.

—¿Y nosotros?

—¿Nosotros? —respondió Manuel mientras se encaminaba hacia el interior de la cocina con los platos vacíos.

—¡Sí, nosotros! —prosiguió a sus espaldas aquella mujer—. ¿Qué fue lo que hizo que...?

—¡Robespierre no! ¡De eso estoy seguro! —contestó con una sonrisa. Marta era ligeramente más baja que él.

Cuando se puso a su lado pudo oler el perfume en su cuello—. ¿Qué quieres?

—¡Supongo que... más de ti! —Le pasó los brazos por la cintura y cerró los ojos, ofreciéndole sus labios.

Manuel la besó despacio. Con suavidad le acarició la espalda, sintiendo cómo ella recorría su cintura.

—¡Y luego huirás!

—¡Te prometo que no! —Y le volvió a besar—. Además, no tengo nada que comer, y hace mucho que no me cocinas —apostilló con un susurro.

Él apoyó su cuerpo contra la encimera de la cocina. Ella lo siguió, apoyando el peso de su cuerpo sobre su pecho. Después de un largo beso comenzó a susurrarle al oído.

—¿Qué?

—¡No me acordaba de cuánto lo echaba de menos! —le respondió ella, impetrándole con la mirada.

Se siguieron besando hasta que Manuel comenzó a morder sus labios. Sabían a chocolate y café. Su cuerpo era suave y fácil de abarcar. Ambos se deseaban, y su deseo se confundió, una vez más, con la necesidad de ser amados. A cada beso sus vientres aumentaron los embates, endureciéndose, y con ello arrastrando el resto de sus cuerpos, hasta que Marta no pudo soportar más sus deseos de tocar la piel tensa bajo sus pantalones.

El juego hábil de sus manos arrancó el primer gemido en el hombre. Satisfecha, prosiguió por aquel sendero, buscando la umbría de los altos árboles, allí donde la arboleda se volvía especialmente tibia y acogedora. Tras un trecho prolongado, el hombre la estrechó con todas sus fuerzas, apartándole las manos. Con un movimiento suave y enérgico la obligó a girarse, logrando que se apoyara con los codos sobre la mesa de la cocina, ligeramente inclinada. Apartó la tela y con la yema de los dedos recorrió lugares que recordaba, hasta que poco a poco logró que se hincharan con el roce.

Cogidos de la mano subieron las escaleras. En la penumbra del dormitorio terminaron por desnudarse. Manuel notaba cómo ella se abandonaba, cediendo a todos sus deseos, y recordó tardes lejanas en las que aquella escena se repitió sin hastío. Cuando con un gesto le propuso tumbarse, ella negó con la cabeza. Apartó su cuerpo con suavidad y se arrodilló al borde de la cama, con las piernas ligeramente separadas. La luz de la amanecida sólo le permitió esbozar la forma de sus labios, dejando lo demás para el resto de sus sentidos.

Cerca del final del camino, harto de sangre, retiró su cuerpo. Con un apasionado empujón derribó a su amante y se tendió a su lado. Ésta buscó con la mirada hasta encontrarse con su deseo. Encendida por la visión, le ordenó que le besara el vientre. Sin prisa ni cansancio, se invitaron a dar cuenta de todo lo escondido, hasta que ella no pudo soportar más la espera y lo apartó con furia. Ágil y sin ruido se subió encima y ambos caminaron al ritmo de olas presurosas.

Durmieron hasta bien entrada la mañana. Manuel bajó a la cocina y comenzó a preparar el almuerzo. Sacó una ración de carne, que el día anterior había dejado macerando en un cuenco de vidrio azul, y comenzó a preparar la vinagreta con la que acompañaría la ensalada. En el armario superior encontró piñones y avellanas. Los tostó en la sartén pequeña que habitualmente usaba para esos menesteres. En un recipiente de plástico con tapa mezcló aceite de girasol, aceite de oliva, vinagre de sidra, el zumo de un limón, sal y pimienta negra recién molida. Cuando los frutos secos estuvieron a punto los añadió, mezclándolo todo con un par de briosos golpes.

Una vez tuvo preparada la fuente, con los canónigos y el tomate, comenzó a cortar taquitos de queso fresco que colocó encima. Del dormitorio provenían los ruidos que Marta hacía siempre al despertarse. Ruido de tacones, de golpes al no manejar bien las distancias entre los muebles.

Encendió un cigarrillo y pasó la mirada por las plantas del patio. Su cabeza despertaba lenta, segura de su vida y decisiones, sin ningún remordimiento ni pena, con la única sombra lejana de la incertidumbre que todo ser humano siente por un futuro que no conoce. Fue hacia el frigorífico y abrió la puerta. Sobre un plato dormía otra pieza de carne, envuelta en aceite, albahaca y tomillo, pero en ningún momento consideró sacarla. Sólo se quedó allí mirándola, consciente de su existencia, de la posibilidad que planteaba, pero capaz de entender que allí debía seguir. Apagó el cigarrillo y volvió a la placa vitrocerámica. En ese momento Marta apareció en el umbral, sin uno de sus zapatos y con el pelo alborotado.

—¡Debo irme!

—¡Hummm! —respondió con suavidad.

Aunque por un segundo dudó en el gesto, finalmente se acercó a él y le besó en la mejilla. Manuel comprobó que había perdido su perfume. Ahora él lo llevaba pegado a su piel, consciente de que lo seguiría oliendo el resto de la mañana. La carne comenzó a crepitar, sin poder ahogar el golpe seco de la puerta.

El primer caso que guardaba en su memoria en el que se hablara del uso de perfiles en un caso criminal se remontaba a 1956. En los ocho años anteriores, un sujeto había colocado treinta y dos paquetes explosivos en Nueva York. Durante todo ese tiempo estuvo mandando mensajes a la policía, que se mostró incapaz de dar caza al delincuente. Un psiquiatra de esa ciudad, el doctor James A. Brussel, recopiló todas las pruebas y la información obrante que habían acumulado hasta ese momento sobre el presunto autor, recorrió varios escenarios donde se habían desarrollado los crímenes y, ante la sorpresa de todos, señaló a la policía que el culpable era un inmigrante de Europa del Este, con una edad comprendida entre los cuarenta y los cincuenta años, que vivía en Connecticut. Ante la incredulidad de los investigadores encargados del caso, también afirmó que aquel sujeto era un hombre aseado que debía de vivir con una madre a la que odiaba, atreviéndose a concretar que seguramente cuando le detuvieran iría vestido con un traje cruzado con todos los botones abrochados. En el momento de la detención de George Metesky, los policías comprobaron que las conclusiones del psiquiatra habían resultado ser acertadas, excepto porque no vivía con su odiada madre, sino con dos hermanas solteras.

En los años sesenta las técnicas de perfil criminal perdieron prestigio como consecuencia de las calamitosas equivocaciones de psiquiatras y psicólogos en casos como el del Estrangulador de Boston, pero con el aumento de los crímenes violentos con personas desconocidas a partir de los años ochenta, su estudio se retomó poco a poco en todo el mundo. Según los expertos, la movilidad de una población inundada de imágenes violentas y cargadas de sexo explícito estaba en la base de todo ello.

La elaboración de un perfil intenta encontrar patrones de conducta y vida que vengan a definir al autor de un crimen. Para ello se usa el razonamiento analítico y lógico, luchando para dejar de lado especialmente las ideas preconcebidas o socialmente asumidas. Con ello se busca contestar qué pasó en el lugar de los hechos, se intenta alcanzar el porqué de las acciones para, finalmente, descubrir quién está detrás de ellas. El objetivo es ir limitando el campo de búsqueda mediante la elaboración de subgrupos de población. Cada categoría que se incorpora tiene como objeto limitar el número de sospechosos. De este modo, saber que era un hombre el autor reducía a algo menos de la mitad la población sospechosa. Saber que era joven, alto y moreno, con marcas en el cuello acotaba enormemente el grupo de candidatos.

La piedra clave de todo este proceso se encuentra en el trabajo en el lugar en donde se desarrolla el delito. Entender su forma, los objetos que en ellos aparecen, el tiempo usado, el momento elegido, las posibles complicaciones o necesidades que el autor tuvo que considerar, son elementos fundamentales para entender la esencia de lo que allí ocurrió. Si un homicida lleva su propia arma, en vez de usar una circunstancial, nos indica que estaba premeditado y organizado. Los hechos que ocurrieron no fueron fruto de un impulso o una pelea inesperada. Si además el autor se lleva consigo el arma o intenta borrar sus huellas está mostrando claramente que su comportamiento es coherente, fruto del razonamiento. Si intenta eliminar los rastros de su paso por allí o busca ocultarse a los demás es que es consciente de que las consecuencias de sus actos son punibles. Todo se puede leer, sólo hay que saber interpretar la partitura.

Manuel había accedido a ayudar a Luis con la condición de que le permitiera trabajar en el lugar donde se habían producido los hechos. Ante lo inamovible de su postura, el fiscal tuvo que ceder finalmente, no sin antes hacerle jurar por todo lo que le importaba en este mundo que no tocaría nada de lo que allí había. Llegó a primera hora de la tarde, con la plaza tan vacía como el día en que ocurrió el crimen, y subió al despacho de la víctima. Tras romper el precinto de la Policía Judicial entró sin ruido. Nadie le había visto llegar allí. Una vez dentro observó el escenario.

Archivadores de metal, un ordenador, varios dietarios, carpetas que contenían la documentación de los procesos en los que andaba ocupada la víctima. En las estanterías, una colección antigua de Aranzadi y varias decenas de números de la revista *Lex Nova*. El asesino buscaba información, reflexionó fugazmente. Había desaprovechado la posibilidad de hacerse con dos tarjetas de crédito y dinero en efectivo que la víctima tenía en la cartera. Repasó el expediente policial una vez más. En el cajón inferior del escritorio se habían encontrado cerca de quinientos euros más.

—¿Qué hay en el despacho de un abogado? —se preguntó a sí mismo. Giró la cabeza y la respuesta vino de inmediato—. ¡Documentos! Los documentos tienen datos, fechas, números de autos.

Abrió los archivadores. Decenas de carpetas colgantes llenaban cada rincón, sin apenas sitio para un folio más. Todas estaban ordenadas de igual modo. Ningún papel parecía haberse desplazado un milímetro.

—¡No las tocó! ¡Están intactas! —Cuando acabó sintió una fuerte pesadumbre sólo de pensar en la posibilidad de tener que revisar cada una de ellas.

Entonces volvió la mirada a las estanterías.

—¿Y si fueran antiguos, muy antiguos?

En su propio despacho acumulaba expedientes de hacía más de siete años. Cuando los procesos se cerraban, o el paciente finalizaba la terapia, la documentación correspondiente pasaba a manos de su secretaria, y ésta la guardaba en archivos definitivos de cartón en el armario de su despacho. Pero allí no había definitivos.

Tomó asiento en el que había sido el sillón del abogado y se entretuvo con aquel problema. Conocía decenas de despachos de abogados. Todos eran iguales. Apenas se diferenciaban por sus dimensiones y decoración y, con el tiempo, todos tenían que enfrentarse al problema de acumular la documentación de los asuntos antiguos. Pensó que pudiera habérsela llevado a su domicilio particular, pero lo descartó casi de inmediato. Un documento es útil si lo consultas en el momento en el que te hace falta. Las llaves que le había dado Luis estaban sobre la mesa. Sin duda, allí estaría también la del domicilio particular. Por un instante pensó en ir. Su amigo se lo comería vivo y seguramente le caería un buen paquete si alguien lo descubría, pero... las levantó delante de su cara y comenzó a repasarlas.

—Portal, puerta del despacho. —Una más pequeña llevaba el logotipo de una conocida marca de maletas—. Maletín, dos llaves de su apartamento y... —Sostuvo la última durante un buen rato. Era una de esas llaves largas de la marca Lince que todos hemos usado alguna vez. Sin duda correspondía a uno de esos cerrojos tan comunes en los años setenta—. ¿Tú de dónde eres?

Intentó recordar en qué lugar había necesitado él una llave como ésa. La casa de sus padres había tenido una hasta que cambiaron la puerta, sustituyéndola por una blindada. También había visto usarla en la puerta metálica que daba acceso a la azotea del bloque de pisos donde tuvo su anterior despacho. Pero allí no había azotea. Únicamente tres plantas de oficinas. De un salto se encaminó al pasillo. En un instante se encontró en la tercera planta, frente a una puerta con un sistema de apertura antipánico. Empujó la barra y accedió a un nuevo tramo de escalera. Al final se abría un pasillo corto y estrecho, a cuyos lados una decena de puertas metálicas se apretaban en el mínimo espacio. Inmediatamente comprendió que eran trasteros propiedad de los negocios que tenían su sede en aquel edificio, y comenzó a probar la llave. Ésta se introdujo sin dificultad en la puerta que tenía un siete pintado sobre el umbral. Metió la mano en la boca oscura que se abrió ante él y logró encender la luz. La habitación era estrecha, de no más de metro y medio por tres de profundidad. A la izquierda, toda la pared estaba cubierta hasta el techo de estanterías metálicas. Cerca de un centenar de archivos de cartón permanecían dormidos sobre las baldas.

—¡Aquí guardaste todo tu pasado! —dijo a media voz.

Paseó delante de los restos de una vida dedicada al Derecho. Al fondo, una escalera metálica de tres peldaños se apoyaba contra una gran viga. La abrió y fue repasando los estantes. El abogado los había colocado por años. Los más antiguos en la parte superior. El cartón de aquellos archivadores estaba más amarillo, y tenía un aspecto más recio que sus hermanos de los estantes inferiores.

—¡Eras un enamorado del orden!

Todo estaba cuidadosamente dispuesto, sin que pareciera que nadie hubiera tocado nada allí desde hacía algún tiempo. Entonces Manuel recordó las viejas novelas de detectives inglesas y se fijó en el que sin duda era el mejor sistema de catalogación de documentos del mundo. Con cuidado, inclinó la cabeza sobre los estantes, sin permitir que su oreja tocara el metal, hasta que descubrió dónde había sido removido el polvo. Delante del archivador correspondiente al año 1986, un surco indicaba que alguien lo había sacado de su sitio y vuelto a colocar con mucho cuidado, limpiando de paso la estantería.

—¡Pero por aquí no habías venido hace tiempo!

Con cuidado bajó aquel archivador. En realidad había tres iguales a él, rotulados con el mismo año, pero ninguno de los otros había sido desplazado. Nada más abrirlo se dio cuenta de que allí faltaba algo. El archivador estaba medio vacío. Los documentos, en todos los lugares apretados y bien ordenados, se encontraban allí desordenados, colocados con prisa y sin ningún orden aparente.

Durante la siguiente hora revisó los expedientes correspondientes a aquel año, así como los archivadores del año anterior y posterior, sin obtener fruto alguno. Lo que hubiera allí había desaparecido. Cansado de aquel lugar, volvió al despacho y ocupó de nuevo el asiento del que fue su titular.

—Pero, si tengo los documentos, ¿por qué me arriesgo a entrar en contacto con alguien que podría traerme problemas? —se preguntó girando la llave frente a sus ojos—. ¿Por qué no los robo y me marcho antes de que nadie se dé cuenta?

* * *

El ordenador, un adorno más como el resto de objetos a su alrededor, pareció cobrar vida cuando apretó el botón de encendido. No era muy frecuente tener documentos electrónicos de esa fecha, pero no debía perder la oportunidad de agotar todas las fuentes de información. Con unas sencillas órdenes en MS DOS inspeccionó los últimos comandos ejecutados en aquel aparato, así como todos los documentos que habían sido consultados en las dos últimas semanas, sin que pudiera encontrar nada extraño. Entonces imaginó qué le podía faltar si ya tenía el expediente que buscaba. Si había golpeado al abogado con saña sin duda era para sacarle información. Repasó las posibilidades con tranquilidad.

—¡Te resististe! Entonces temías lo que le pasara a aquello que ocultabas.

Lo primero que pensó es que no pudiera leer en castellano, pero rápidamente desechó esa idea. Si así hubiera sido, le hubiera resultado muy difícil interrogar al abogado. En los siguientes minutos distintas posibilidades pasaron por su mente, descartándolas sucesivamente, hasta que concluyó con la posibilidad más sencilla. Los documentos de 1986 podrían darle información, pero no actualizada. Si buscaba algo o a alguien sobre el que se hablara allí, podía haber cambiado de domicilio o sencillamente haber muerto. Por eso le golpeó; necesitaba tener datos actuales, recientes de aquello que le interesaba. Más de veinte años es mucho tiempo para creer que alguien, que tal vez no quiere saber nada de ti, te está esperando a la puerta de su casa.

Dejó vagar la mirada por la sala de espera, más allá de la puerta del despacho. Se enfrentaba a un varón de complexión atlética, capaz de someter a otro varón y arrastrarlo sin gran dificultad. Estaría acostumbrado a entrenarse a diario para controlar dicha situación o bien estaría inmerso en un mundo tan marginal que desde siempre había usado la fuerza para sobrevivir. Si elegía la primera posibilidad, se inclinaba por alguien del Este, o un antiguo profesional del ejército español reciclado en matón, pero las marcas y tatuajes no encajaban. Si elegía la segunda posibilidad, un suramericano o africano encajaba perfectamente en aquel perfil. Recordó la declaración de la testigo y rechazó la posibilidad del africano. Empezó a repasar la geografía americana para concretar el número de países candidatos.

Comenzaba a dolerle la cabeza y decidió cambiar de estrategia. Salió al pasillo y rehízo el camino que los rastros de sangre habían dejado marcado. Al llegar al arranque de las escaleras que bajaban en dirección a la calle se detuvo un instante. Observó aquel lugar con mayor detenimiento. Desde allí podía ser sorprendido por los usuarios de al menos tres despachos. Cualquiera de esas puertas podría haberse abierto de improviso, sorprendiéndole, y, sin embargo, eso no había alterado al agresor. Sin duda estaba ante un asesino organizado, un sujeto con la cabeza fría, muy alejado de la idea del tipo impulsivo que responde a presiones marcadas por el momento.

La mayoría de las personas que pueblan este planeta sostienen que una conducta violenta es algo enigmático, fruto de una mente enferma que es guiada por odios infantiles o voces que inundan su cabeza. Pero a poco que uno se familiarice con esas situaciones puede comprender que existen grandes diferencias entre los distintos hechos que contempla. Una de esas diferencias es la posibilidad de percibir el grado de organización de la conducta del sujeto responsable del hecho. Aquel tipo había elegido bien la hora en la que cometer su crimen, el momento del día con menos público; se había tomado su tiempo para llevar a cabo su trabajo, sin importarle que en un momento dado la víctima recibiera una llamada o una visita inesperada; había traído su arma, seguramente con la que estaba familiarizado, y no había olvidado llevársela; lo más probable es que el muerto no conociera a su agresor y, no obstante, había indicios de que se sentía amenazado; finalmente, había decidido personalizar a su víctima, ya que se había producido una interacción verbal entre ellos suficiente como para que el criminal la reconociera como persona antes de ejecutarla. Sin ninguna duda, aquel tipo no respondía a un elemento de estrés momentáneo, como un problema con una pareja o un jefe, que le habría empujado a cometer semejante acción con el primero que se cruzó en su camino. Con lo que se enfrentaban era con un sujeto que en ningún momento estuvo desorientado o perdió el control, un hombre que sabía quién era y dónde estaba y, con toda seguridad, diferenciaba claramente el bien y el mal.

Mientras aquel torbellino cruzaba su cabeza, un detalle captó su atención. Dobló la espalda y observó una pequeña gota en la pared. Sin lugar a dudas era sangre. La forma era redondeada y pequeña, por lo que probablemente habría podido pasar desapercibida a la policía, pero lo que más le llamó la atención era la altura a la que se encontraba. Si hubiera sido una gota gravitatoria su forma habría sido alargada, de lágrima, y, sin embargo, aquélla era casi perfectamente redonda. Ese tipo de gotas correspondían a salpicaduras directas. Recordó que el abogado tenía una gran herida en el vientre, y otras más pequeñas por todo el cuerpo. Instintivamente se agarró el estómago con una mano, imaginándose herido y sangrando, y poco a poco fue agachándose, hasta que logró hacer corresponder la herida con la altura de la mancha en la pared. La víctima se había arrodillado en aquel lugar, tal vez mareado por la pérdida de sangre. Manuel miró hacia atrás e imaginó al asesino avanzando por el pasillo. Por un instante un escalofrío recorrió su espalda. Había ido hacia él tranquilo, sin alterarse o pegar voces que pudieran delatarlo. Seguramente estaban ante un psicópata sádico muy acostumbrado a estas situaciones.

Al fin alcanzó la calle. Inconscientemente miró a la ventana desde donde Encarnación había sido testigo de los hechos. Aquella mujer nunca llegaría a entender que había tenido ante sí a uno de esos sujetos para los cuales lo que está permitido significa qué puedo hacer sin que me pillen, para los que las normas no están hechas, si no es en beneficio propio.

Capítulo
XII

Las botas de Álvaro Gómez Curtidor dejaban un rastro de polvo de yeso por toda la escalera. Cuando llegó al último descansillo, tuvo que parar para recobrar el aliento. Al bajar la mirada para apoyar las bolsas de la compra en el suelo, se dio cuenta de lo que estaba ocurriendo.

—Será mejor que me dé prisa —murmuró con una sonrisa—. Como salga alguna de éstas y vea cómo he dejado la escalera, me van a montar una buena.

Quedaba un tramo de escaleras para llegar a su piso y aún tenía que hacer la cena. Sin duda su hija pequeña ya estaría inquieta, entretenida con la videoconsola y muerta de hambre. Con resignación dobló el cuerpo, se dio unos segundos con las manos sobre las rodillas, y continuó su camino. «Ya no me queda mucho aquí», pensó con satisfacción. «Dentro de poco la obra de la casa nueva estará terminada y podré vender este piso».

—¡Entonces si que os van a dar por...! —El ruido de una puerta dos pisos más abajo le enmudeció.

—Pero ¿quién coño ha puesto así la escalera? —gritó una de sus vecinas.

Con una sonrisa burlona miró por el hueco de la escalera, ocultándose justo a tiempo de que aquella mujer pudiera verlo. En tres zancadas alcanzó la puerta de su domicilio, abrió con premura y desapareció, mientras el ruido de otras puertas delataba que había sonado la voz de alarma en la escalera. Ya había anochecido y la entrada estaba oscura. El ruido de un coche derrapando en el comedor le confirmó sus suposiciones. Tras dejar las bolsas en la cocina fue hacia allí. Una niña de nueve años, vestida con vaqueros y camiseta blanca, miraba embebida la pantalla del televisor donde un coche de Fórmula 1 recorría las calles de Mónaco. En sus largas manos un pequeño mando cubierto de botones y una palanca le permitían ilusionarse con ser la próxima campeona del mundo.

—¡Hola, cariño! ¿Qué tal el día en el cole?

—¡Muy bien, papá! —contestó sin dejar de prestar atención a la pantalla.

Álvaro sonrió. La luz del televisor iluminaba el rostro de su hija. Tenía el pelo recogido en una coleta alta que había atado con gomas de colores y horquillas con pequeños ositos rojos. Había heredado el pelo castaño de su madre y sus expresivos ojos. Gracias a su vecina de rellano, una vieja viuda para la que la niña era la nieta que nunca tuvo, podía atenderla, trabajar de sol a sol, y estar tranquilo de encontrarla a su regreso.

Tras recoger ropa limpia de su dormitorio, se encaminó hacia el cuarto de baño. Su trabajo como capataz de obra le obligaba a esmerarse cada día, si quería estar medio aseado. Encendió la pequeña radio que usaba todas las mañanas para escuchar las noticias mientras se afeitaba y, tras una ducha con agua fría, aún se entretuvo un buen rato limpiándose con un cepillo las uñas de las manos. El yeso y el polvo de la escayola se metían en cada rincón de su piel, le arañaban los ojos y le empastaban la lengua. Cuando acabó, siguió tarareando la canción que acababa de escuchar, mientras se dirigía hacia la cocina.

Después de más de tres años separado de su última pareja, comenzaba a ser capaz de manejarse en aquel lugar. Durante todo el tiempo que estuvo viviendo con Adela no había tenido que romper ni un huevo. Después de su ruptura, el primer día que se encontró solo delante del hornillo fue uno de los más angustiosos de su vida. Sin embargo, aquel miedo inicial había ido disipándose lentamente con la práctica y las experiencias fallidas, logrando convertirlo en un cocinero lo suficientemente hábil como para conseguir que su hija no se quejara demasiado. De hecho, hacía al menos tres meses que no le había vuelto a proponer contratar a la vecina de su rellano como asistenta, lo que consideraba un síntoma claro de que las cosas habían cambiado.

Después de guardar los alimentos en el frigorífico volvió a la encimera. Mientras limpiaba los pimientos que acababa de comprar dirigió una mirada hacia la calle. Aunque estaba a punto de anochecer, el buen tiempo empujaba a grandes y pequeños a aprovechar hasta el último momento para distraerse en los portales o en las mesas del bar que se encontraba en los bajos de su edificio, con la esperanza de aprovechar hasta la más leve brisa que circulara por allí. Aquellos edificios, construidos en la época en la que la emigración masiva del campo a la ciudad hizo crecer desmesuradamente todos los núcleos urbanos del país, se convertían en verdaderos hornos en verano. Tras cuatro décadas de convivencia, la mayor parte de los vecinos habían incorporado rituales de todo tipo para combatir las inclemencias del tiempo, y a nadie extrañaba que alguna noche una familia subiera sus colchones a la azotea con intención de dormir al cielo raso, o que montara una pequeña piscina de plástico en la terraza para que sus hijos pequeños soportaran mejor la calima.

Desde aquella altura pudo distinguir a varios de sus conocidos, sentados en una de las mesas de aluminio del bar. Jugaban ruidosamente, mientras daban cuenta de sus medios de vino blanco o sus botellines de cerveza. Conocía muy bien esa liturgia. Él mismo lo había hecho mil veces, antes de que una tarde de otoño decidiera romper con todo, dejar de frecuentar el bar tras el trabajo, incluso no volver a coger el tabaco cuando estaba en casa, cansado de ser un paria en un mundo brillante y lleno de aire que respirar. Quería intentar una nueva vida. Desde ese momento, todo había cambiado. Adelgazó, dejó de toser por las mañanas, comenzó a frecuentar al tutor de la niña y se esforzó tozudamente por entender lo que le quería decir, hasta que finalmente logró que un día su hija, mientras la peinaba para ir al colegio, le dijera que era el mejor padre del mundo.

Aunque lo de su relación con Adela no hubiera salido bien, aquel pequeño fracaso no le había hecho cejar en su empeño. En pocos años había comprado una parcela e iniciado su urbanización. Aprovechándose de sus contactos en la empresa de construcción en la que trabajaba, y lo bien que sabía ganarse el respeto de la gente que tenía a su alrededor, logró que un arquitecto de la plantilla le hiciera el proyecto por cuatro perras gordas. Tras dos años de obras, trabajando a días sueltos en fines de semana y vacaciones, y gracias a algún que otro favor de sus subalternos, que le habían resuelto la acometida de la luz y el agua, la casa estaba a punto de acabarse. Pronto se mudarían de allí, dejando una vida de recuerdo a sus espaldas.

—¿Qué vamos a cenar, papá? —le preguntó su hija de puntillas para ver qué había en la sartén.

—¡Pimientos, lomo y patatas! ¿Te apetece?

La niña afirmó con todo el cuerpo, llenando con una sonrisa el pecho de su padre.

—¿Qué has hecho en el colegio hoy?

—La seño Puri nos ha hecho repasar las cuentas y las oraciones. En el recreo hemos jugado a un juego que se ha inventado —prosiguió cada vez más emocionada—. ¡Mira, tú te pones así! Con el cuerpo echado para delante, y otros se ponen detrás. Unos... —Contó en silencio—. Unos tres o cuatro más. Todos puestos del mismo modo.

—¡Y entonces un niño coge carrerilla y salta encima!

La cara de la niña mostró toda la sorpresa del mundo.

—¿Cómo lo sabes?

—Porque ese juego no se lo ha inventado tu señorita. ¡Cuando yo era pequeño también jugábamos a él!

La niña miró con recelo a su padre, con los brazos en jarras.

—¿Cuando tú eras pequeño?

—¡Sí! Jugábamos a ése y muchos más.

—¡Bueno! —terminó por decir, aceptando sin mucho convencimiento las palabras de su padre—. Luego hemos tenido música y plástica. Estamos haciendo un mapa de Europa de plastilina.

—¡Qué divertido! Me encanta la plastilina.

Había llegado el momento que había planeado. Con suavidad, se enganchó del brazo de su padre.

—¿Verdad que es divertido? Tengo que entregarlo antes del viernes y necesito que me eches una mano.

—¡Deberías hacerlo tú sola! —respondió el padre con una sonrisa, consciente del ardid de su hija.

—¡Pero, papi, a mí no me sale! —Cuando comenzaba a comportarse de ese modo, Álvaro era incapaz de aguantar una sonrisa.

—¡Inténtalo, ya verás como sí! ¿Recuerdas cuando no me salían los garbanzos?

—Sí te salían, pero no se podían comer —apostilló la niña.

—¡Bueno, pues eso! ¿Te acuerdas de cuando intentaba hacer garbanzos y no había quien se los comiera? —La niña asintió—. ¡Pues esto es lo mismo!

—No es lo mismo, esto es del cole. No es igual la plastilina que los garbanzos.

—Pero yo tuve que intentarlo, leer y ver cómo se hacía hasta que lo conseguí. ¿A que ahora sí te gustan mis garbanzos?

La niña se sintió vencida por la argumentación. Pero no dejó de intentarlo. Tras un buen rato decidió que volvería a la carga después de la cena.

—¡Anda, ve a lavarte las manos, que vamos a cenar pronto!

—¿Él va a venir a cenar con nosotros?

Álvaro se detuvo en las palabras de su hija. Hacía cuatro días que aquel muchacho había aparecido en sus vidas, trayendo mil recuerdos que creía dormidos y que, en algún momento, hicieron que se planteara serios cambios en sus planes de futuro.

—¡Seguro que sí! —Dudó si hacerle la siguiente pregunta—. ¿Qué te parece?

—¡Es simpático, pero habla poco! —El padre sonrió. La niña hizo ademán de marcharse—. Eso sí, dibuja muy bien.

—¡No me digas! ¿Cuándo te ha dibujado algo? —La niña se perdía por el pasillo.

—¡El otro día me ayudó con las tareas de clase!

Él sabía que ese presunto desdén era totalmente falso. Conforme habían pasado más horas juntos se había dado cuenta de que habían hecho muy buenas migas y que muy pronto serían inseparables. Él jugaba con ella, curioso por las propuestas de la niña y con las cejas levantadas ante su inquebrantable insistencia. Luego, ella venía y le relataba con todo detalle, excitada y sudorosa, lo fuerte que era, las cosas que le contaba de su país o lo mucho que le gustaban las canciones que le tarareaba, sin que el aburrimiento pareciera nunca alcanzarles.

Los pimientos crepitaban en el fuego, amenazando con saltar de la sartén. A pesar del tiempo transcurrido, no se había repuesto de la sorpresa ante el insólito hecho de recuperar un pasado olvidado, que tanto dolor había causado. Recordaba perfectamente la tristeza en el rostro de su madre, ya moribunda, que le pedía que solucionara las cosas, incrédula ante la obstinada realidad. Recordó, y su cara se contrajo. Nunca se arrepentiría bastante del sufrimiento que trajo a aquella mujer en sus últimos días, pensó con pesadumbre. Ninguna de las cosas que intentó logró paliar ya no sólo la ausencia, sino la ilógica conducta de aquella mala mujer, la mujer que borró la alegría en los ojos en los últimos años de la anciana.

—¿Papi? —Su hija le observaba en silencio—. ¿Lloras?

—No, cielo mío. ¡Es que me ha saltado un poco de aceite! ¿Has puesto la mesa?

—¡No, ahora iba! ¿Pongo cuchillos?

—¡Tenedores y cuchillos para tres! —contestó, levantando ligeramente la voz con una sonrisa.

—¡Oído cocina!

Al cabo de unos minutos, el timbre de la puerta sonó alto. Escuchó la alegre carrera de su hija al ir a abrir y comenzó a servir los platos.

Capítulo
XIII

Ya apenas quedaban media docena de edificios como aquél en toda la ciudad. Correspondían a una arquitectura que había sido el modelo de lo que debía ser una casa señorial durante más de cuatro décadas, allá por la primera mitad del siglo xx. Techos altos, molduras en forma de cuarterones en las paredes, pasamanos de madera en la escalera, peldaños de piedra, mirillas de bronce. Manuel apoyó la palma de su mano en la recia hoja de cerezo. Con media sonrisa en el rostro entró en la casa de Eduardo. El anciano no había cerrado aquella puerta en los últimos veintitrés años. Una y otra vez se preguntaba cómo podía vivir un sujeto como aquél en un mundo como el que le había tocado en suerte a él. Por unos instantes se sumergió en el afecto más profundo hacia el que había sido su tutor durante más de cinco años.

—¡Viejo! ¿Estás en casa?

Una porción de fuste con el sumoscapo roto sostenía varios libros desvencijados, asemejando viejos veleros arrinconados al fondo de la dársena, en la era del queroseno y la fibra de carbono.

—¡Llevo tres días sin saber nada de ti! ¿Debo llamar al juez de guardia para que levante tu cadáver o aún sigues por ahí?

Esperó durante unos segundos una respuesta, antes de introducirse en la estancia en penumbra.

—¡Por aquí no huele a nada! —prosiguió a media voz—. Al menos a nada que no sea habitual —aclaró, entretenido con unos libros apilados en desorden sobre una gran mesa de roble oscuro.

Dos pasos más allá, colgado en mitad de un inmenso lienzo de pared, se encontraba el objeto más insólito de aquel microcosmos de lo extraño. Manuel se detuvo frente a él. Como un imán, ejercía una poderosa atracción sobre él cada vez que llegaba a aquella casa, por más tiempo y ocasiones que acontecieran.

—¡No me he muerto! Así que aún no te lo puedes llevar —gruñó desde el sofá un sexagenario que con un gran esfuerzo buscaba en la penumbra un asidero para poder levantarse—. A lo mejor lo quemo antes para joderte. —El anciano era consciente del dolor que provocaba en aquella alma cándida, enamorada de los objetos hermosos, ante tan siquiera la remota posibilidad de que cumpliera su amenaza. Al contemplar el gesto de su joven amigo se sintió culpable—. ¡Es broma!

—¿Cuándo dejarás de atormentarme?

—¡Cuando deje de resultarme divertido! ¿Qué te trae por aquí? —Y sin dejarle contestar añadió—: Ya andaba yo preguntándome por qué tardabas tanto en aparecer.

—¿Molesto? —preguntó en tono burlón.

—¡Jodes un poco, pero eres soportable! —contestó desde el pasillo.

Manuel escuchó los ruidos de aquel extraño personaje en la cocina de la vivienda. Mientras tanto, cogió un libro que, abierto boca abajo, era sin duda su última lectura.

—Mi vida secreta —leyó con dificultad en la penumbra.

—Es un libro erótico de finales del siglo XIX. Se publicó como anónimo, pero creo que empiezo a estar muy cerca del nombre del autor —aclaró tendiéndole un vaso de cristal tallado.

—¿Tienes ese oporto tan increíble? —El anciano contestó señalando un mueble a su derecha.

—Esta edición es moderna —prosiguió con el libro entre sus manos—. De principios del siglo XX. Está ilustrada con deliciosas fotografías de señoras desnudas que muestran sus lindos sexos bajo un sinfín de enaguas.

—¡No entiendo cómo te entretienes perdiendo el tiempo con eso! Tienes aún esos legajos del siglo XIV que no has terminado de transcribir.

—¡Querido amigo! Cuando llegues a mi provecta edad, también tendrás alguna que otra manía. En ocasiones los días son demasiado largos.

Aquella última afirmación sonó apagada y triste. Manuel mantuvo la mirada. El anciano entendió inmediatamente el equívoco que había generado sin intención.

—¡Oh, no, no! No estoy desesperado por mi soledad, ni a punto de entrar en una depresión. ¡No me malinterpretes! —Apuró el contenido de su vaso—. ¡Mira! Tú tienes tus pacientes, tus amigos y aficiones. Yo, por no tener, no tengo ni tele; únicamente mis libros, tu compañía y alguna que otra amiga a la que hago una visita de vez en cuando. Si miro hacia atrás puedo acordarme de muchas épocas. De épocas de amor, de épocas de sexo, incluso de épocas de desconcierto y política, cuando aquello de la política era una aventura y no un trabajo fijo de ocho a tres. Ahora vivo tranquilo y como siempre he querido. ¡A mi aire!, que es como mejor se vive, por cierto. ¿A quién molesta que tenga mis aficiones? ¡Llámalo manías si quieres!

—Supongo que llevas razón. ¿Quién crees que es el autor?

—Tengo varias pistas, pero me inclino por un ingeniero de minas de Kent que anduvo por Huelva con la Coal Lancashire. Tengo varias referencias en documentos privados y esto. —Le tendió una pequeña fotografía sobre cristal.

Manuel sostuvo con cuidado aquella reliquia mientras se dirigía hacia la ventana. Cuando la colocó a la altura de sus ojos, pudo contemplar una instantánea impresa en la superficie que había inmortalizado una escena olvidada. Aquella estampa le recordaba a otras muchas en las que un grupo de hombres posaban, distribuidos en dos filas, mostrando orgullosos sus instrumentos de trabajo, vestidos con sus mejores galas. Los que ocupaban la primera fila se habían colocado en cuclillas, y por encima de todos ellos se podía leer un gran letrero con el nombre de la empresa.

—El tercero por la derecha de la fila superior. En aquella época debía de tener cerca de los treinta años. Estaba aún soltero, pero prometido con una señorita de Surrey.

—¿Cómo puedes averiguar esas cosas? —le interrogó Manuel, devolviéndole con cuidado el trozo de vidrio—. Es algo que siempre me sorprende.

—Paciencia y tiempo libre. Exactamente igual que lo que se necesita para conquistar a una monja.

—¡O completar un rompecabezas!

Conocía a aquel anciano desde su adolescencia. Su padre, un comerciante de telas sin aficiones, se lo presentó un día de principios de verano. Recordaba el momento como si hubiera ocurrido esa misma mañana. En aquella misma habitación. Hijo, le dijo con tono solemne, te presento al señor Fincham, Eduardo Fincham Ardid, un buen hombre del que puedes aprender mucho. Quiero que le ayudes en su trabajo. Como sé que te gustan los libros, he pensado que él te puede enseñar muchas cosas. Aquellos dos seres, con más de treinta años de distancia, se hicieron amigos de inmediato. Un Manuel adolescente quedó prendado de su colección de libros, mapas y legajos de mil formas y orígenes distintos. Eduardo, viejo desocupado, rentista de una gloria familiar asentada en el comercio con ultramar, le entretuvo aquel estío clasificando el archivo de un notario de Jerez que había desempeñado su cargo a finales del siglo XIV. Desde entonces no se habían separado nunca.

—¡No me gustan los rompecabezas! Siempre sabes cómo van a acabar.

—Necesito que me ayudes a completar uno. —Le tendió una reproducción del dibujo que le había enseñado el fiscal en la cena—. ¡Necesito saber si significa algo!

—¿Algo? ¿Algo como qué?

—Algo como el emblema de una asociación o hermandad. Algo como un símbolo esotérico o una marca que pueda darme información sobre su poseedor.

Gastaron el resto de la tarde compartiendo la historia del asesinato del abogado. El viejo le interrogó por cada uno de los detalles que Manuel conocía, proponiéndole posibilidades que jamás se le hubieran pasado por la cabeza. Finalmente decidieron quedar para un par de días después.

Al salir de la casa de su amigo recordó que había esperado a última hora para ir a visitar a Marcelo en el hospital. Cuando llegó a su habitación lo encontró solo. Una enfermera le informó de que la madre había tenido que irse a su casa, vencida por el dolor de sus huesos machacados durante días en el incómodo sillón de la habitación, donde había dormido todo ese tiempo.

Marcelo parecía dormido. El médico había ordenado que le colocaran un respirador para compensar el funcionamiento de sus deteriorados pulmones. Tenía la piel blanca y fina, casi transparente, y unas profundas ojeras marcaban sus mejillas. Se acercó a su oído y le susurró un buenas noches que no pareció escuchar. Aunque dudó mucho en hacerlo, finalmente le cogió la mano. La notó fría, dura y suave. A través de la ventana entraba la noche. Nadie le esperaba en casa. Tenía muchas historias entretenidas que contar y un amigo que deseaba escucharlas.

Capítulo
XIV

La otra gran fuente de información para la elaboración del perfil del autor de un crimen es la víctima. La profesión de ésta podía marcar el riesgo de sufrir una agresión o de tener enemigos en potencia. Sus hábitos de vida, sus amistades o socios. Incluso detalles que, a ojos de cualquiera, pudieran ser superfluos se convierten en relevantes y muy significativos para entender lo que ocurrió. No es lo mismo que a un sujeto le guste pasear a solas, a última hora de la noche, que por lugares abarrotados de gente, en los que las familias llenan cada rincón cuando van de compras. Los pequeños detalles se vuelven fuentes donde los ojos entrenados ven señales, mientras el resto únicamente contempla el friso labrado de un pórtico.

A primera hora del domingo, Manuel fue a hablar con el abogado amigo de la víctima que le había estado pasando trabajo en los últimos tiempos. Su teléfono figuraba en una nota adhesiva en el expediente que Luis le había dejado. Resultó que ambos se conocían. Habían coincidi-

do un par de años atrás, en un pleito en el que el psicólogo había elaborado un informe a favor de una viuda que
había perdido a su marido en un accidente laboral. Roberto Macías representaba a la aseguradora a la que la mujer
reclamaba una indemnización por daño moral. Quedaron
en una cafetería para tomar algo a media mañana y hablar de Juan Castro.

Después de saludarse y pedir al camarero, fueron a
sentarse a una mesa de la terraza.

—Aquel asunto no prosperó. —Manuel frunció el
entrecejo, intentando descubrir a qué se refería—. ¡Lo de
la viuda!

—¡Ah, disculpa! ¡Sí, tienes razón! Tu cliente se aho-
rró una bonita cantidad.

—¡Pero tú me lo pusiste difícil!

—¡Es mi trabajo!

—¡Por supuesto! —El abogado asintió, dejando su
taza en la mesa—. ¿Qué quieres saber de Juan?

—Por lo que sé, llevaba unos años de mala racha.
¿Podrías hablarme de ello?

—¡Sin ningún problema! Juan empezó a trabajar un
par de años antes que yo. Comenzó desde abajo, no tenía
padrino ni apellido ilustre, y sabes que eso en esta ciudad
es un problema. Con el tiempo se hizo con su propia cartera de clientes. Aquello pudo durar más o menos hasta
finales de los ochenta. Entonces todo empezó a irle muy
bien. Ésta es una profesión un poco jodida y muy traicio-
nera. Durante años fue el número uno. Todo el mundo le
tenía como referencia. Compró un despacho en el bule-

var del Gran Capitán. —El letrado perdió la mirada en sus recuerdos—. ¡Era enorme, decorado con cuadros clásicos, muebles caros e hilo musical!

—¿Siempre se dedicó al derecho de familia?

—No, ni mucho menos. Al principio llevó de todo. Incluso algún asunto contencioso contra la Administración. Luego fue especializándose.

—¿Cómo cambiaron las cosas?

—¡Se confió! Pensó que siempre sería así y eso, en una profesión como la nuestra, nunca se puede asegurar. Se metió en un buen piso, un estupendo Rover con todos los extras, y, lo que suele ocurrir en estos casos, para mantener semejante tren de vida no tuvo más remedio que hacer más y más horas. Con el tiempo comenzó a coger de todo. Ya sabes lo que dicen. ¡Quien mucho abarca poco aprieta!

—¡Sé que no era muy querido!

—¡Te equivocas! —exclamó el abogado—. ¡No lo quería nadie! Comenzó a hacer cualquier cosa para ganar una minuta. Manipulaba a los testigos, preconstituía pruebas, llegaba a acuerdos con compañeros que poco antes de la vista del juicio incumplía, sin dar oportunidad a que el otro pudiera tener tiempo de deshacer el entuerto. Imagínate lo que les decían los clientes a sus abogados cuando veían que el abogado de la otra parte les había engañado. Imagina la carita que se les quedaba a los compañeros de profesión.

—¿Eso tendría repercusión a nivel colegial?

—¡Oh, sí, por supuesto! Le comenzaron a llover las denuncias y, tras un par de años, tenía más faltas de las que podía cumplir. Los comentarios de toda la profesión comenzaron a afectarle. Nadie quería tomarse un café con él y muchos le negaron el saludo por los pasillos de los juzgados.

—¡Eso es difícil de aguantar!

—Sí, pero eso no fue lo peor. Con el tiempo, su manera de actuar se volvió contra él. Cuando un abogado cogía un pleito en el que él estaba implicado, inmediatamente sabía que debía ir a degüello, sin posibilidad de acuerdo, por más simple que fuera el asunto. Te puedes pelear con varios durante un tiempo, pero no con todo el mundo todo el tiempo.

—¡Entonces comenzó a fallar!

—¡Era inevitable! —afirmó con un suave movimiento de la cabeza—. Hasta en los asuntos más simples se tenía que implicar con toda su alma. Cualquier abogado recién licenciado consideraba toda una hazaña acabar con él. Pero no sólo ganar el pleito, desprestigiarlo, apabullarlo si podía ser.

—¿Y su familia?

—Su mujer se acostumbró a lo bueno. Cuando vino la hora de vender el Rover y malbaratar la casa, las cosas empezaron a ponerse difíciles entre ellos. Yo la conocía bien. Fuimos amigos desde el instituto. Al principio, los éxitos profesionales de su marido le compensaron su ausencia de la casa. Luego nada fue suficiente.

—¿Cuándo se separaron?

El abogado se retrepó en su asiento. Durante unos segundos hizo cuentas en silencio.

—Debe de hacer unos cuatro años, pero no me hagas mucho caso. Desde aquel momento no nos tratamos. Cuando supo que le ayudaba con algo de trabajo, ella entendió que yo había tomado partido por su marido y dejó de hablarme.

—¿Su hijo vive fuera?

—En Italia. Es ingeniero y trabaja en una empresa de obras públicas. Un chaval muy majo. Físicamente idéntico a su madre, pero con las mismas ganas de triunfar que su padre.

Manuel dudó un instante. Su diálogo interior bullía, intentando elegir de modo adecuado las preguntas para dirigir la conversación hacia donde le interesaba.

—Te seré sincero. ¿Has pensado en quién querría verlo muerto?

—Me agrada tu franqueza —respondió con rotundidad—. ¡Sí, lo he pensado durante mucho tiempo estos últimos días! Aunque creo que no puedo ayudarte. A Juan no le quería mucha gente. Perdón, casi nadie le quería; pero eso es muy distinto al hecho de que alguien quisiera matarlo. ¡Verás! —prosiguió, acomodándose en su silla—. En asuntos de familia los ánimos están siempre muy caldeados, pero con el tiempo todo vuelve a su sitio. Supongo que un marido cornudo, que encima pierde su casa y la custodia de sus hijos, puede hacer cualquier cosa, pero luego rara vez llega a nada.

—¡Sé que jugaba!

El letrado le lanzó una mirada pícara.

—¡Veo que tú también frecuentas ciertos sitios! Es cierto. Perdió mucho dinero con las cartas y las apuestas, pero ganó mucho más en su despacho. ¡No creo que vayan por ahí los tiros! ¡Bueno, estoy seguro de que no!

—¿Tenía alguna novia o...?

—¡No! Solía bromear diciendo que se había jubilado de las mujeres.

Manuel se encogió de hombros.

—¡Cuanto más me cuentas menos entiendo!

—¿Se nos queda algo en el tintero?

—¡Francamente, no sé por dónde tirar! Todo parece sin sentido. No por el hecho de su muerte, sino el modo en que murió.

—¿Cuál es tu opinión? —le interrogó Roberto.

Manuel inspiró hondo sin apartar la mirada del rostro de su interlocutor.

—Si te soy sincero, esto no parece tener ni pies ni cabeza. La policía no sabe por dónde meterle mano a este asunto. No parece que el objetivo final fuera asesinarle. Al menos, no el objetivo principal. Comienzo a creer que él es sólo un convidado de piedra. Un peón en una partida con muchos movimientos. ¿Crees que tuvo algo que ver con algún asunto peligroso?

—¿Drogas y esas cosas?

—Sí, o tal vez blanqueo de dinero, sociedades instrumentales...

—¡Seguro que no! —atajó con seguridad—. Juan no tenía ni idea de esas cosas. Y los asuntos de drogas le daban pánico.

—Tenía las maletas hechas. Al menos desde hace varias semanas.

Manuel dejó caer aquella afirmación con lentitud y en el momento más adecuado. El abogado se quedó mirándole en silencio, tan desconcertado como triste.

—¿Quieres decir que estaba amenazado?

—¡Seguramente! Y seguramente sea eso lo que tengo que perseguir. De algún modo alguien, o algo, lo puso sobre aviso. Estaba preparado para huir en cualquier momento.

—¡Pobre Juan! —Las palabras del abogado sonaron sinceras.

—Sí; sus últimos días debieron de ser difíciles.

La conversación transcurrió por otros derroteros y el mediodía comenzó a hacerse sentir en sus cabezas. Finalmente se despidieron con la vana promesa de llamarse más a menudo.

Camino de su despacho, la iglesia de San Pablo salió al encuentro de sus pasos. Manuel dudó un instante y luego entró. La oscuridad y el frío le recibieron en un silencio únicamente roto por el flamear de las velas. Eligió un banco en mitad de la nave central y se sumergió en sus pensamientos.

Durante veinte minutos anduvo de un pasado cierto a un futuro potencial, de un presente de agobio a su tálamo malva, sin permitir que ningún pensamiento tomara asiento el tiempo suficiente para establecer confianza. El mundo de prisa en el que vivía inmerso, compartido con el resto del gentío que podía alcanzar a ver mirando a su alrededor, le había hecho abandonar sus tres minutos diarios para la reflexión y el recogimiento, perdiendo el rasgo de humanidad que para muchos distinguía al ser humano del resto de los animales de la creación. Esto había provocado que cada vez se sintiera más extraño cuando se encontraba en una situación como aquélla, convertido ahora en turista presuroso, que viene a ver sin pararse a pensar tan siquiera que aquel lugar fue diseñado para detenerse.

Un movimiento a sus espaldas le sacó de sus pensamientos. Mateo le miraba gastando esa sonrisa que tanto reconfortaba a sus feligreses. Con agilidad acercó un poco más su silla de ruedas hasta el lugar que el joven ocupaba. El psicólogo se quedó mirando aquel objeto negro y brillante sin disimulo.

—¡Que alegría verte! —le dijo el recién llegado.

—¡Buenos días, padre!

Mateo tenía más o menos su edad. Había nacido en el sur, en un pueblecito perdido en las montañas meridionales de Granada. En su rostro se reflejaba la aspereza del viento constante y frío, pero su mirada había absorbido la calidez de los espectaculares atardeceres desde los riscos de granito de su infancia. Aunque la llamada le había alcanzado cuando se encontraba ya en la universidad, esto no le había impedido visitar diversos países africanos, en donde curtió su alma como misionero. La práctica de la Medicina en poblachos y campos de refugiados iba a ser su vida, si no fuera porque allí la rabia y el odio someten al tesón y la caridad con fusiles fabricados a miles de kilómetros, más allá del mar. De aquellos días aún no había podido desprenderse, como si se tratara de un polvo pegajoso que se incrusta en los resquicios más intrincados del alma. En sus noches, nombres de ciudades, que para los demás evocaban exotismo y aventuras, le traían recuerdos de amputaciones y violaciones, de ruina y humo, preñando sus sueños de ansia y desesperación.

Tras resistir mil peligros, una simple casualidad vino a marcar su vida para siempre, domeñando definitivamente su empeño. Diez años atrás aquel hombre había sufrido una lesión en la séptima dorsal, dejándole postrado casi sin excepción en aquel artilugio. Muy querido en el barrio, nadie pudo nunca dar seguridad sobre las circunstancias que concurrieron en aquel desenlace, lo que había provocado mil versiones, cada cual más sorprendente, morbosa o imposible que la anterior. La proverbial discreción del padre Mateo era más que una palabra, y su vida misma era el ejemplo más claro de ello.

—Te he visto entrar. He supuesto que necesitabas unos minutos a solas —prosiguió sin perder la sonrisa.

—¡Ando cansado y sin mucha esperanza! —respondió Manuel, bajando la cabeza—. Como sabes, mis asuntos no hablan muy bien de tu jefe.

El cura suspiró y asintió. Sabía muy bien a qué se refería. Conocía su trabajo y ya había escuchado suficientes miserias de boca de muchos como para hacerse una idea de los detalles.

—¡Dios! ¿Por qué has hecho que la evidencia de tu existencia resultara tan insuficiente? —respondió el religioso, levantando la mirada para recordar con exactitud aquellas palabras.

—¡Entonces todo sería mucho más sencillo!

—¡El mundo en que vivimos es un buen lugar! —prosiguió el ministro—. Nos lo han prestado para que lo usemos con la mayor sabiduría, y tenemos la obligación de cuidarlo para que los que vengan después puedan disfrutarlo con la misma intensidad que nosotros.

—¡Y, sin embargo, nos empeñamos en ensuciarlo!

—¡Para admirar la belleza debe existir la fealdad!

—Me quieres consolar diciéndome que siempre existirá alguien que tendrá que sufrir.

—¡No exactamente! Si bien es necesaria la oscuridad para la luz, no es necesario el dolor para la felicidad. Recuerda que para los católicos el infierno es no contemplar a Dios, no sufrir ni padecer dolores.

—No alcanzar ciertas metas es suficientemente doloroso.

—¡Más o menos!

El cura hizo girar la rueda derecha, forzando que la silla encarara el pasillo central entre los bancos de madera, y se dirigió hacia el altar.

—La vida está para regocijarse con ella. Nosotros debemos colaborar con la naturaleza y ser responsables de su integridad —prosiguió, volviendo la mirada por encima de su hombro para asegurarse de que le seguía.

—¡Admiro tu fortaleza de ánimo!

El sacerdote giró hábilmente su silla de ruedas hacia él.

—¡Ya pensaba así antes de ser sacerdote! Me conoces lo suficiente como para saber que es cierto. —Manuel guardó silencio ante la afirmación del sacerdote—. Ni mi ministerio ni mi invalidez me han empujado a nada que mi propio convencimiento y mi racionalismo no hubiera alcanzado antes.

—¡No quería molestarte!

—¡No lo has logrado! —El religioso sonrió de nuevo, retomando su camino—. Lo que nos ha sido dado debe ser usado de modo responsable. Tú y yo somos expresiones de la misma forma de vida. Cualquier cosa que a ti te ocurra me ocurre a mí.

—¿Y por qué existe tanta maldad? —insistió Manuel.

—La maldad y las injusticias son el resultado del egoísmo y la ignorancia. Anteponemos nuestros intereses para vivir mejor o aprovecharnos de una situación; pero eso siempre es a costa de alguien, humano o animal.

—¿Y la ignorancia? —le interrogó Manuel.

—En ocasiones no sólo es el egoísmo lo que nos mueve. En esos momentos no es más que nuestra gran ignorancia la que provoca el mal. —El sacerdote alcanzó un paño blanco que se encontraba sobre el altar y prosiguió—: No es que lo justifique, sólo pretendo explicarlo.

—¡Tal vez necesite una señal! —aclaró Manuel con sorna.

—¡Estamos rodeados de ellas! Para el común lo fantástico es extraordinario en la vida cotidiana; para otros es lo habitual en el día a día, está continuamente presente, lo que ocurre es que no sabemos interpretar sus manifestaciones.

Manuel volvió la mirada a los bancos vacíos.

—Si hubiera más sacerdotes como tú tendríais más éxito.

—¡Tal vez tengas razón! —respondió el cura, desviando la mirada hacia donde Manuel había dirigido sus palabras—. Pero entonces no sería tan divertido. ¡Tengo que dejarte! Debo prepararme para una sesión de sexo sin freno con una menor.

Manuel volvió a su despacho sin prisas y una sonrisa contagiosa en sus labios. Sobre su mesa le esperaba el informe del homicida que había evaluado en la prisión. La ciudad del bosque de columnas se desperezaba, en una invitación a los ruidos y la prisa.

Capítulo
XV

Marcelo se esforzaba por enfocar su mirada a la grabadora. La mandíbula descolgada delataba que aquella semana el psiquiatra había aumentado considerablemente la medicación. Manuel acababa de discutir con él por teléfono. Era imposible que nadie pudiera trabajar con Marcelo en aquel estado.

—¿Llueve? —preguntó con voz gangosa.

—¡Hace un día estupendo! El sol está alto y calienta suavemente —contestó Manuel sin volverse a mirar la ventana.

—¡Está lloviendo!

—Supongo que sí, Marcelo. ¿Cuándo dejaste el trabajo?

—Ñana...

—Disculpa, no te he oído.

—Ana... —contestó con esfuerzo su paciente.

—¡De acuerdo!

Marcelo volvió la cabeza con parsimonia. Entrecerrando los ojos, consiguió enfocar el rostro del psicólogo. Tras unos instantes allí colgado, se giró en su silla; buscaba a sus espaldas algo que únicamente él escuchaba.

—Tu hermana está en la sala de espera.

—¡Creía... oír...!

—¿A quién? —preguntó Manuel.

—¡Gente!

—¿Quién está con nosotros? ¿Dios?

—¡Gente, mucha! —respondió Marcelo—. Médicos... siempre hay un médico...

—Es gente que te quiere ayudar. —Y de inmediato sus palabras se le atragantaron en la garganta.

—¿Y entonces por qué lo hacen? —preguntó Marcelo.

—¿Hacer qué?

—Hacer que no piense, que no pueda hablar...

—¡Ellos creen que así estás mejor! —aclaró Manuel—. Al parecer ayer tuviste alucinaciones y ellos se asustaron.

—¡No entiendo por qué se asustan! Yo no hago mal a nadie.

—¡Lo sé, Marcelo! ¡Lo sé!

Durante unos instantes, Marcelo no pudo contestarle. Manuel aguardó pacientemente.

—¡Mi padre ha venido!

—¡Tu padre murió, Marcelo! Tu padre murió hace algún tiempo.

—Pero ellos saben lo que quiere mi padre. —La frustración de su paciente iba en aumento—. Mi padre quiere que esté callado, que no dé guerra...

—¡No, Marcelo! Ellos quieren que te cures.

—Mi padre les dice que me callen, que no salga de casa —comenzó a decir, levantando cada vez más la voz—. ¡Yo tengo un trabajo! No hago nada malo a nadie.

—¡Lo sé, Marcelo! ¡Lo sé!

Capítulo
XVI

Los seres humanos están convencidos de que reconocerán la maldad a poco que asome. En esta creencia se encierra el mito de la supervivencia de la razón. Si soy capaz de reconocer el mal, seré capaz de poder zafarme de él, de alejar a mi familia, manteniéndola limpia de la corrupción. Es entonces cuando una mañana, inmediatamente después del café y el pan tostado, se dan de bruces con ella. La miran a los ojos y ven a un niño, a una mujer, a un vecino con las manos manchadas y la mirada serena. Al contemplarlos comprueban que ni tan siquiera respiran con dificultad o tienen los ojos distraídos, con pupilas que parecieran querer ahogar el horizonte. Les mira y se contemplan a sí mismos, viéndose reflejados en aquel sujeto maniatado por la policía, que se cuela con desdén en sus comedores desde el televisor sintiendo, por un instante, que ellos pudieran estar allí algún día. De inmediato dan un manotazo a aquel pensamiento y vuelven a su rutina acostumbrada, la alta muralla que todos anteponemos a la locura. Rutina en nuestros trabajos, rutina en nuestros deseos, en nuestros besos y sueños, rutina en nuestra imaginación. Sin embargo, el mal carece de color propio, no anda de manera especial o arrastra las palabras de modo que nos advierta de su presencia. La maldad entra en nuestros santuarios de la vida cotidiana sin que advirtamos la más mínima señal. Se instala con comodidad y, en el momento que así lo decide, se despereza de su letargo, abrazándonos como un paño caliente que engaña nuestros sentidos, aturdiendo nuestra razón hasta que es demasiado tarde y los hechos son tan irremediables como palmarios. Para ese momento no nos queda más que mirar al frente, aturdidos, con la boca muy abierta y los ojos distraídos, mientras una cámara de televisión nos enfoca con curiosidad repetida.

Sobre la mesa de su despacho había dispuesto un pequeño plano que incluía las calles por donde habían transcurrido los hechos de los que se le acusaba al joven interno que había ido a evaluar a la prisión. La reconstrucción de los acontecimientos dada por la policía describía que el presunto agresor, tras pasar la noche bebiendo y consumiendo gran cantidad de cocaína y alcohol, había vuelto en torno a las ocho de la mañana a su casa. En el informe del Servicio de Toxicología de la Policía Nacional se recogía la presencia de benzoilecgonina y metilecgonina, así como cocaína y etilbenzoilecgonina. Manuel consultó los artículos que sobre este asunto recordaba haber estudiado en alguna ocasión. En el número cuarenta de la revista *Neurology* se había publicado un artículo sobre la

ejecución neurocognitiva en sujetos que habían consumido simultáneamente cocaína y alcohol. La mayor parte de
los consumidores habituales desconocen que el consumo
de dos sustancias produce en el sujeto metabolitos, es decir, otra sustancia diferente a las consumidas por separado, que afecta a su comportamiento de modo muy distinto a como lo hicieran las primeras. La benzoilecgonina, la
metilecgonina y la etilbenzoilecgonina eran algunas de esas
sustancias resultantes. Las concentraciones encontradas
en el acusado correspondían a consumos elevados en los
últimos tres meses. Según el informe policial, aun en su
estado, había conducido sin causar ningún incidente en
una carretera que, a esas horas, tiene ya cierto tráfico, habitualmente maquinaria agrícola y desplazamientos cor-
tos de conductores que se dirigen a su trabajo. Al llegar a
casa, y tras comprobar que le resultaba imposible dormir,
el homicida había salido a pasear con un pequeño ciclo-
motor por los carriles de tierra cercanos a su casa. Varios
testigos le habían visto pasar. Al ser el hijo de un profesor
local, no dudaron un segundo en reconocerle. Por algún
motivo se detuvo junto a su víctima y la agredió.

En el cuerpo de la víctima se habían encontrado marcas de un forcejeo en el suelo, lo que podía suponer un
intento de defensa. Las pruebas psicométricas que había
aplicado al autor del crimen en la prisión habían mostra-
do que no padecía psicopatología alguna que pudiera justificar sus actos, algo que coincidía con el informe del médico forense. Las excoriaciones que se habían encontrado
en sus manos resultaban compatibles con agresión con

mano desnuda. Algunas de ellas habían sido causadas presumiblemente por arañazos defensivos de la víctima. Se volvió hacia las fotografías que se habían hecho al cadáver en el escenario del crimen. En las pruebas fotográficas que acompañaban el atestado de la Guardia Civil no se observaban abrasiones, algo que vendría a apoyar una caída. Manuel supuso que tal vez el fallecido le inquirió por algún motivo y aquél se encaró con él. Casi con toda seguridad ambos se conocían. La policía había declarado que la víctima y el padre del muchacho habían sido compañeros de colegio treinta años antes. Si le hubiera reconocido, al verlo en el estado de excitación en el que se encontraba, quizá se habría encaminado hacia el agresor, recriminándole su estado de algún modo, y provocando sin querer que éste hubiera dirigido su ira homicida contra él.

Manuel volvió al artículo. Los efectos euforizantes de las sustancias consumidas no eran incompatibles con la conducta organizada mostrada en varios momentos por el acusado. Una vez que hubo llevado a cabo el asesinato, el agresor había ocultado el cadáver en la cuneta. Uno de los testigos había pasado en su coche por aquel lugar, justo en el momento en el que se estaba produciendo la agresión. En su declaración había reconocido que vio la motocicleta tirada a un lado del carril, pero que, al no ver a nadie por allí, prosiguió su camino. La Guardia Civil había fotografiado el campo de maíz que crecía más allá de un pequeño cauce de riego que corría paralelo a la vía. Varios metros cuadrados de brotes verdes habían sido aplastados. En la reconstrucción llevada a cabo comprobaron que desde un coche en marcha no se podía ver aquel lugar.

Cuando fue detenido en su casa, la Policía Municipal encontró la ropa recién lavada y la motocicleta oculta en un rincón del garaje, conductas organizadas que sin ninguna duda saldrían a relucir en el juicio. A pesar de todo, no había limpiado varias manchas de sangre en la pared y los sanitarios. Manuel miró por el gran ventanal de su despacho. El cielo era extraño, y el aire alborotaba los toldos y las copas de los árboles. Aquel sujeto se había echado a dormir. Había vuelto a su casa, se había duchado y se había quedado dormido hasta que llegó la policía para detenerle, varias horas más tarde. Ese comportamiento tendría un gran impacto si finalmente el juicio se celebraba con jurado. Por su experiencia, era plenamente consciente de que ningún ciudadano se dejaría impresionar demasiado cuando por todo alegato el abogado argumentara que el agresor no podía responder de sus actos debido a que se encontraba completamente drogado.

La autopsia de la víctima también estaba ilustrada con abundantes fotografías. En el ingreso hospitalario se dejó recogido que el sujeto mostraba un severo traumatismo craneofacial y coma inducido presumiblemente por éste, con dos puntos en la Escala Glasgow, fractura del tabique nasal, y múltiples lesiones contusas y excoriaciones en la región facial. Manuel se detuvo en un dato sobre el cual el patólogo no había hecho mucho hincapié. Las lesiones se localizaban a nivel frontal bitemporal y occipital. Es decir, las lesiones podían justificarse con el golpe y contragolpe que sufrió el cráneo. Cuando la cabeza de una víctima es golpeada contra el suelo, el encéfalo recibe golpes en partes enfrentadas de su superficie. En contra de la creencia general, el cerebro tiene cierto desplazamiento dentro de la cavidad craneal y, si es zarandeado, sufre lesiones tanto en el lugar donde recibe el golpe como en el lugar opuesto, debido a que el órgano choca contra el hueso. Aquel tipo se había subido a horcajadas sobre su víctima y, presumiblemente con ambas manos, le había golpeado la cabeza contra el suelo hasta que se hartó.

Cerró la carpeta con pesadumbre. Iba a resultar casi imposible convencer a ningún tribunal de que aquel tipo no era plenamente consciente de lo que había hecho. Volvió la mirada a la ficha policial. Su rostro era idéntico al de miles de jóvenes de su edad con los que se cruzaba cada día. Cuando saliera de la prisión, su frente estaría surcada de arrugas, inmisericordes testigos del paso del tiempo. Por unos minutos se había convertido en el sujeto más indeseable del mundo, arrancando la vida a un ser igual que él, padre de dos hijos, esposo de una mujer que ahora dormía sola. Había conocido a sus padres el día que su abogado les trajo a su despacho para que les asesorara en el proceso legal. Ambos eran gente trabajadora, de los que uno elige para que se queden con su hijo cuando, de sopetón, te tienes que ir corriendo a urgencias porque tu suegra se ha fracturado la cadera en la bañera. No se merecían aquello. Aunque no fuera a ellos a los que sentarían en el estrado, sí serían ellos los que la sociedad, sus vecinos, compañeros, sus amistades de toda la vida juzgarían en un tribunal quedo, de mirada huidiza, cargado de hipocresía e ignorancia. La cárcel no es un castigo para los criminales, es el oprobio de los miserables lanzado por otros, tan miserables como ellos, que no pueden dejar de ganarse el jornal con sus manos, único depósito en su alcancía.

Sentía un gran vacío en el estómago. Aunque era consciente de que nada llenaría la creciente desazón, decidió ir a su restaurante favorito. Al salir a la calle elevó la mirada. Inmensas y pesadas nubes se desplazaban rápidamente por el oeste, convirtiendo el cielo en una carpa de raso oscuro. Por el suelo, papeles y bolsas de plástico comenzaban a mecerse, anunciando que la tarde traería lluvia gruesa. Imaginó las gruesas gotas del chaparrón que se avecinaba, grandes y calientes sobre su pelo. Sin duda levantarían todo el calor del asfalto, haciendo un poco más insoportable aquella ciudad.

En más ocasiones de las que quisiera reconocer tenía que quedarse a comer en algún lugar cercano a su despacho. En los últimos dos años habían abierto varios restaurantes de comida internacional cerca, por lo que podía elegir cada día entre platos de comida japonesa, argentina, cantonesa o italiana. Su favorito era un restaurante asiático regentado por Juan Li, un oriental que vivía en aquella ciudad desde mucho antes que él llegara. Flanqueado por dos enormes maceteros de bambú, el local se abría espacioso, con dos plantas que dividían el bufé del restaurante, exquisitamente decorado con madera oscura y rojo carmesí. Tras la comida, un café en su lugar de siempre y vuelta a su mesa.

En la ciudad adormecida, el cielo volvía anaranjada la tarde, bañando las fachadas con un aire irreal. El viento comenzó a soplar bajo. Los folletos publicitarios rotos se mecían entregados, mientras las bolsas de plástico pasaban entre sus piernas y sus pantalones flameaban, queriendo deshacerse de sus costuras. El tráfico en aquella hora había mudado el bullicio. La avenida que desembocaba en la estación de trenes frente al edificio de su despacho estaba vacía. Con cada paso que le acercaba a su destino más parecía que la gente huía de las calles. Finalmente, el eco en la travesía desnuda sólo le devolvió el sonido de sus pisadas sobre el granito de la acera.

Manuel se subió las solapas de la chaqueta, en un intento de proteger su garganta del frío, y apretó el paso. Al doblar la esquina contempló la calle desierta. Habitualmente, los coches se agolpaban en cada rincón, ocupando los pasos de peatones e incluso la salida de la cochera cercana, pero a aquella hora ningún obstáculo impedía contemplar las aceras desnudas barridas por el desacostumbrado vendaval. Al embocar el portal reparó en la figura de una niña caída en el suelo. A su lado una pequeña bicicleta permanecía tendida con la rueda delantera aún en movimiento. En un acto sin reflexión se acercó a ella.

—¿Qué te ha pasado?

—¡Me he caído! —respondió la niña, levantando su rostro hacia él—. Tengo sangre en la rodilla.

Manuel no escuchó sus palabras. Sus ojos fueron de la pequeña mancha roja en la pierna de la niña a su rostro limpio y encogido por el dolor.

—¿Vives aquí? —La niña negó con la cabeza. Iba vestida con un uniforme escolar que no acertó a reconocer, pero que sin duda pertenecía a algún colegio religioso—. ¿Está tu madre cerca?

La niña volvió a negar en silencio. Debía de tener unos ocho años y los rasgos de su rostro dejaban claro que había nacido con síndrome de Down.

—¡Mi mamá murió!

—¿Quieres que te ayude?

—¡No sé!

—¡Podría llamar a tu padre! ¿Te sabes el número de casa? —Sacó su teléfono móvil del bolsillo.

—¡No me acuerdo!

Manuel guardó silencio por un instante. Un hilillo de sangre corría por la delgada pierna de aquella chiquilla. El viento azotaba cada vez más fuerte sus rostros. Los papeles y las bolsas de plástico revoloteaban sin voluntad, empujadas contra las paredes como cadáveres contra la orilla rocosa. Una nube de polvo rojo comenzó a girar sobre sus cabezas, cegándoles por un instante. A lo lejos comenzaba a tronar el cielo.

—¡No te puedes quedar aquí! Creo que va caer una tormenta. ¿Adónde ibas?

—¿Vas a hacerme daño?

—¡No, por supuesto! —respondió sorprendido—. ¿Por qué me preguntas eso?

—¿Tienes un pañuelo? —El hombre la miró sin entender lo que acababa de decir—. Es para la herida.

El viento arrastraba arena y Manuel tuvo que cerrar los ojos para impedir que le cegara. Con la cabeza cada vez más agachada, buscó en sus bolsillos.

—¡Toma! ¡Tenemos que irnos de aquí! Dentro de poco va a caer una buena y nos vamos a empapar. ¿Me quieres decir dónde vives? —La niña se quedó mirándole. Su gesto se endulzaba a cada segundo.

—¡Tú eres bueno! —le respondió con sorpresa.

—¡Claro, mujer! ¿Por qué iba a ser malo?

Ambos guardaron silencio. El viento hacía gruñir la farola cercana, que amenazaba con salirse de su enganche.

—¡Calle Arenal, doce!

—¿Cómo? —insistió Manuel. El viento apenas le había dejado distinguir lo que acababa de decir.

La niña no le contestó. Temiendo que la arena le dejara completamente ciego, se levantó con los ojos cerrados y fue a guarecerse en el portal del edificio. Cuando volvió la mirada, la niña no estaba allí. Con sorpresa deshizo su camino hacia el lugar en el que se encontraba unos segundos antes. El cielo anaranjado se reflejaba en cada rincón de aquel lugar, volviendo el aire aún más extraño. La niña lo miraba desde el fondo de la calle, con el pañuelo en la mano. Le sonrió y, sin mediar más palabra, dobló la esquina. Manuel permaneció allí un instante, sin entender qué había ocurrido.

Capítulo
XVII

Eduardo se había levantado de la siesta pesaroso y malhumorado. Su pista del ingeniero de la Coal Lancashire se había tropezado con unos estúpidos herederos, demasiado engreídos e ignorantes como para entender el interés que un viejo con un marcado acento cockney mostraba por los listados de personal de la empresa de sus bisabuelos.

—¡Putos pelirrojos! —insultó entre dientes, mientras mareaba un café negro cuyo aroma lograba competir con el olor a papel viejo de aquel lugar—. ¡No me extraña que ya no sean nada en el fútbol! —prosiguió con desprecio.

Le resultaba difícil entender que el resto de los seres humanos no se tomaran tan en serio las cosas que a él tanto le preocupaban. La gente prefería seguir con su vida de siempre, en vez de querer descubrir la verdad que se oculta tras los libros escritos por los vencedores.

Sorbiendo con suavidad el café, apostado frente a la ventana de su despacho, recordó la primera ocasión en que sintió la necesidad de saber más, de preguntarse si lo que acababa de leer en un libro era cierto o únicamente la versión oficial de lo que pasó. Debía de rondar los veintidós años. Durante toda una noche había estado devorando un grueso tomo en francés sobre la Revolución Soviética que un amigo suyo de la residencia de estudiantes le había pasado, con la misma precaución con la que se recoge un cartucho de dinamita en mitad de un foxtrot. Era la primera vez en su corta vida que lograba leer algo que no llevara el *nihil obstat* marcado en las primeras páginas, y aquel libro le abrió la puerta de un nuevo planteamiento sobre hechos que daba por sentado desde hacía años, fracturando todas sus estructuras ideológicas. En él se esbozaba el papel de Stalin en la revolución de octubre desde un nuevo punto de vista. Según el autor, el dictador no era más que un trepa que había ascendido desde el Centro Militar Revolucionario, un subcomité subordinado al Consejo Militar Revolucionario dirigido por Trotski, gracias a que toda la información pasaba por sus manos. En el libro, Stalin era descrito como un burócrata que controlaba el telégrafo al que llegaban las órdenes de las provincias soviéticas. Su trabajo consistía en despachar las respuestas dictadas por la dirección del partido, a las que añadía su firma. En tal posición, un enlace del partido en una provincia remota a miles de kilómetros de Moscú, cuando tenía que buscar a alguien en la capital, recurría a él como la primera opción; si necesitaba comentar algo con algún otro dirigente de otra provincia igualmente apartada, ambos siempre coincidían en conocer al mismo sujeto, un tal

Stalin, un tipo que debía de ser muy importante, ya que firmaba todos los telegramas que salían del mando central del poder del país. Pero mucho más que aquella anécdota, mucho más importante que las pruebas y la nueva interpretación que ofrecía de la historia que había escuchado y leído hasta ese momento, fue el hecho de hacerle comprender que aquello que estaba escrito, ese sacro objeto encuadernado entre cartones, podía mentir tanto como dar luz, con la misma intensidad y empeño. Desde aquel momento nada volvió a ser lo mismo, ningún texto volvería a caer en sus manos sin que lo revisara y pusiera en duda, sin contraste o inquisitorial cuestión.

En ésas andaba cuando, apartando su taza, cogió de su mesa la hoja que Manuel le había traído. ¿Quién lleva una marca?, se preguntó en silencio. ¡Aquel que quiere diferenciarse! Yo llevo una marca para ser distinto de ti y para que mi hermano sepa que pertenecemos al mismo grupo, replicó en su cabeza con seguridad.

Desde el principio de los tiempos los hombres se han querido distinguir de aquellos a los que no consideraban de su grupo con tierra de colores, adornos de huesos, conchas y piedras, escarificaciones y, más modernamente, tatuajes como aquél. Hoy en día, los signos distintivos que la mayoría de los seres humanos portan llevan marcas y emblemas. Relojes de oro, perfumes y vestidos exclusivos sirven hoy del mismo modo que las piedras talladas de hace diez mil años.

¿Por qué usar letras? La pregunta retumbó en la soledad de aquella estancia. Las letras pueden ser nombradas de multitud de maneras atendiendo a su forma, pronunciación, uso o sentido que adopten, reflexionó mientras cabeceaba con la mirada fija en el lomo de sus libros. De este modo tenemos letras capitales o de caja baja, consonantes y nasales, letras muertas o divinas. El alfabeto, como resumen de todas ellas, reúne cientos de conceptos que han acompañado al hombre y sus temores a lo largo de la historia que considera propia. Los babilónicos las relacionaban con las fases de la luna. Para los judíos las letras, y especialmente las vocales, son el alma de todo, y establecen relaciones entre Dios y su obra, lo singular y lo múltiple. En el islam las letras incluyen los signos de los elementos —tierra, agua, aire y fuego— que conforman el mundo, e incluyen todo aquello que necesitamos para nombrar a todos los seres que lo habitan. La eme nace del abrazo del agua —la madre— y el fuego —espíritu—, que, en su unión, crearon las olas.

Giró sobre sus talones y salió al pasillo. El frescor de la umbría entraba en silencio desde el portal. Frente a él, una puerta de cristales, oscura y silenciosa. Metió la mano y buscó a tientas el interruptor. La estrecha habitación se iluminó con la lechosa luz de los fluorescentes, mientras un fuerte olor a papel viejo le llegaba al alma. Los laterales estaban cubiertos de estanterías metálicas que alcanzaban el techo. Sobre ellas, cientos de periódicos se amarilleaban en perfecto orden. Eduardo se acercó a la balda donde recordaba haber organizado la década de los ochenta. Con la lentitud del amanuense, recogió los ejemplares del diario local de 1986 y volvió a su habitación de trabajo. Había decidido que emplearía la mañana de aquel lunes en hojear cada ejemplar, luchando para no perder demasiado tiempo en el recuerdo nostálgico de algún hecho de los que aún guardaba memoria.

Andando la mañana, se detuvo sobresaltado. En el ejemplar que sostenía entre las manos, el periodista había dado cuenta de un acto social en el Colegio de Abogados. En aquel evento, se había presentado un libro que recopilaba los antecedentes históricos de una ley recién aprobada. Eduardo leyó con intención malsana las tres columnas, volviendo una y otra vez a la fotografía que ilustraba el artículo. Los tres autores sonreían, veinte años más jóvenes, como hombres satisfechos tras el trabajo cumplido, conscientes de la autoridad y el reconocimiento que habían alcanzado aquel día.

El anciano se levantó con un movimiento brusco, que derramó por el suelo decenas de hojas desde su regazo. Con paso titubeante alcanzó la estantería de madera cercana. Revisó los libros, pasando el índice por sus cantos, hasta que alcanzó el que buscaba. Con él en las manos regresó al sillón; sobre la cubierta, el nombre de los tres autores se distinguía con claridad sobre un fondo encarnado. Volviendo a la fotografía, Eduardo revisó sombrío el rostro del sonriente abogado que ocupaba la izquierda del grupo. Sus ojos se encontraron, él veinte años más joven, sonriente y seguro ante el desconocido futuro.

Tras gastar unos minutos sumido en su tristeza, se encaminó hacia la cocina. De un armario sacó un dietario del que sobresalían decenas de trozos de papel de mil colores. Fue pasando las hojas, hasta que encontró la última anotación, y apuntó el título del libro del que era autor junto con aquellos otros dos colegas de profesión. Con suavidad devolvió a su lugar aquel objeto y, con la cabeza más hundida que nunca, retomó su búsqueda entre los diarios. Gracias a un acertado tratamiento había logrado detener la destrucción de su memoria, pero no lograba acostumbrarse a aquellas experiencias. El descubrimiento de un nuevo pasaje olvidado en su pasado era un fogonazo de luz incandescente que golpeaba su ánimo con una fuerza ensordecedora. En poco más de un año había llenado diez cuartillas de esas pequeñas anotaciones, el monumento que representaba la lucha feroz por no dejar resbalar sus recuerdos entre los dedos.

Con ánimo redoblado, prosiguió la revisión del año de la liga del Real Madrid y la inauguración del embalse del Salobral, de la subida de un tercio del barril del petróleo y la vuelta de David Bowie a los escenarios, sin encontrar ningún acontecimiento relevante en aquella ciudad sin aeropuerto. En el informe de la Policía Judicial, que le había dejado el fiscal, figuraba un exhaustivo documento que comparaba aquel símbolo con todos los que se encontraban en la base de datos de las Fuerzas de Seguridad del Estado. Sólo habían encontrado una coincidencia parcial con un anagrama utilizado por un cuerpo de élite del ejército polaco, pero el propio autor de aquel documento estimaba improbable tal relación. Alentado ante aquella posibilidad, abrigó la esperanza de encontrar una respuesta más acertada en los símbolos que habían sido usados por distintas órdenes religiosas y militares a lo largo de la historia. Con presteza, recogió un facsímil del *Omnia Allegoria,* publicado en La Haya en 1632. En aquel libro, Roger de Nemausus había pretendido recoger toda la simbología religiosa y militar usada en Europa desde la época de las primeras órdenes monacales. Con una paciencia de otro siglo, el autor había elaborado árboles genealógicos que vinculaban, en ocasiones del modo más forzado, gran parte de las órdenes religiosas europeas con las casas nobles de Francia e Italia, analizando su simbología y heráldica.

Tras dos infructuosas horas cerró el libro, sustituyéndolo por un grueso tomo en cuyas cubiertas habían sido grabados varios símbolos irreconocibles para cualquier ser humano poco versado en el hebreo. Era el *Gabbalah et speculari,* el libro herético de Juan de Gaetani en el que, por primera vez en el orbe cristiano, se disertaba abiertamente sobre la relación entre los comentarios místicos y esotéricos judíos de los textos bíblicos y la ciencia esotérica de interpretación, basada en la combinación de palabras de las Sagradas Escrituras y de las letras del alfabeto hebraico, con la iconografía cristiana más ortodoxa. Eduardo encontró que muchas de las combinaciones que incluía el texto tenían cierto parecido con el dibujo del informe policial, pero ninguna coincidía por completo.

Al devolver el libro al estante en donde los cantos de un *Sefer Yetzirah* dormían en su sabiduría, miró de reojo la gran mesa que ocupaba la parte más oscura de aquella estancia. En aquel momento, una duda asaltó su decisión. No había consultado nada del XVIII o del XIX.

—¡Época oscura, época oscura! —gritó negando con ambas manos—. Sólo truhanes y oportunistas, reaccionarios y guerras entre hermanos. —Y así volvió a saldar cuentas con doscientos años que siempre había odiado, sin poder justificar muy bien por qué.

Si hacer el viaje hacia atrás no daba resultado, había llegado el momento de saltar hacia delante. Con parsimonia fue apartando libros y legajos hasta descubrir un ordenador portátil. Disponía de una conexión vía radio a Internet que le permitía navegar con rapidez. Aun a sabiendas de que habría sido lo primero que habría hecho la Policía Judicial, comenzó a visitar todas las páginas en donde se anunciaban tatuadores, foros y blogs de aficionados.

A media mañana se preparó un café. Consciente de que por aquel camino no iba a ir a ninguna parte, comenzó a plantearse la necesidad de rutas alternativas. Lo que había llamado la atención de Luis y Manuel era la forma de la violencia, no el acto en sí. Desgraciadamente, homicidios como aquél llenaban diariamente las emisiones de los noticieros de televisión. En cualquier parte del mundo, un sujeto podía asistir a huracanes, limpiezas étnicas, guerras avaladas por instituciones internacionales o intereses comerciales, persecuciones policiales, asaltos a centros escolares o ejecuciones en directo sin necesidad de salir de su salón. Ambos jóvenes estaban acostumbrados a contemplar la violencia como cirujanos expertos que miran las vísceras de su paciente anestesiado, pero el comportamiento del asesino les había empujado a buscar lejos de los lugares comunes.

Volvió al ordenador y seleccionó direcciones de periódicos de todo el mundo. En cada una de ellas escogió aquellas noticias que relataban hechos violentos singulares, lejos de los motivos que el dinero y el afecto mal entendido provocan. Desechó las noticias que hablaban de la posibilidad de rituales satánicos, o aquellos en cuya base se encontrara el enfoque doctrinario de alguna religión. Revisó las prácticas habituales de los grupos mafiosos de todo el mundo en sus ejecuciones, hasta que una noticia de agencia en un periódico digital salvadoreño le llamó la atención. El periodista relataba una revuelta acaecida en el centro de internamiento para menores de Tonacatepeque que se había saldado con veintitrés muertos. El artículo recogía con gran detalle el alzamiento, las reivindicaciones de los internos sublevados y la acción policial, pero lo que provocó que Eduardo inconscientemente acercara su rostro a la pantalla fue la fotografía que ilustraba el texto. En ella se podía distinguir a uno de aquellos presos tras unos gruesos barrotes grises.

El viejo cogió el dibujo que había realizado la policía y lo comparó con lo que allí estaba viendo. Aquel interno llevaba tatuada en la frente la misma eme que la testigo había creído ver en el asesino.

Capítulo
XVIII

El lunes se había levantado verde y quedo, como un alga muerta sobre la arena mojada de la orilla. Manuel salió de su despacho con una carpeta de plástico bajo el brazo, cabizbajo y remolón. No había podido dar con nada realmente convincente que ofrecerle a su cliente, y eso le pesaba más que la obligación de atravesar aquellas calles.

Ya a esas horas el sol tapaba la fatigada respiración de la ciudad, ofreciendo otra justificación para los satisfechos. Recorrió en un suspiro los mil pasos que le separaban del despacho de abogados que patrocinaban al joven homicida, y aun así, tuvo que saludar en tres ocasiones.

El edificio al que llegó era un viejo recuerdo de la posguerra que hacía mucho había sido abandonado por las familias ilustres que le dieron vida. Ocupado ahora por oficinas, languidecía apoyado en sus costados, como un viajero cansado que ya no pregunta cuánto queda para llegar.

El ascensor se detuvo en la tercera planta con un quejido.

—¿Está...? —comenzó a preguntar a la secretaria de la recepción, señalando el pasillo al final del cual se encontraba el despacho del abogado al que buscaba.

—¡Le está esperando!

Un pequeño cubículo marrón, de techos altos y ventanas de hierro, escondía al rubicundo jurista de rostro ovalado.

—¡No me mires con esa cara! —le espetó—. ¡Ya te dije que iba a ser un caso muy difícil!

—¿Difícil? ¡Este chico está condenado! —Después de sentarse añadió—: ¿Te has olvidado de en qué ciudad vives?

—¡Precisamente por eso pensé en ti! ¡Contigo tiene una oportunidad! —El abogado cerró el dosier sobre el que trabajaba en ese momento—. Lo que me has mandado por correo electrónico es bueno, muy bueno, pero supongo que tienes razón. ¡No hay nada que hacer!

—¡Nos ha tocado la Sala más dura! Está formada por los mejores penalistas que han podido trabajar en esta jodida ciudad. Después del caso de Priego, el presidente es muy consciente de que jamás podrá aspirar al Supremo. ¿Crees que va a tener la más mínima consideración por un chico que ha matado a un padre de familia sin razón alguna? ¿Únicamente por el hecho de que se había metido en el cuerpo suficientes drogas como para que sea un milagro que no haya sufrido un ataque al corazón?

El abogado miró a su perito con tranquilidad. Se conocían desde hacía años y, aunque jamás habían intimado más allá de aquellas paredes, era consciente de la frustración que sufría en esos instantes.

—¡Hacemos lo que podemos! Hacemos lo que nuestros clientes nos dejan.

—¿Eso debe consolarme?

—¡Es la realidad! ¡Tú verás lo que haces con ella!

Manuel guardó silencio por un instante.

—Supongo que llevas razón.

—¡Muy bien! —El abogado golpeó con suavidad la mesa con ambas manos—. ¿Entonces, señor perito, el sujeto era capaz de conocer la realidad y hacer o ejercer su libertad conforme a ese conocimiento?

—Si lo que usted me pregunta es si el imputado sabía lo que hacía —respondió Manuel, levantándose de su asiento para pasear por la habitación—, mi respuesta es no. El imputado, como así lo demuestra claramente el informe del Servicio de Toxicología de la Policía Nacional, tenía metabolitos en sus muestras sanguíneas. La presencia de metabolitos en la sangre demuestra que su conducta estaba alterada tanto por las sustancias que había consumido de modo aislado...

—¡Cocaína y alcohol! —apostilló el abogado, invitándole a que siguiera con un gesto de la mano.

—Cocaína, alcohol y MDMA, así como por aquellas otras sustancias elaboradas dentro del organismo por el consumo simultáneo de las anteriores, como bien destaca el informe oficial, que afectan igualmente, de modo aditivo, a la conducta del sujeto.

—¡Muy bien! —interrumpió de nuevo el anfitrión—. Ni se te ocurra decir esto de benzoe... benzoilec...

—¡Benzoilecgonina, metilecgonina y etilbenzoilecgonina!

—¡Ni nombrarlos! No necesito que parezcas el sabelotodo de la clase en el estrado.

—¡De acuerdo! —Manuel se detuvo frente al escritorio de madera. Millones de papeles se agolpaban en precario equilibrio por todas partes. A su derecha, una estantería cubría toda la pared y alcanzaba el techo, amarillo por el humo del tabaco.

—Entonces —prosiguió el letrado—, en su opinión profesional, ¿el imputado pudo o no pudo elegir entre hacer lo que hizo o no hacerlo?

Manuel quedó en silencio, sin mirar a ningún lugar. El terreno que pisaba era uno de los más resbaladizos de su profesión, adornado a ambos lados con altos setos espinosos. Si aquel sujeto, en vez de un adicto, hubiera sido un enfermo mental, Manuel hubiera elaborado una argumentación basada tanto en Durham como en McNaghten. La primera referencia legal sobre imputabilidad que recordaba databa de 1922. En aquel año se enunció una nueva ley en Gran Bretaña, que venía a establecer que una persona no sería responsable de un acto si lo cometiera bajo un impulso que fuera incapaz de resistir debido a una enfermedad mental. Posteriormente, se establecieron las Reglas de McNaghten en 1943, ahondando en la complejidad del asunto. Estados Unidos aportó en 1954 una pequeña contribución al asunto con la Norma de Durham, un principio que apenas hoy en día seguían unos pocos estados de aquel país. Según ésta, un acusado no es responsable

penalmente si su acto ilegal fue producto de enfermedad o alteración mental. Por otro lado, las Reglas de Mc-
Naghten establecen que, si en el momento de ejecutar el
acto el acusado actúa bajo el influjo de un trastorno de la
razón, de una enfermedad mental que le impide conocer
la naturaleza y calidad del acto y sus consecuencias, se
cuestionará su responsabilidad. El hecho de que la alteración de su capacidad de comprensión de sus actos, y su
adecuación a las exigencias legales, fueran provocadas por
las sustancias que había consumido hacía que el asunto ad-
quiriera un cariz muy diferente. Las creencias personales
de los miembros del tribunal, así como la presión social,
que sin duda iba a seguir el juicio a través de la prensa,
iban a tener una relevancia sustancial a la hora de considerar la responsabilidad criminal de su cliente. A ninguno
de los dos personajes de aquella habitación se le escapaba
esto.

—En mi opinión profesional el sujeto estaba tan alterado en sus capacidades, debido al estado de intoxica-
ción en el que se encontraba, que se hallaba incapacitado
para comprender la ilicitud de los hechos o actuar conforme a esa comprensión —respondió finalmente el psicólogo.

Ambos profesionales quedaron en silencio.

—¡Es todo lo que tenemos!

—¡No es mucho! —apostilló Manuel.

—¡No! Pero no podemos hacer más.

—¿El terapeuta de la Asociación de Alcohólicos adonde acudía el muchacho nos apoyará?

—¡Sí! Ha leído tu pericial y está de acuerdo en apoyar la eximente. —El letrado hizo una mueca con la boca, pretendiendo transmitir una seguridad que no había sentido en ningún momento con aquel asunto.

Las escaleras que le condujeron hasta la calle se alargaron burlonas, como una maldición escrita por un ciego argentino. Aunque lograran que sus argumentos fueran escuchados por el tribunal, el inmovilismo del pensamiento de esta ciudad taponaría cualquier intento de ir más allá de lo esperado, lo establecido, lo pactado y no escrito en ningún lugar. Siempre era así. Había contemplado esa verdad decenas de veces en los periódicos locales, en las decisiones de las empresas más reconocidas o en las cátedras de la universidad. Los cargos públicos se enquistaban en sus puestos elección tras elección, los dirigentes laborales en los sindicatos, las viejas ideas en las asociaciones de comercio o vecinales, en los colegios profesionales, alargando la agonía de arquetipos que hace tiempo fueron oportunos, convertidos ahora en anacronismos que sostienen alientos agotados, cuyo único empeño es gastar sus últimas fuerzas en no permitir que la sangre nueva levante la barbilla. Mientras, la máquina engorda, llenándose de nóminas y despachos sin objeto, clientes satisfechos que jamás levantarán la voz. Y así todo huele cada vez más a rancio mientras los que no se conforman con esto se marchan a otros lugares donde el viento será fresco y su iniciativa puesta a prueba.

El camino de vuelta fue más ligero. Al entrar en su despacho encontró a tres niñas sentadas en la habitación del final del pasillo, una estancia que únicamente usaba cuando tenía que aplicar pruebas psicométricas. Al escuchar el ruido de la puerta, las tres levantaron la mirada de sus dibujos, permaneciendo inmóviles ante aquel señor de rostro serio. Manuel las contempló durante un instante, tan sorprendido como risueño ante sus vestidos idénticos. Luego dejó caer la cabeza hacia un hombro y la mueca se extendió de oreja a oreja.

—¡Ángela, tus sobrinas están en esa habitación! —dijo por todo saludo cuando entró en el despacho de su secretaria.

—¡Impresionante! ¿Fueron necesarios cinco años de carrera para que lograras alcanzar tan brillantes observaciones o ya las hacías en el instituto? —le respondió ésta sin dejar de golpear el teclado del ordenador.

Manuel abrió la boca, señaló con el pulgar el lugar de donde había venido, pero no consiguió articular frase alguna. Volvió a intentarlo.

—¡Están dibujando!

En esta ocasión la mujer no tuvo más remedio que mirarle por encima de las gafas, con cara de no entender cómo semejante sujeto había publicado un ensayo, dos estudios doctrinales y varios artículos sólo en el último año.

—¡Exacto! ¡Están dibujando! Mi hermana tenía que ir al traumatólogo con mi madre y no tenía con quién dejarlas. ¡Por el amor de Dios! Ya me las he traído otras veces. ¿Qué problema hay?

—¡Están dibujando mi...!

—¿Ése es el problema? ¡No tenía nada que dejarles para que copiaran!

—¡Pero están dibujando...!

—¡Sí, están dibujando! ¡Ya me he enterado!

—¡Es el dibujo de Dalí!

La mujer se encogió de hombros, levantando los brazos con exageración.

—¿Y qué? ¡No se lo van a comer!

—Creo que... —Manuel buscó las palabras más adecuadas mientras se frotaba los labios con dos dedos—. ¡Creo que no te has fijado mucho en el dibujo!

—¿A qué te refieres? —La mujer señaló su mesa de trabajo. Varios expedientes se apilaban sin orden—. ¿Sabes cuánto trabajo tengo aquí?

—¡El dibujo representa al Diablo!

—¡Bueno! —La mujer volvió a encogerse de hombros, adelantando el belfo con gracia—. ¿Crees que ellas van a darse cuenta? ¡La mayor tiene siete años!

—¡No, no me refiero a eso! —respondió Manuel, negando con la mano abierta—. ¿No te has fijado en lo que le asoma entre las piernas?

Por un instante, Manuel temió que los ojos de Ángela se proyectaran más allá de sus órbitas. De un brinco, la mujer salvó su escritorio. Su redonda figura pasó junto a él como un suspiro.

—¡Niñas, escuchadme! ¡Vamos a jugar a otra cosa! —le oyó decir mientras entraba en la habitación.

Manuel recogió los recados de la mañana y se encaminó a su despacho. Luis había llamado a primera hora.

—¿Dónde estás? —le preguntó nada más oír el ruido que producía su teléfono móvil al descolgarlo.

—¡En la calle! ¡Tengo que verte! La Policía Judicial me ha remitido esta mañana el listado de llamadas del abogado y hay algo que me ha llamado mucho la atención.

Mientras conversaban repasaba las pequeñas notas donde Ángela le anotaba los recados. Manuel percibió el habla entrecortada del fiscal al conversar mientras caminaba a paso vivo. El ruido del tráfico ahogaba sus palabras.

—¿Qué es? —le preguntó sin mucho empeño.

—¡Ahora no puedo hablar! ¡Tal vez no sea nada, pero nos da nuevas perspectivas!

Era la segunda vez que le decían eso en aquella mañana. El día iba a resultar muy largo.

—¡De acuerdo, ven hacia aquí...! ¡Espera, no! —Manuel levantó uno de aquellos trozos de papel amarillo. El viejo y misántropo abogado le había llamado—. ¡Dirígete a casa de Eduardo! Nos vemos allí dentro de diez minutos.

Y sin esperar a que le respondieran colgó el teléfono. Cuando, cinco minutos más tarde, Luis llegó al lugar indicado, Manuel ya paseaba inquieto por el salón atestado de libros. Nada más verlo, ambos se lanzaron hacia él. El fiscal sacó un listado que ocupaba varios folios.

—¡Éstas son las llamadas de la víctima! En el último año llamó en varias ocasiones a un número de Ciudad de México. He pedido a la INTERPOL que lo identifiquen, pero me temo que eso va a tardar un poco.

—¡México! —murmuró Eduardo, mirando cómplice a Manuel.

—¿Qué ocurre? —interrogó Luis.

—¡Creo que ya sé qué significa ese tatuaje o, al menos, quiénes lo usan! —Eduardo giró el ordenador portátil para que ambos jóvenes pudieran contemplar la pantalla—. ¡Es un emblema de la Mara!

La sorpresa se instaló en el rostro de ambos que, al unísono, volvieron la mirada hacia el anciano.

—¿Qué es la Mara? —preguntó Luis, arrugando los párpados.

—¡Sentaos, la cosa es más complicada de lo que parece! —Durante unos segundos guardó silencio con intención de ordenar sus ideas—. La Mara es lo que nosotros llamaríamos una pandilla —comenzó a decir el abogado. Sus dos visitantes se habían acomodado en sillas, ocupando el centro de la habitación, y no dejaban de seguirle con la mirada mientras deambulaba por ella—. No está muy claro cuándo se formaron, pero se cree que fue en la década de los ochenta. Los salvadoreños emigrantes en California, muchos de ellos sin papeles ni trabajo, decidieron organizarse para defender a los suyos de otras pandillas existentes en el lugar.

—¿Entonces el asesino viene de allí? —interrumpió Luis.

—¡No creo que sea tan sencillo! —respondió Eduardo—. El grupo más grande es la Mara Salvatrucha, que adoptó el número trece. Una eme, una ese y un trece es su emblema.

—¡Pero el dibujo es una eme y un seis! —dijo Manuel.

—Sí, por lo que podríamos pensar que nos encontramos ante una de las facciones de aquella primera. —Eduardo frunció el ceño, incómodo—. ¡Nos estamos adelantando! Os ruego que no me interrumpáis hasta que termine de contaros lo que he averiguado.

Ambos asintieron.

—¡De acuerdo, prosigue!

—Con el paso del tiempo la Mara ha evolucionado en una organización criminal muy extendida. Tiene contactos con la Mafia mexicana, la norteamericana y la canadiense. Sus dirigentes son tan poderosos que, incluso cuando son encarcelados, siguen dirigiendo las acciones del grupo desde la prisión. —El viejo detuvo su deambular en mitad de la habitación—. Al finalizar la guerra civil en El Salvador, muchos de aquellos muchachos fueron deportados de vuelta a su país por las autoridades norteamericanas. Es entonces cuando se instalaron en aquel lugar desolado, ocupando un poder que había quedado vacío por el estado, fortaleciéndose en un país con unas instituciones muy debilitadas tras la contienda bélica.

—¿De qué tamaño estamos hablando? —preguntó Manuel.

—¡Nadie lo sabe! —respondió Eduardo—. Pero se supone que pueden estar implicadas más de cien mil personas entre las distintas facciones. —Luis emitió un expresivo silbido—. Al parecer, no tienen un líder único. Existen varios líderes que actúan de modo independiente en distintos territorios.

—¡Eso no puede funcionar bien! —apuntó Manuel.

—¡Cierto! De hecho, son muy frecuentes las peleas entre miembros, incluso de la misma facción —prosiguió Eduardo—. ¡No se perdona la deserción ni la delación! Quien entra en una Mara lo hace para toda la vida. Al ser organizaciones que se mueven en países con fronteras tan permeables, sus ramificaciones hacen que su radio de acción alcance territorios de miles de kilómetros que incluyen varios estados.

—¡Nunca había escuchado nada sobre ellos! —afirmó Manuel.

—Lo que más te va a llamar la atención es algo que, cuando lo leí, pensé en lo mucho que te iba a interesar —dijo Eduardo señalándole con su índice derecho—. Esta gente marca su territorio con pintadas, o placazos, como ellos los llaman, para que no entren pandilleros de otros grupos. Asimismo, sus miembros usan estos tatuajes para distinguirse de otros grupos. Cada grupo organizado se llama clica. Para entrar en una clica están establecidos ritos de iniciación, tanto para hombres como para mujeres. Los hombres deben soportar trece segundos de golpes que le propinarán los que ya son miembros del grupo, o bien matar a un miembro de una Mara rival. —Eduardo contempló el rostro de ambos por un segundo—. Las mujeres, además, pueden elegir tener relaciones sexuales con todos los miembros masculinos de la Mara. Cuando son aceptadas se unen a una pareja, perdiendo a partir de ese momento toda su libertad de acción.

—¿Ellas también actúan como secuaces? —preguntó Luis.

—¡Al parecer, sí! Asesinan y pueden participar en los ritos de iniciación de los nuevos miembros. —Eduardo consultó unos folios sobre su mesa—. Por lo que he podido encontrar en estos grupos abundan las reglas y los códigos de comportamiento.

—¿De dónde sacan su financiación? —insistió Luis.

—Robo, asesinatos, secuestro, prostitución, sobre todo infantil... Todo lo que dé dinero. Se les ha relacionado con la Gringo Coyote Company.

—¿La qué? —La cara de asombro de Manuel cada vez era mayor.

—La Gringo Coyote Company es una organización transnacional que se dedica al tráfico de latinoamericanos hacia el norte —apostilló Luis—. Después de los atentados del 11 de septiembre en Nueva York el paso de la frontera por México se puso muy complicado. Un grupo de mafiosos norteamericanos y mexicanos organizó el paso de los emigrantes, con la implicación de las autoridades de ambos lados de la frontera, a cambio de que éstos vinieran con un contrato de trabajo en regla. La verdad es que las condiciones son de semiesclavitud, pero todo el mundo hace la vista gorda. Hoy en día se calcula que hay unos quince millones de latinos ilegales en los Estados Unidos.

—¿Y todo eso con la connivencia de las autoridades? —preguntó incrédulo Manuel.

—¡Por supuesto nadie ha podido probar nada, ni a un lado ni a otro de la frontera! —aclaró Eduardo—. Pero se piensa que la compañía tiene conexiones en los estados mexicanos de Michoacán, Jalisco, Puebla, Oaxaca y Chiapas. Los conocen como los polleros. Los norteamericanos gestionan el negocio, los mexicanos contactan con los pollos en el lado sur de la frontera y los acercan hasta allí. Los coches de los americanos se encargan de cruzarlos y llevarles a su destino final, ya en el lado norteamericano.

—Un bonito negocio de miles de millones de dólares —apostilló Luis.

Manuel se levantó y fue hacia la mesa en donde Eduardo había dejado los documentos que recogían lo que les acababa de narrar. Tras ojearlos distraídamente se volvió hacia sus dos compañeros.

—¿Pero qué coño tiene que ver un abogado matrimonialista, que no tenía dónde caerse muerto, con un tipo de una banda de matones sudamericanos?

—¡No lo sé! —afirmó Eduardo—. Pero está claro que mis datos y lo que acaba de traer Luis van en la misma dirección. Uno de esos tipos debe de haber venido hasta aquí, por alguna razón que desconocemos, y se ha cargado a vuestro abogado.

—Según los registros telefónicos, el abogado pudo haberle llamado, por lo que podemos considerar que se conocían —concluyó Manuel—. ¡Si se conocían es que tenían algún interés común!

—¡Tal vez le encargó algo al abogado! —dijo Luis, moviendo arriba y abajo la cabeza—. ¡Algún asunto legal!

—¡Una herencia! —apuntó Eduardo.

—¡Eso significaría que tiene parientes aquí! —prosiguió Manuel—. Pero también podría haberle pedido que se encargara de blanquear dinero, de recoger un paquete sin hacer muchas preguntas o de que le solucionase la documentación a un amigo que pretendía establecerse en Europa.

—¡No debéis perder de vista que tiene que ser algo por lo que merezca la pena matar! —Eduardo miró alternativamente a ambos jóvenes.

—¡No estoy tan seguro de eso! —le contradijo Manuel—. Este tipo viene de un sitio donde la vida humana vale muy poco. Tu planteamiento es puro etnocentrismo. —Eduardo asintió con una sonrisa—. ¡No podemos saber exactamente qué motivo o cuál no le puede empujar a asesinar!

—¡Demasiadas alternativas! —sentenció pesaroso Luis.

—¡Pero ahora tenemos un hilo del que tirar! —le consoló Manuel.

Eduardo le miró, y una sonrisa le fue naciendo a la velocidad del amanecer. Cuando hubo ocupado todo su rostro, su voz sonó segura y orgullosa. Luis quedó en silencio, contemplando a aquellos dos sujetos convertidos en niños que se divierten con su juego favorito.

—¡Te entiendo! —comenzó a decir el anciano—. Ahora sabemos que buscamos a un sujeto...

—Con un marcado acento... —prosiguió Manuel.

—Que llegó a la ciudad hace pocos días...

—¡Tal vez una semana! ¡Diez días a lo sumo! Y...

—¡Que tiene tatuados una eme y un seis en el nacimiento del cuello!

—¡Que está buscando algo o a alguien!

—¡Para lo cual necesitaba a ese abogado! —afirmó
Eduardo.

—¡Que debió de morir porque no hizo lo que le pidió!

—¡O lo hizo mal!

—Si lo ha matado, arriesgándose a llamar la atención,
es porque el asunto le importaba, por lo que no desistirá
así como así...

—¡Aún está en la ciudad!

—Y aún está detrás de lo que quiere... —dijo Manuel.

—¡Eso le hace vulnerable!

—Si quiere o busca algo y ya no tiene al abogado...
¡Tal vez está solo!

—¡Casi con toda seguridad!

—¡Tendrá que preguntar!

—¡Y está en una ciudad que no conoce! —apostilló
Eduardo.

—¡Tenemos que buscar en hoteles y pensiones!

—Si no le encontramos ahí es que debe de tener a alguien más en esta ciudad.

—¿Otro miembro de la Mara? —interrogó Manuel.

—¡No parece lógico! —respondió el anciano.

—Un amigo, familiar, una amante...

—¡Sí, eso me convence más!

Ambos se giraron hacia Luis. Éste había guardado
silencio, sintiendo cómo su corazón se aceleraba al escu-
charles.

—¡Yo me encargo de los hoteles! Le pediré a la policía local que tenga los ojos abiertos en la calle.

Eduardo se levantó satisfecho. Con afectación se dirigió hacia la cocina. Al llegar a la puerta se volvió hacia ellos y, apoyado en el derrame, les comenzó a relatar las impresionantes propiedades de un Blue Mountain que acababa de recibir.

LA AGUJA

Capítulo
XIX

Álvaro aparcó su furgoneta cerca del bar. Mientras echaba la llave miró de reojo la cristalera. Llevaba más de un año sin entrar en el local, pero no había pasado ni un solo día sin que no se lo hubiera planteado. Hoy no venía especialmente sucio. Apenas había tocado el yeso esa mañana. Luego el jefe le había mandado llevar un camión de materiales a las casitas que habían comenzado en la colina, y allí había gastado el resto del día.

Inspiró hondo y pensó en los parroquianos que se encontraría en el establecimiento si entrara. Casi siempre los mismos. Las mismas caras con la misma sonrisa. La misma bebida, la misma espera. Abrió el portón trasero de la furgoneta y colocó el resto de las herramientas que, tras los vaivenes del camino de tierra de la urbanización en donde trabajaba, se habían desparramado por todo el vehículo. Cuando terminó la faena se quitó el mono y lo metió en una bolsa de plástico. Con malicia, asomó por el lateral izquierdo del vehículo. Las vecinas del bajo de su

casa charlaban animadamente en el umbral de la puerta.
Se miró las botas. Llevaba barro hasta los tobillos. Volvió
a mirar al portal y decidió que mejor hacía algo si no quería líos con las mujeres. En un costado de la furgoneta,
atada con varios pulpos, llevaba una garrafa de agua. La
cogió y se vertió el contenido sobre las botas. En menos
de diez minutos había logrado que brillaran limpias bajo
el sol de la tarde.

Volvió su pensamiento hacia el muchacho. Al principio se alegró mucho de su llegada, pero con el tiempo había entendido que su vida estaba muy lejos de ellos. Nada
de lo que le contaba, sus proyectos, la nueva casa, parecían
importarle. Todo lo escuchaba con respeto, incluso con
cierto interés, pero Álvaro era consciente de que aquella
vida no era ya la suya. De lo que le contaba nada entendía.
Sus mundos eran distintos, apenas unidos por unas cuantas
palabras comunes. La que peor lo pasaría sería la niña. Sería difícil decirle que algún día se marcharía, que aquélla no
era su casa. Lo había adoptado como el hermano mayor
que nunca tuvo, ella, la incansable, la siempre dispuesta
a jugar, sin que valieran excusas u obligaciones.

Volvió a inspirar, esta vez apesadumbrado, y se repitió que sería aquella misma tarde. No debía seguir haciéndose ilusiones. Cuanto más tardara en contárselo peor sería para la chiquilla. Dios le había bendecido con aquella
criatura, y ahora le tocaba a él protegerla. Sabía que estaría el resto de su vida dedicado a aquella misión, pero era
algo que no le importaba. Había perdido ya muchos años
en empeños inútiles, en mujeres sin futuro. Ahora le toca-

ba cuidar de esa niña, y eso incluía prepararla para enfrentarse a los reveses de la vida. Aún quedaban varias horas para que el muchacho regresara de donde fuera que gastara el día. Tendrían mucho tiempo para hablar. Si la niña lloraba... Si la niña no entendía... Para todo habría tiempo.

Cuando terminó con el agua, se deshizo de los restos todavía adheridos a las suelas dando varios pisotones contra el asfalto. Olía a sudor, pero lo único que importaba es que no dejara marcas en el suelo siempre limpio de aquella escalera. Sonrió, repasó las botas, y se dirigió hacia su casa.

Capítulo
XX

La nueva grabadora, una Casio digital plateada, apenas se distinguía entre las pilas de libros y expedientes de la mesa.

—¡Es genial tu nuevo aparato! —afirmó Marcelo, mirando aquel objeto con una sonrisa de oreja a oreja.

—Ya llevas tres semanas con la medicación. ¿Has notado alguna molestia?

—¿Molestia? —farfulló Marcelo sin mirarle—. ¿Por qué iba a notar molestia?

—Las benzodiacepinas, en ocasiones...

—¡Las benzodiacepinas a mí siempre me han sentado de puta madre! —respondió Marcelo, dirigiendo su sonrisa a Manuel.

—¡Me alegro! —contestó, mirándole por encima de las gafas—. ¿Qué tal el trabajo?

—¡Muy bien! El jefe me va a subir de categoría en verano. Me lo dijo ayer.

—¡Eso es una buena noticia!

—El sueldo sigue siendo digno de un niño que hace pelotas para Reebok, pero podré encargarme de más tareas y tendré acceso a la maquinaria.

El rostro de Marcelo volvía a mostrar la tez morena y saludable de antaño. Tenía el pelo corto y unas gafas de montura de pasta negra. La delgadez de su cuerpo y su continuo esfuerzo por esconder la cabeza entre sus hombros le daba el aire desvalido de los actores juveniles americanos de los años cincuenta.

—¿Has vuelto a escuchar a esa gente?

Marcelo asintió con la cabeza, frunciendo los labios como si fuera a aullar.

—¡Sí! —Sonrió—. Parece que las benzodiacepinas no me hacen una mierda.

Manuel no pudo por menos que esbozar una sonrisa. Dejó su carpeta y el bolígrafo verde con el que había intentado poner al día el expediente de Marcelo, y se echó hacia atrás en su sillón, cruzando las manos tras la cabeza.

—¡Eres incorregible! ¡Por supuesto, no le has dicho nada al psiquiatra!

—¡Noooooo! —respondió, negando ahora con exageración.

—¡Así es imposible que te ayuden!

—Me gusta lo que veo.

—¡Explícate, por favor!

—Hay una chica, una morena estupenda que me da conversación. Me sigue desde hace una semana —aclaró Marcelo—. ¡No sé qué intenciones lleva, pero me encanta!

—¡Sabes que esa chica no es real!

Marcelo se le quedó mirando, con los ojos a la altura de sus clavículas, y al fin decidió contestar.

—¿Y qué más me da?

—¡Es verdad! —respondió Manuel, sonriendo con los ojos—. ¿Qué más da?

—Hay cosas que escucho dentro. Otras vienen de fuera, normalmente ruido y música. Lo de dentro me pone triste. Abro los ojos y ella está allí, aguardándome en un rincón a que me despierte. Lo de fuera es... bonito. ¡Ella es bonita! Me gusta pasear a su lado y saber que me sigue, que está siempre ahí cuando doy la vuelta y la busco.

—¡Suena estupendo!

—¡Es estupendo!

Capítulo

XXI

S obre la pequeña mesa que ocupaba el centro del salón reposaban las fotografías que Eduardo había sacado de su ordenador. Manuel se quedó inmóvil frente a ellas. El recluso salvadoreño de mirada feroz, sonrisa meliflua y frente tatuada. Un rostro bien proporcionado y moreno que hubiera cubierto de besos a sus hijos, si hubiera tenido la dicha de no haber nacido pobre y voluntarioso. A su alrededor, estampas de las calles de los barrios pobres de San Salvador, Ciudad Juárez o Chiapas, estrechas y abigarradas, confusa por los objetos acumulados. En cada chabola la ropa tendida en la puerta, remedando un bazar asiático, mientras los niños se asoman ante el objetivo del fotógrafo, sin que la miseria pueda vencer jamás su curiosidad y la franca sonrisa sin dientes.

A la izquierda había colocado un mapa de América Central y otra decena de fotografías en las que se podían distinguir claramente varias pintadas en las paredes, la miseria de las calles y la actitud de los grupos de jóvenes, arremolinados y seguros en su número, en alguno de aquellos lugares. Las pintadas eran utilizadas para marcar el territorio, quietos pendones que avisaban a un miembro de una banda rival del peligro que corría si se adentraba en aquellas calles. La ropa y los tatuajes distinguían a unos pandilleros de otros, hablando, en ocasiones, de los logros que habían llevado a cabo en su carrera delictiva con tatuajes alusivos a modo de medallas de tinta bajo la piel.

Conforme más iba leyendo sobre la Mara más le sorprendía la amalgama de hechos que habían confluido en su constitución. A partir de los años setenta, la llegada del pentecostalismo había enraizado en las poblaciones más pobres, sirviendo de aglutinante y motor para la organización de los más desheredados. Tras ellos, los metodistas, los presbiterianos y bautistas, fuertemente vinculados a los cristianos renovados de las iglesias texanas, se habían establecido igualmente, ejerciendo un poder silencioso que se extendía desde El Salvador hasta la frontera norte de México. La Mara había tomado prestadas aquellas expresiones religiosas, aprovechándose del vacío de poder de muchos estados federales y el gran negocio de las drogas y la emigración ilegal hacia Estados Unidos, para construir su alma, todo ello de modo oportunista y suficientemente trocado para que sirviera a sus intereses de poder y dinero. El resultado final era una forma de grupos organizados que ejercían una influencia social y económica cada vez más poderosa en aquellos países. La cohesión de sus miembros, basada en rituales de iniciación, privilegios y la necesidad de protección, en un mundo en el que se mostraban como única oportunidad de salir de la pobreza más absoluta, daba una ligera idea del verdadero alcance de su capacidad.

Manuel revisó la lista de países exportadores de mano de obra. Los emigrantes solían ser hondureños, salvadoreños, guatemaltecos y nicaragüenses, pero también brasileños y, últimamente, argentinos. Las mujeres cruzaban la frontera con la intención de trabajar como empleadas domésticas o en los cultivos de café, caña o mango. Los hombres, con la ilusión de ser contratados como braceros en México u obreros de la construcción en el hermano del norte. Pero en ambos grupos, especialmente en el caso de los menores, muchos eran forzados a ejercer la prostitución o a convertirse en correos de la droga.

En una de aquellas fotografías pudo distinguir con toda claridad el gesto de varios mareros. Todos debían de rondar los quince años. Sus cuerpos de bronce tenían el torso desnudo y dos de ellos mostraban varias cicatrices en el pecho. A pesar de la pobreza que les rodeaba, todos calzaban zapatillas deportivas de marca, lustrosas entre el fango del suelo. Al pasar la mirada por sus rostros, Manuel pudo apreciar tres marcas en el más viejo del grupo. Con ayuda de un escáner introdujo la fotografía en su ordenador y amplió aquel detalle hasta conseguir distinguir tres pequeños tatuajes en forma de lágrima en el pómulo del adolescente. Con la impresión en color de aquello en las manos revisó la primera declaración a la policía de la testigo del asesinato. La anciana había señalado que el asesino tenía la cara picada, llena de manchas. Tanto Luis como él pensaron que podía ser una herida o una escarificación, pero la contemplación de aquel tatuaje le daba un nuevo sentido a lo que la mujer había visto. Si su sospecha era cierta, confirmaría definitivamente el origen del agresor.

Manuel recordó el escenario del crimen. No había objetos derribados. No se había producido forcejeo por parte de la víctima y en la autopsia no se habían encontrado heridas defensivas en manos o brazos. Por un instante cerró los ojos e imaginó al abogado aterrado detrás de su escritorio, intentando dar explicaciones a su futuro verdugo. Los asesinos que actúan de este modo suelen ser sujetos contenidos, inteligentes, que planifican sus actos asumiendo el peligro, pero sin llegar a perder el control de la situación ante la llegada inesperada de una visita o una mirada indiscreta a través de una ventana, por lo que previamente han medido los riesgos. Los tatuajes llaman la atención de los demás y compensan la inseguridad del que los porta. Por un lado, los aísla de quien no los lleva, pero, por otro, integran a su portador en un grupo. Ofrecen comprensión y reconocimiento en el grupo con el que los compartes, pensó para sí.

En la conversación que mantuvieron durante la cena recordó que Luis le había comentado el hallazgo de la cartera del abogado en una papelera cercana. El psicólogo se detuvo un instante en este detalle. El asesino, tras acabar con su víctima, había cogido el maletín y había salido a la calle con él, supuestamente con la intención de inspeccionarlo y, al no encontrar lo que buscaba allí, lo depositó en una papelera. No le importó abandonar un teléfono móvil y la cartera del abogado, con ciento setenta euros y varias tarjetas de crédito en su interior. Lo que buscaba era mucho más importante para él que aquellos objetos.

Manuel se levantó y anduvo por su despacho. Los indicios les estaban llevando hacia un miembro de la Mara, tipos sin formación y nada que perder, que asesinan por cinco dólares sin importarles si es una pobre mujer que emigra o un policía de aduanas. Y, sin embargo, había despreciado fríamente la posibilidad de conseguir una buena cantidad con las tarjetas. Volvió a pensar en el maletín. Su frustración no había hecho que lo tirara al suelo o lo vaciara sobre cualquier sitio para encontrar lo que buscaba. Tras llevárselo del lugar, lo registró y depositó intacto en una papelera. Manuel se convenció de que el asesino había encontrado lo que quería.

Comenzó a rebuscar en los cajones de su mesa algún chicle. En tres zancadas llegó al despacho de Ángela y volcó el bote donde ella los guardaba. En vez de eso, encontró un paquete abierto de Chesterfield. Ya de vuelta en su despacho se colocó frente a la ventana abierta al aire caliente del mediodía, lanzando bocanadas nerviosas de humo azul, y volvió a sus pensamientos. La conducta de aquel sujeto en todo el escenario del crimen era la esperable en un asesino organizado, un tipo que había elegido cuidadosamente a su víctima, con la que tenía algún tipo de vinculación desde hacía tiempo. Ésta le había franqueado la entrada, con intención de hablar del asunto en el que estaban interesados y, en un momento dado, había comenzado a ser golpeado. Volvió a repasar de memoria la lista de lesiones. El difunto recibió una tremenda paliza, con rotura del arco zigomático, varias costillas y dedos de ambas manos; todas heridas no mortales, por lo que se podría concluir con cierta seguridad que la víctima fue torturada para que hablara antes de morir. Todo indica que los estresores iniciales, las causas que provocaron todo aquello están alejadas del momento del asesinato. Manuel volvió la mirada a la calle. Aquel momento no era el problema, la razón del asesinato no fue debida a un nuevo hecho, algo que ocurriera en ese despacho. Al ir allí, el asesino buscaba una solución.

Manuel recordó que el abogado había perdido peso y tenía las maletas preparadas para salir de viaje; debía de estar considerando desde hacía tiempo el serio riesgo que corría. La ausencia de un expediente de 1986 era el único objeto que había interesado al asesino. El pensamiento del psicólogo se detuvo un instante, fue hacia la descripción que de éste había realizado la testigo en el atestado de la policía, y comenzó a hacer una cuenta con los dedos. La anciana había descrito al hombre como joven, de no más de veinticinco años. Durante todos aquellos días, Manuel había pensado que el tipo aquel debía de estar implicado personalmente en el hecho, pero ese último descubrimiento dejaba claro que en el año ochenta y seis el asesino no debía de ser más que un niño.

Por alguna razón, durante la siguiente hora no terminó de aceptar la posibilidad de que todo aquello fuera el encargo de un tercero. Demasiado personal, se dijo entre dientes, demasiada implicación. Un matón no hubiera dudado en sacar cierto beneficio. Hubiera sido muy fácil. Únicamente hubiera tenido que coger el dinero de la cartera del muerto y, sin embargo, ninguno de aquellos objetos le había importado.

Se sirvió un vaso de agua y volvió a su mesa. La víctima recibió golpes durante cerca de una hora. De alguna forma había escapado y llegado a la calle. Sin ningún aspaviento, el homicida le siguió con tranquilidad; varias huellas sobre la sangre mostraban que sus zancadas no eran amplias, habituales en un perseguidor que corre tras su víctima. Cuando lo alcanzó, sin preocuparse de si alguien los observaba, lo arrastró de un modo cruel hacia el interior y lo remató. Llegado ese momento, el abogado no era más que una tarea que finalizar, un objeto del que desprenderse para dar el siguiente paso.

Apoyado en la seguridad de estos hechos, Manuel concluyó que en este caso el asesino seguramente ya habría decidido acabar con el abogado, por lo que el arma no fue circunstancial, un abrecartas o un objeto contundente, sino que la habría traído consigo al escenario del crimen. Por otro lado, aun siendo premeditado, no había considerado que necesitara algún objeto con el que inmovilizar a la víctima. No se habían usado cuerdas, cintas o esposas para sujetar al abogado. El criminal era plenamente consciente del control que tenía, con las manos desnudas, ante aquel desgraciado. Esto suponía una superioridad física muy amplia o, como Manuel se temía desde el principio, mucha experiencia en escenarios parecidos.

Los asesinos organizados como aquél van perfeccionando su forma de operar. Cuando la policía se encuentra con bandas de atracadores o asesinos que cometen varios delitos, centran su estudio en los primeros casos que se les atribuyen. Ya que suelen ser los que menos planificación tuvieron, aportan más detalles sobre los autores de los hechos. Conforme éstos van adquiriendo más experiencia, dejan menos restos en el escenario del delito, ocultan más a sus víctimas y mayor es la distancia entre el hecho y su vida cotidiana, su familia, amigos y hogar. Cuando se planifica se consideran las múltiples posibilidades que pueden acaecer durante el delito, pero nadie puede adelantar que en aquel momento llegue una visita inesperada, o que el administrador de la finca se acerque a cobrar un recibo atrasado en mitad de la escena; sin embargo, tener en cuenta la posibilidad del forcejeo con la víctima era fundamental y, sin duda, el asesino sopesó esa variable.

Había que descartar toda posibilidad de enfermedad mental. Aun en contra de la creencia popular, los enfermos mentales son responsables de un mínimo de agresiones. Por otro lado, las personas que presentan una psicopatología no se distancian demasiado de su domicilio a la hora de cometer un crimen. Otro asunto era el claro perfil de psicópata que demostraban los hechos. Aunque las primeras referencias que se encontraban en la literatura sobre este perfil se remontaban a principios del siglo xix, no había sido sino hasta 1903 cuando el psiquiatra alemán Kraepelin definió por primera vez el término personalidad psicopática. A partir de la Segunda Guerra Mundial el interés por estos sujetos había ido en aumento, generando investigación e interés popular.

Manuel encendió su ordenador y buscó en la versión electrónica de su DSM-IV*. La característica diagnóstica básica de este tipo de personalidad es un patrón general de desprecio y violación de los derechos de los demás. Estos sujetos utilizan el engaño y la manipulación, convirtiéndose en verdaderos maestros del disimulo y la mentira. Aunque muestran un encanto social que provoca que tengan una buena imagen social y cierto reconocimiento entre sus conocidos, carecen de empatía y muestran un desprecio absoluto por los deseos y bienestar de los demás. De este modo, aparecen insensibles, al no disponer de sentimientos apropiados de culpa o remordimiento. Poseen un sentimiento muy elevado de su propia valía y la sensación omnipotente de que todo les está permitido hace que se muestren al observador dominantes, altivos y orgullosos. Aunque proyecten esta imagen de firmeza y solidez, su autoestima no está bien elaborada, siendo frágil y con una escasa tolerancia a la frustración, irritabilidad y arrebatos emocionales.

Cerró el ordenador y resumió sus pensamientos en dos folios. Cogió el teléfono y llamó al fiscal. Tras relatarle las conclusiones a las que había llegado en las últimas tres horas, Luis le confirmó que daría orden a la policía para que detuvieran a cualquier sujeto que se ajustara a aquella descripción.

---

* Manual Diagnóstico y Estadístico de los Trastornos Mentales. [*N. del A.*]

Tras la conversación, Manuel se sintió inquieto. En el fondo de su cabeza una voz le gritaba que un detalle fundamental se les estaba escapando entre los dedos. En todo aquello había un motivo que no lograban alcanzar. No era el dinero, o al menos no el que podía disponer el abogado. No había asuntos legales. Manuel pensó por un momento en los celos, tal vez el motivo más universal y el mayor responsable de sinsentidos en cualquier rincón del planeta, y volvió a recordar el robo del expediente de 1986. Tenía que descartar cualquier problema actual que el viejo abogado pudiera arrastrar. Sabía que el juego y la cocaína habían sido parte muy importante en su vida. Debía cerrar esas puertas, al menos ésas, en aquel largo pasillo lleno de posibilidades.

Capítulo
XXII

Las partidas de cartas privadas se celebran en varias casas del centro y el extrarradio de la ciudad. Al contrario de lo que el público piensa, suelen ser viviendas pulcras y discretas, muy alejadas de la imagen de la trastienda sórdida y oscura que dibujan las películas. La responsabilidad del dueño es mantener la privacidad de sus invitados y tener dispuesta en cualquier momento comida y bebida en abundancia. Manuel dirigió la mirada a aquella mujer, aún sorprendido de que pudiera hablar y respirar a la vez en su presencia. Hacía veinte años, cuando él contaba con algo más que diecisiete, se había enamorado de ella. Y ella, durante apenas un mes, le correspondió con su amor. En aquella época Manuel amó como se hace cuando nunca te han herido. Durante ese mes todo fueron caricias, miradas y sonrisas. Ella contaba cuatro años más que él, pero andaban igualados en experiencia sexual. Con torpeza se descubrieron la ropa interior. Con urgencia la apartaron. Con prisa, como si se lo fueran a quitar de la boca en cualquier momento, disfrutaron el uno del otro. Nunca un te quiero fue más auténtico y sincero en sus vidas. Y, sin embargo, hoy la miraba, sin entender que el aliento le fuera bastante para respirar y saludarla.

—¡Cuánto tiempo! —le propinó nada más abrirle la puerta.

—¡Siempre demasiado!

Carmela sonrió con todo su cuerpo.

—Nadie te supera a zalamero, pasen los años que pasen. ¡No sé cómo aún no te ha cazado ninguna!

—Cada mañana, antes de salir a la calle, me unto de vaselina.

—Extraña imagen —replicó con picardía—. ¡Me da ideas!

Carmela se había casado con un médico que despuntó rápidamente. De natural conciliador, su buen trato y el aprecio con el que le comenzaron a corresponder sus pacientes pronto le convirtió en el objetivo de las intrigas y zancadillas de sus compañeros en el hospital. Es costumbre en esta ciudad que cualquiera que se presente de nuevas sea considerado un advenedizo y tratado del modo más hostil posible. De este modo, si una empresa pretende instalarse en su suelo debe pedir permiso no sólo a la administración local, sino a las asociaciones que agrupan a los que van a ser su competencia, que marcarán las condiciones a las que tendrá que atenerse. Si un profesional pretende ejercer su profesión, comenzará a recibir las miradas y zancadillas de aquellos que, con el marchamo y derecho de arrastrar un apellido ya versado en ese conocimiento, se consideran a sí mismos los legítimos y únicos conjurados para ejercer tal especialidad en estas calles. Extraña concepción del liberalismo económico y de opinión en el mundo contemporáneo. De este modo, aquel joven médico que, sin apellido conocido, había apostado su futuro a su empeño y capacidad profesional pronto se vio náufrago en un mar de mediocridad.

—¿Quieres tomar algo? —le preguntó mientras le indicaba un mueble bar que no tenía nada que envidiar a las bodegas de Domecq.

—¿A las once de la mañana?

—¡Entonces un té!

Habían decidido no tener hijos por lo que, después de diez años de estar fintando diariamente para no ser atravesado por mil bajezas, una mañana de abril le dijo a su mujer que iba a aceptar un puesto en un hospital privado en Málaga. Consciente de la disposición de su marido, Carmela comenzó a titubear, atropellando cómo, cuántos y porqués sin mucho tino, hasta que logró que le contara la última tropelía que un par de mediocres de su promoción le habían dedicado el día anterior. Durante varios días anduvo del sillón a la ventana, del comercio donde trabajaba a la mesa del restaurante, con la mirada perdida, vacilante y sin asiento. Consciente de que lo mejor de su relación con su marido ya había pasado, al cuarto día pidió la cuenta y volvió a casa. Él andaba rumiando su bagaje cuando se plantó a su lado. Durante más de veinte minutos le relató lo mucho que le había amado, qué feliz había sido a su lado, la suerte que consideraba había tenido conociéndole, cómo le dolía la soledad de su casa en sus ausencias profesionales y cuánto deseo había provocado en su cuerpo durante todos aquellos años. Y ambos sonrieron. Pero luego agachó la cabeza, dejando que dos lágrimas, gordas y doradas como faroles de gas, rodaran por sus mejillas.

—Cuando me llamaste me diste una gran alegría. Llevábamos sin vernos al menos...

—¡Casi un año!

—¡Dios mío! ¿Tanto?

Se sentaron en un amplio salón iluminado por dos ventanales que daban a una calleja estrecha y silenciosa. Tras su divorcio, Carmela vendió el comercio y, utilizando los contactos que había adquirido después de tantos años de vida pública, comenzó a organizar aquellas reuniones.

—Por teléfono me dijiste que te interesaba hablar de Juan Castro, el abogado.

—¡Exacto! ¿Has leído algo sobre su muerte?

—El *ABC* dijo que había recibido una puñalada en su despacho.

—¡Más o menos! La verdad es que fue torturado. Tenía golpes en todas sus extremidades y varias fracturas muy dolorosas.

En aquel domicilio no sólo se jugaba a las cartas. Muchos hombres venían a cerrar negocios que jamás pasarían por el registro o la notaría. Carmela se deslizaba entre ellos, sirviendo café o licor, acercándoles bandejas de canapés mientras discutían sobre cifras suficientes como para alimentar a un barrio durante años. El secreto de su éxito era ser parte del mobiliario, una hermosa cómoda, una discreta alacena en la que no se repara a no ser que se necesite.

—¿Quieres saber si he oído algo?

—Dentro de lo que me puedas contar —respondió Manuel.

—Sabes que yo no cuento nada porque yo no oigo nada. ¡Mi negocio es no escuchar!

—No quiero que me digas nombres ni nada que te comprometa —aclaró, mirando por la ventana—. ¿Cuándo fue la última vez que viste a Castro?

—Tal vez... ¡Hace casi dos años que no venía por aquí! Las cosas ya no le iban bien, y muchos de mis parroquianos no le tenían mucho aprecio.

—¿Alguien en especial?

—¿Alguien que quisiera verle muerto? —Sonrió con un carmín francés.

—¡Por ejemplo!

—¡No! Juan era ya tan insignificante que a nadie importaba. Sencillamente, no confiaban en él. Este negocio se basa en la confianza. Si no eres una persona digna, éste no es tu lugar. —Dejó su taza sobre la mesa cercana—. Sin embargo, una tarde, hará unos seis meses, apareció en la puerta.

—¿Para jugar?

—No, sólo quería tomar algo, charlar. Creo que echaba de menos el ambiente, las partidas. Cinco años antes era un asiduo, uno de esos que no saben qué hacer con su poco tiempo libre y consideran que se merecen cualquier cosa por lo mucho que trabajan.

—¿Cómo estaba? —preguntó con verdadero interés el psicólogo.

—¡Distinto! Llevaba un traje nuevo, pero se veía a la legua que ya no daba de comer a su sastre. Hablamos del pasado. Me contó que su mujer le había dejado.

Manuel notaba que su amiga perdía el interés en la conversación. Iba vestida con una blusa estampada de gasa y organdí que dejaba ver sus pechos. En un gesto que pretendía ser natural cruzó las piernas, abandonando a la mirada ajena un muslo moreno y sólido. Sus cuarenta años eran una ofrenda a la sensualidad.

—¿Te ha visitado alguna vez alguien que tuviera un tatuaje como éste?

Con desgana cogió el trozo de papel que Manuel le ofrecía.

—¡Jamás! ¿Quieres más té?

—Sí, por favor.

La luz clara iluminaba cada rincón. Cuando Carmela se inclinó para servirle en su taza, el perfume de su cuello le envolvió.

—¡Se ha acabado! Quédate aquí, voy a por más a la cocina. Sólo será un minuto.

Manuel le sonrió condescendiente, consciente de lo que se avecinaba. Cediendo a los deseos de su anfitriona contempló sin disimulo las caderas que se perdieron en el pasillo en penumbra. Conocía muy bien aquel lugar. Al final, el amplio dormitorio, lugar vedado para cualquiera menos para unos pocos elegidos por su dueña.

—¿Más leche? —le interrogó a la vuelta.

—¡Sí, por favor!

—Acabo de recordar que hace unas semanas que lo volví a ver.

—¿Aquí? —Manuel no pudo disimular su alegría.

—No, en la calle. Volvía de comprar algunas cosas que iba a necesitar esa noche y lo vi caminar por la acera de enfrente. Me sorprendió que estaba muy delgado.

—¿Llegaste a hablar con él?

—No, pero sí me inquietó lo suficiente como para que le preguntara a... un amigo mío. Un tipo que le conocía bien. Me dijo que estaba preocupado. Le había dicho que pensaba marcharse pronto lejos de esta ciudad. Había conseguido algo de dinero, no mucho, supongo, pero sí lo suficiente como para empezar en otro lado.

—¿Temía por su vida?

—Mi amigo me insinuó algo parecido, pero no le presté mucha atención.

—Supongo que no podré hablar con tu amigo.

Carmela no contestó. A cambio, Manuel recibió una hermosa sonrisa enmarcada en rojo carmesí.

—¿Más té?

—¡Gracias! Entonces, ¿crees que preparaba un viaje?

—Yo diría que entre sus planes estaba mudarse muy pronto. Mira, esta puñetera ciudad tiene la costumbre de poner etiquetas que jamás vas a quitarte de encima. Él se había ganado una reputación entre sus clientes y, peor aún, entre sus compañeros de oficio. Nadie le quería, nadie confiaba en él. Un abogado es algo así como un cura, con secreto de confesión, pero que media por ti sin tener que esperar a que te mueras. Juan había perdido toda su credibilidad. Nadie pide a un abogado que sea sincero, pero sí por lo menos que se pueda confiar en él. Juan había perdido ambas cosas. Lo que no entiendo es por qué te preocupas tanto por su muerte. ¡Era abogado, seguro que tenía algún enemigo! Si bien no hay muchos que le hubieran matado, sí puedes estar seguro de que casi nadie lamenta lo que ha ocurrido.

—Lo que me preocupa de este asunto es su forma, no la muerte en sí. Este homicidio es especial por muchas cosas. Por un lado, la forma de la ejecución es extraña, muy poco común en nuestro entorno. —Manuel reflexionó un momento—. ¡Eso fue lo que despistó a los investigadores! Por otro, el motivo. Este tipo llevaba años lamiéndose las heridas sin trabajar en nada serio. Había perdido todo por lo que había luchado en su vida. Y, sin embargo, ¿por qué era tan importante para alguien como para que lo asesinaran de aquella forma?

Carmela se quedó mirando el fondo de la habitación. Terminó el cigarrillo que había encendido mientras escuchaba la reflexión de su amigo y guardó silencio. Manuel sintió que, por primera vez, había prestado atención a la conversación. En un acto reflejo cogió otro cigarrillo del paquete de la mujer y exhaló el humo lentamente.

—Juan sólo tenía una cosa que aún podía ser importante para alguien —dijo Carmela.

—¡Información!

—¡Exacto! Información de algo que ocurrió un tiempo atrás y en lo que él anduvo, de un modo u otro, metido.

Manuel paseó por la habitación.

—En su despacho encontré un archivador revuelto —le confió con tranquilidad. Estaba totalmente convencido de que aquella conversación jamás saldría de aquella habitación—. Correspondía a 1986. ¿Conocías a Juan en aquella época?

Carmela sonrió. Apagó el cigarrillo en el cenicero de cristal de roca y se levantó, avanzando hasta él. Con suavidad apoyó sus antebrazos en los hombros del hombre e inclinó la cabeza, dejando que su lengua jugara entre sus dientes.

—¡Querido amigo! En 1986 yo andaba en brazos de un pícaro jovenzuelo que insistía en robarme las bragas cada vez que tenía oportunidad. ¿Ya lo has olvidado?

—¡Tienes razón! —respondió Manuel con una sonrisa mientras ella se dirigía hacia él—. ¡Disculpa, me he emocionado! Necesito... ¡Oh, venga! ¡No juegues conmigo! —Con suavidad le apartó los brazos.

Manuel volvió al sillón.

—¡De todo eso han pasado más de veinte años! —prosiguió ella con suavidad—. Muy poca gente te va a poder dar información sobre aquella época, y menos aún algún dato fiable y relevante para lo que buscas.

—¡Llevas razón! —asintió Manuel—. ¡Por ahí no voy a ninguna parte!

—Creo que necesitas una ayuda extra.

—No quiero que te metas en ningún lío —le replicó de inmediato.

Carmela sonrió a su ex amante. Su suave mano rodó por la mejilla del forense.

—¡Sabes que nunca haría eso! ¡Jamás lo he hecho y ya no somos tan importantes el uno para el otro como para...! —Prefirió no terminar la frase—. ¡Hummm, bueno, bueno! ¿Conoces al Moreno?

—¿El argelino?

—¡Sí!

—¡Pregúntale a él! Ese tío te puede dar información de aquella época. La verdad es que te puede dar más información de Juan Castro que su propia madre. —Manuel la interrogó con la mirada—. ¡Nuestro amigo era un adicto a la coca! El argelino se la fiaba. En toda la ciudad era el único que aún le daba crédito. Juan nunca se hubiera atrevido a dejarlo colgado.

—¡De acuerdo! —respondió Manuel.

—¡Ahora debes irte! Tengo que preparar la sesión de esta noche.

Se encaminaron hacia la puerta en tres pasos.

—¡Si vas a preguntarle, seguro que te manda a hacer puñetas! Debes encargar a otro esa labor. El Moreno es un viejo difícil que no se fía de nadie. ¡Es tan viejo que no teme ya a nada! Sólo hablará si mandas a alguien que pueda jorobarle su retiro.

—¡De acuerdo! —convino Manuel. Cuando ya estaba en el rellano se volvió hacia la mujer—. ¡Pero aquello sí fue importante! —La sorpresa se reflejó en ella. Manuel le aclaró sus palabras—. ¡Nuestra historia!

Carmela guardó silencio unos instantes, con la mirada perdida. Luego, con lentitud, volvió sus ojos hacia él.

—¡Lo más sincero de mi vida!

Capítulo
XXIII

Ameur Ba, conocido por todos como el Moreno, era un *d'arguez,* un hombre duro, montaraz altivo de bigote oscuro como la pez. Argelino de cuna, se había criado como pastor de cabras en Marrakech en la década de los cincuenta. Volvió al país de sus mayores en cuanto juntó tres dírhams, pero con la mala fortuna de elegir hacerlo en tiempos revueltos, dos años antes de que estallara la guerra contra la colonia. Nada más llegar encontró trabajo como capataz en la explotación de un francés llamado Jean Vignoc, un ganadero procaz y campechano, empeñado en convertir el suroeste de aquel país en la despensa de cordero del Magreb. El europeo le tomó pronto afecto. Heredero de Rousseau y lector de Sartre, aquel pelirrojo de tez clara convirtió al nativo en su camarada de correrías, haciendo que le acompañara siempre en sus salidas nocturnas en busca de la compañía que su mujer hacía años le negaba. Era tal la altanería y buen porte del argelino que poco tardó en llamar la atención de la señora, de tal suerte que, cuando el francés andaba distraído, pronto le cogió afición a calentarle el regazo.

Aquella época duró poco. Un desafortunado accidente de caballo convirtió al argelino en las manos y los pies del patrón, por lo que se hizo imprescindible para sostener la actividad en la hacienda. Cuando llegaron las purgas de la posguerra, Ameur Ba volvió a quedarse en tierra de nadie. Enemigo de nacimiento para los franceses, colaborador con el colono para el señor de la guerra que quedó al mando de la comarca, fue apresado una noche de verano de 1962 por un grupo de siete hombres, entre los que se encontraban varios de sus propios trabajadores. Tras arrastrarlo por todo el pueblo, le llevaron en el maletero de un viejo Peugeot abandonado por el ejército vencido hasta un helechal, en medio del claro de un bosque, donde fue golpeado hasta el hartazgo. Años después, el propio Ameur relató que le debía la vida a un joven pastor que, tras varios días olvidado, se lo encontró en un barranco cubierto de zarzas.

En este momento la historia se volvía oscura y divergente. Unos dicen que se marchó en el primer barco que salió para Marsella, avergonzado porque aquella noche el peón que él mismo había contratado meses antes como matarife se aplicó con maña en sus genitales. Otros aseguran que volvió a la granja donde aún aguardaba la mujer del amo francés, ya prófugo, que le esperaba entre encajes y suspiros, consciente de que no volvería a encontrar otro potro como aquél en toda la Galia. Sea como sea, con el tiempo y sus azares recaló en esta ciudad, trocándose en una de sus esquinas afiladas, desheredado y sin miedo más que a la luz del alba. La sevicia del tormento aplicado aquella noche agrió para siempre el tesón de su frente, convirtiéndole en aquel tenebroso sujeto que sólo la debilidad de la vejez había hecho soportable a la vista.

—¡No sé de qué me habla! Yo sólo soy un viejo que no se entera de nada.

—¡Por supuesto! —contestó Luis Garoso.

—¿Quién le ha dicho que yo podía conocer al abogado ese por quien pregunta?

—¡Eso no tiene importancia! Sé que es usted un pobre jubilado, pero sé también que muchos le tienen en consideración.

—¡Será que aún queda gente que respeta la vejez!

—¡Tal vez! —afirmó el fiscal—. Pero tal vez sea porque hay por ahí mucha gente que le necesita. Esa gente seguro que le cuenta cosas, que le dice quién ha llegado nuevo, algún fichaje de fuera del barrio. ¿Qué sé yo?

—¡La gente habla! Muchos, sin saber ni lo que dicen.

Aquel día había entretenido la mañana pelando naranjas y ahora, obligado a atender a aquel joven, maldecía por haberse dejado ver en la mesa del bar en donde pasaba la mayor parte del día. Luis llamó a la camarera y pidió dos cafés.

—A mí no me interesa lo que usted hace. —Dejó la frase en el aire y miró en derredor—. Ni me interesa lo que hacen todos éstos. Le estoy pidiendo ayuda porque tengo un asunto en el que alguien como usted podría serme muy útil.

—¿Alguien como yo? —se sorprendió el viejo.

Los años de tribunales habían convencido al funcionario de la utilidad de los halagos. En decenas de ocasiones había comprobado cómo derribaban puertas con mayor facilidad que los empellones. Los hombres más ásperos doblaban el espinazo con una facilidad sorprendente cuando era alimentada, aun del modo más pueril, su vanidad, mientras las mujeres más hermosas comenzaban a regalar su altiva sonrisa ante la lisonja oportuna. El tiempo y el uso no habían logrado sino depurar su técnica.

—¡Alguien tan sabio! Por ahí me han dicho que usted es justo, se porta bien y sabe dar cuando la gente no tiene ni dónde caerse muerta. No me cabe duda de que para llegar a ser alguien tan respetado se debe ser de una pasta especial.

El viejo quedó leyendo el horizonte.

—Le agradezco el aprecio, señor fiscal. A mí me han dicho que usted trata bien a los míos, aunque de vez en cuando nos joda.

—¡Es mi trabajo! Usted tiene sus asuntos y yo debo hacer lo que me corresponde. —El anciano afirmó en silencio.

—¡La gente ya no sabe lo que es el respeto! Los jóvenes creen que todo se basa en las armas y las palizas.

La camarera sirvió la consumición deprisa, consciente de que interrumpía la conversación.

—En eso le doy toda la razón. ¿Me va a ayudar?

—¡La prisa es mala consejera! ¿No va a probar nuestro café?

Luis maldijo su inoportuno apremio. Después de unos instantes dedicados al aprecio de aquel brebaje el árabe tomó la iniciativa.

—Hay un jovenzuelo que nos anda dando por culo desde el verano pasado. No hace más que buscar bronca y meterse en el patio ajeno. ¡Tal vez usted podría hacer algo!

—¡Tal vez!

Un chaval de no más de dieciséis entró en el bar. Al reconocer al funcionario, se volvió tan apresuradamente que estuvo a punto de tropezar con el escalón de la puerta.

—Yo ya no tengo fuerzas para hablarles.

—¡Para eso haría falta que quisieran oír!

El viejo volvió a asentir ante las palabras de su visita.

—Creen que ya lo saben todo. Ven demasiadas películas y piensan que la vida es como sale allí, piensan que las balas no duelen y los muertos luego se levantan y vuelven a casa.

El anciano volvió a su silencio. El día se iba sacudiendo de su letargo, ofreciendo un sinnúmero de oportunidades para cambiar la fealdad del mundo.

—El abogado andaba *pelao* desde hace mucho, sin un puto duro, pero aún venía de vez en cuando. Cuando me enteré de su muerte, pensé que podía haber sido cosa de alguno al que le debía dinero y, como a mí me había dejado una cuenta pendiente, hice que preguntaran por ahí. En toda la ciudad nadie le fiaba. ¡Sólo yo! —Sorbió ruidosamente—. ¡La gente no quiere más que el dinero! Pero hay otras cosas.

—¿Por ejemplo? —interrogó el fiscal.

—La amistad. Yo ahora le estoy haciendo un favor. Usted puede hacerme otro pequeño favor. No importa que apenas sea nada. Lo suficiente como para alisar una preocupación. Nuestro negocio se ha basado siempre en esto, pero ahora parece que nada de eso importa. Si tienes te dan. ¡Hasta a sus hijas! Yo creo que eso es un error.

—¡Siempre es importante tener amigos!

—¡No se puede andar por esta vida solo! —afirmó, mirándole por primera vez a los ojos—. Es lo único que de verdad importa.

El viejo había levantado ligeramente la voz, lo que había provocado que algunos de los clientes del local se giraran hacia ellos, para volver a sus ocupaciones de inmediato. Cuando Garoso quiso retomar la conversación comprobó que el patriarca de aquel lugar había vuelto a perder la mirada más allá de la cristalera del local.

—Supongo que sabe cómo murió el abogado.

—¡Desangrado como un cordero! —Esa información no había sido publicada en ningún periódico.

—¿Conoce a alguien que pueda haber hecho algo así?

—¡Ese tipo no es de aquí! Los que matan de ese modo son los colombianos o la mierda esa de los croatas, pero aquí no les dejamos entrar.

—Entonces, ¿usted cree que viene de fuera?

—¡Seguro! Si es de fuera, ése ha venido a hacer su trabajo y ahora debe de andar muy lejos de aquí.

—¿Conoce a alguien que le haya visto?

—¡No!

El fiscal suspiró. Estaba cansado de aquella situación. Terminó su café e hizo el gesto de recoger sus cosas.

—¡Pero a ése sí lo he visto! —El fiscal no entendió a qué se estaba refiriendo—. ¡Sí, a ese de ahí! —El fiscal bajó la mirada hasta el fotomontaje que la policía había realizado con el testimonio de la testigo del asesinato, y que él había olvidado sobre las rodillas.

—¿Cuándo?

—Un chaval me dijo que había visto a un tipo con esos tatuajes preguntando en el barrio por una familia.

—¿Una familia?

El anciano volvió la mirada hacia él.

—¡Yo me sorprendí tanto como usted acaba de hacer! Son gente trabajadora que no se mete en nada. Es un viudo que ha tenido mala suerte con las mujeres. Yo le conozco desde que vino a vivir a este vecindario. Su primera mujer le abandonó hace muchos años. Luego se volvió a casar, hará unos... diez años. Tuvieron una chiquilla, pero la hembra no salió del paritorio. ¡Una niña preciosa, si no fuera porque nació como ése!

El fiscal buscó con la mirada el lugar que había señalado con la barbilla. Un adolescente de unos quince años jugaba con las servilletas, aburrido a la espera de que su padre terminara su bebida.

—¿Y qué tiene que ver esa gente con... este tipo de gente?

—¡No es asunto mío! —respondió el viejo, levantando los hombros.

—¿Lo ha visto últimamente?

—El hombre siempre llega a media tarde. Una vecina le cuida la niña cuando vuelve del colegio. Un hombre muy correcto, muy correcto. ¡Siempre me da las buenas tardes!

—¿Me podría decir cómo se llama?

—Viven no muy lejos de aquí, en el portal por encima del ambulatorio. —Con desgana miró su reloj. El fiscal entendió que la conversación había acabado e hizo ademán de pagar—. ¡Su dinero aquí no vale!

Luis apreció en su valor aquel gesto y salió del bar a un barrio en el que la miseria y las drogas eran cultura. Cerca de él un grupo de adolescentes rodeaban una hoguera apoyada junto al chasis ennegrecido de un coche. Decenas de bloques de cuatro alturas ocupaban una empinada ladera a su derecha. Había visto esos mismos edificios en mil lugares distintos. Correspondían a las viviendas construidas en la época de la emigración masiva que se produjo desde las zonas rurales a las grandes urbes del país, en los primeros lustros de la segunda mitad del siglo pasado. Ya pobres entonces, fueron el primer hogar de miles de afanosos sueños de mejora y futuro, protagonistas del desarrollo económico de un país que despertaba de un letargo de miseria y humillaciones tras una guerra insensata.

El fiscal sacó su teléfono móvil y marcó el número del despacho de Manuel. Al otro lado, su voz dispuesta y alegre le respondió al primer toque.

—¡No te lo vas a creer, pero el Moreno ha creído reconocer a nuestro hombre! —espetó como saludo—. Según él, está relacionado con una familia del barrio.

—¿Alguien del mundillo? —preguntó Manuel tras asimilar aquel descubrimiento. Toda la ciudad sabía que aquel barrio era el centro del tráfico de drogas y objetos robados; junto a cien indeseables, miles de familias trabajadoras, pero demasiado humildes como para huir de la degradación de sus calles, cohabitaban, resignadas a ver la diaria ostentación de algunos de sus vecinos.

—¡No! Un padre de familia, al parecer un ciudadano honrado que no tiene que ver nada con todos éstos. —Guardó silencio por un instante y miró a su alrededor—. Y su hija. Según el argelino, viven muy cerca de aquí, aunque no me ha dicho exactamente dónde.

—¡Hablamos de que nuestro hombre podía tener un familiar! —apostilló Manuel tras unos segundos de duda—. ¿Recuerdas?

—¡Sí! Supongo que llevabais razón. —Luis había comenzado a caminar en dirección al lugar que le había indicado el viejo—. El ambulatorio que me ha señalado queda al principio de la cuesta, pero no veo la placa de la calle.

Manuel escuchó el ruido de los pasos de Luis. Luego un silencio y la rápida conversación que mantuvo con una viandante a la que le preguntó por el nombre de la vía.

—¡Arenal! ¡Viven en la calle Arenal! —dijo tras unos segundos a Manuel—. Aproximadamente a la altura del número diez.

Manuel anotó la dirección en un folio que encontró sobre la mesa.

—¿Y ahí dices que vive la familia? —le interrogó.

—Un padre y una hija. Al parecer él es viudo. —En ese momento, Luis recordó el gesto que el argelino había hecho dirigiéndose hacia el muchacho sentado a la mesa del bar—. Y la hija nació con síndrome de Down.

Aquellas últimas palabras quedaron colgadas en el vacío por un instante. Un destello, tal vez un reflejo en el ápice de una onda concéntrica en el agua turbia a la que un niño ha tirado una piedra, saltó desde las entrañas de su memoria. Un anciano ser, sorprendido en su sueño de evos, movió entonces un músculo de su flácido cuerpo, logrando que el vacío multiplicara infinitamente su sonido, de suerte que el reflejo se convirtió en un destello que comenzó a crecer, susurrante, desde el fondo, hasta alcanzar su conciencia.

—¿Has dicho Down?

—¡Sí! —respondió Luis, sin entender la importancia de aquel hecho.

Manuel guardó silencio. En aquel instante se esforzaba por traer a su memoria lo que le había ocurrido en la puerta de su despacho dos días atrás.

—¿Te ha dicho qué edad tenía la niña?

—¡No! ¿Qué importancia puede tener eso? —le preguntó Luis, cada vez más perdido.

—¡No sé si tiene importancia! ¡Espérame, voy para allá!

—¡No puedo! Me esperan en el juzgado.

—¡De acuerdo! Nos vemos a la hora de la comida y te cuento lo que haya averiguado.

—¡Va a ser rápido! Si te parece bien, cuando termine, vengo y te recojo.

—¡Perfecto!

Cuando colgó el teléfono, recordó el episodio con mayor claridad. La tormenta, la extraña luz, la inocencia en los ojos de aquella niña y su extraño comportamiento. Con esfuerzo logró recuperar sus palabras, sin entender ahora, como en aquel momento, qué sentido tenía todo aquello.

Capítulo
XXIV

Manuel bajó del taxi frente al bar en el que minutos antes había estado Luis. La calle comenzaba a despoblarse. Un sol plano lanzaba piedras sobre sus hombros, reflejándose en las paredes hasta lograr que cada porción de su cuerpo sufriera aquel tormento. Con paso nervioso se acercó al portal de la dirección que su amigo le había señalado. El umbrío lugar le acarició con un frescor extraño. Tras localizar los buzones en el fondo más oscuro, leyó los nombres de los vecinos. Con una sonrisa encontró una letra infantil que había escrito su nombre debajo de un nombre de varón.

Comenzó a subir sin ruido. El edificio no tenía ascensor y, a cada paso que daba, el calor aumentaba. Miró por el hueco de la escalera. La construcción contaba con cuatro plantas y una azotea que los vecinos tenían por costumbre usar para tender la ropa. Manuel supuso que las viviendas que se encontraban justamente debajo debían de convertirse en un verdadero infierno en verano.

En la segunda planta se detuvo para volver a asomarse al vano. En aquel preciso momento, una sombra se ocultó a su vista en el piso superior. Esperó un instante, mirando el lugar por donde había desaparecido, pero nada se movió. Al volver la vista hacia el camino recorrido, dudó si llamar a Luis. Finalmente reinició el ascenso.

Al llegar a la tercera planta, no encontró a nadie. Con mayor sigilo volvió a asomar la mirada por el hueco de la escalera, sin tener muy claro qué buscaba en la oscuridad del fondo, pero en esta ocasión no pudo percibir ningún movimiento. En cada rellano había cuatro puertas. Buscó el número que había leído en el buzón y se encaró con ella.

Justo antes de tocar el timbre se dio cuenta de que se encontraba abierta. Fue un ligero movimiento de la madera, sin duda empujada por el viento que había levantado con el brazo, lo que lo delató. Durante unos segundos intentó distinguir las voces esperadas más allá de aquella hoja, sin conseguir escuchar nada. Finalmente, y sólo usando su dedo índice, comenzó a abrirla. La puerta cedió sin ruido ni esfuerzo. Frente a él, un pasillo en penumbra al que desembocaban cinco habitaciones. Las paredes estaban pintadas en un desvaído color añil y un pequeño ensanche a su izquierda estaba ocupado por un recibidor con un espejo. Manuel pensó en llamar en voz alta a los ocupantes de aquel domicilio, pero desde lo más profundo de su ser tuvo el convencimiento de que no iba a servir de nada.

—¡Esto no es una buena idea! —dijo en un susurro, girando la cara de un lado a otro, con el convencimiento de que no haría caso a su prudencia.

La primera puerta de la derecha era la cocina. Tras los cristales biselados pudo ver la estrecha y limpia estancia, iluminada por una ventana en la pared del fondo. Se introdujo en el pasillo y, temeroso de ser descubierto en aquel momento por un vecino, encajó la puerta principal a su espalda. Dos pasos más allá estaba el baño. El alicatado de baldosas únicamente llegaba a media altura. Sobre una repisa de cristal descubrió un cepillo de dientes infantil y varios coleteros. El olor a ambientador era suave y agradable.

La siguiente habitación estaba cerrada. Acercó con suavidad el oído a la puerta, pero siguió sin percibir ningún signo de vida. Agarró el picaporte y lo empujó lo suficiente como para permitirle ver a través del vano. En aquel momento recordó un cuento lejano de su juventud. El protagonista se introducía, con pasmosa lentitud, en el dormitorio de su víctima mediante un movimiento que le consumía horas completas. Esbozando una sonrisa, se sintió ridículo al verse allí. Su acecho no tenía sentido. ¿Qué hubiera ocurrido si el dueño de aquella casa hubiera entrado en ese instante? ¿Cómo podría justificar su intromisión a cualquiera que le pidiera explicaciones?

Mientras pensaba esto logró abrir la puerta lo suficiente como para comprobar que estaba vacía. Por la decoración dedujo que era el dormitorio de una niña. Varias decenas de rostros de plástico le sonrieron como un coro de gárgolas maquilladas para una fiesta. Con un fuerte suspiro comenzó a cerrarla. Entonces escuchó un ruido. Con un brusco movimiento de retroceso su cabeza asomó al pasillo. El sonido se repitió. Ahora estaba seguro de que había escuchado un gemido. Una voz ahogada que provenía de la habitación del fondo del pasillo. Con suavidad caminó hacia allí, sin preocuparse de dejar atrás la última habitación que, a su derecha, daba al pasillo. Con la velocidad del miedo consideró las alternativas que tenía. Podía lanzarse en tromba, abriendo la puerta de golpe, para intentar sorprender a los que se encontraran dentro o, como había hecho un instante antes, intentar alcanzar la visión del interior con un movimiento lento que le permitiera no delatarse.

Sin saber por qué, se decidió por esta última alternativa. Levantó la mano derecha hacia el pomo dorado. Al bajar la mirada hacia allí, se dio cuenta de que las manchas de sudor sobre su pecho oscurecían su camisa azul. Tras frotarse la mano contra el muslo volvió a intentarlo. Apenas había apoyado la yema de los dedos, un ligero movimiento de la puerta le alertó de que algo a su espalda había desplazado el aire. Sin ruido, giró sobre su cadera, lo suficiente para distinguir la inmensa silueta negra que se precipitó contra él y que, sin mediar sonido alguno, le propinó un golpe en el rostro que le lanzó contra la pared. La fuerza del impacto hizo que todo su cuerpo rebotara contra el muro contrario, cayendo finalmente al suelo.

Aún sin saber qué había ocurrido, sintió que su agresor le agarraba del pecho, alzándole sin esfuerzo. Excepto por el ruido del golpe contra el tabique, todo se produjo sin que ninguno de los dos hubiera articulado sonido alguno. Un nuevo puñetazo en el esternón empujó el aire hacia el interior de su cuerpo. Manuel sintió cómo los músculos orbiculares luchaban por contener los ojos en sus cuencas. Como consecuencia del golpe, durante varios segundos el aire desapareció de sus pulmones. Su agresor soltó la presa de su pecho y el psicólogo cayó a plomo contra la tarima. Tras unos instantes angustiosos, el aire comenzó a entrar de nuevo, mientras el calor abrasador de la sangre recorría su frente. Al llegar a su boca se confundió con la saliva que le caía por la comisura del labio. Notó una arcada y sintió cómo el ácido le quemaba el esófago.

La silueta oscura se puso en cuclillas frente a él. Manuel observó su calzado, pero fue incapaz de hacer reaccionar sus miembros. Las órdenes en su cabeza se atropellaban, borrachas por la falta de oxígeno. Entonces su verdugo le agarró del pelo y le obligó a mirarle. La hinchazón de su cabeza le provocó un dolor como jamás hubiera imaginado. La inflamada oreja, que al comienzo se había contentado con producirle todo tipo de pitidos, le palpitaba como si tuviera vida propia y quisiera desprenderse de su cuerpo. La herida de la cabeza comenzó a manar con mayor caudal, empapando la camisa. Por más que lo intentaba no podía fijar la mirada en el rostro de su atacante. El contraluz del pasillo lo ocultaba en la negrura más absoluta.

El asaltante le volvió a agarrar del pecho, esta vez con ambas manos, y el inocente intruso sintió que su cuerpo perdía el contacto con el suelo. Sin mayor ceremonia, y a respuesta de una seca y enérgica contracción de sus brazos, salió despedido contra la puerta del fondo del pasillo, precipitándose dentro de la habitación, y yendo a parar debajo de una mesa.

Por un segundo, el forense se apoyó en un costado, pretendiendo incorporarse, pero una vez más aquella mano le atenazó, ahora del tobillo, y lo arrastró lejos de allí. Dos nuevos puñetazos en el rostro le volvieron a sumergir en el placentero burdel del aturdimiento. Su vista se nubló casi de inmediato.

Cuando volvió en sí, sus párpados estaban tan hinchados que apenas podía ver nada. Antes de mover un solo músculo intentó escuchar qué ocurría a su alrededor. Si tenía una oportunidad de salir de allí con vida aquél era el momento. La mano derecha no le respondía. Un escalofrío le recorrió la espalda. ¿Y si le había dejado parapléjico? Intentó mover un pie. Tras un instante de duda comenzó a sentir el movimiento de los dedos dentro de su zapato. La alegría de sentirse aún vivo le provocó una leve sonrisa. Aquel suave gesto le dolió hasta la náusea, produciéndole el mayor de los placeres.

Antes de recuperar por completo la conciencia comenzó a escuchar un ruido que reclamó toda su atención. Inmediatamente reconoció el gemido que había oído desde el pasillo. Una voz ahogada que ahora estaba muy cerca de él. Con esfuerzo entreabrió su ojo derecho, lo suficiente para distinguir lo que había a su alrededor. El sol entraba por dos ventanas a su derecha, inundando cada rincón. Manuel pudo reconocer un pequeño sofá, una os-

cura librería en donde permanecía encendida una muda
televisión, y la mesa que recordaba de antes. Sentado ante
ella se encontraba un hombre. Estaba amordazado, y el
esfuerzo por llamar su atención le había congestionado de
tal forma que todo su rostro estaba comenzando a adqui-
rir un desagradable tono morado.

Manuel intentó incorporarse. Con gran dificultad logró descansar la espalda contra la pared, sirviéndose del
brazo del sillón como punto de apoyo. Aún sorprendido
del gran esfuerzo que había tenido que hacer para lograr
su propósito, comenzó a respirar con cierta dificultad. De
varios lugares de su costado izquierdo comenzaba a recibir pinchazos cada vez que tomaba aire. No veía por ningún lado a su agresor y, más allá de los gemidos apremian-
tes de su compañero de desgracia, no lograba distinguir
ningún ruido en toda la vivienda. Sin embargo, un objeto
de aquella habitación llamó su atención, provocando que
abriera los ojos hinchados hasta lo imposible. Sobre la
mesa había un cuchillo de cocina.

El dolor de su lado izquierdo crecía. Por más que se
encogiera sobre su costado mil agujas le atormentaban.
Con suavidad buscó en su bolsillo el teléfono móvil, pero
pronto descubrió que lo había perdido. Un nuevo gemido del prisionero le indicó que dirigiera la mirada a los
pies de la gran librería. En ese momento, Manuel descubrió qué había querido decirle todo ese tiempo. Allí estaba el pequeño aparato. Manuel calculó las posibilidades
que tenía de alcanzarlo. De alguna manera, la paliza reci-
bida le había incapacitado mucho más de lo que él pensa-

ba y, sin embargo, no le quedaba más que aplicar todo su empeño en aquel intento. No abrigaba la menor duda de que aquel sujeto estaba dispuesto a matarlos.

Escurrió el cuerpo desde su punto de apoyo y, sólo con la ayuda de sus manos, comenzó a arrastrarse hacia allí. Aunque en un principio creyó que no lo iba a lograr, pronto descubrió que sus brazos podían hacer todo el trabajo sin mucha dificultad, por más que los pinchazos del costado lograran que sintiera cada fibra muscular rasgada. En ese instante aquel aparato comenzó a sonar.

Manuel miró hacia la puerta, luego hacia aquel hombre, para volver de nuevo a la puerta. Un fuerte golpe proveniente del pasillo provocó que desanduviera el camino, buscando el refugio de la pared y el breve espacio que dejaba el sillón. Aquel sujeto entró en la habitación y se dirigió hacia él. Manuel intentó protegerse de modo instintivo con ambas manos pero, justo en el momento en el que su agresor iba a descargarle un nuevo puñetazo, una nueva llamada reclamó su atención. Por un segundo dudó. Fue hacia el teléfono y leyó la pantalla.

—¿Juzgado? —le interrogó levantando la mitad del labio superior. Una vez más volvió a donde se encontraba mostrándole la pantalla azul del aparato—. ¡Has avisado a tus amigos!

—¡No, yo... no! —Manuel ordenó su cabeza. La mayor parte de los asesinos se irritan cuando su víctima quiere controlarles prometiéndoles no decir nada si les dejan marchar o cuando sienten que les están engañando.

—¡Aquí pone «Juzgado»!

—¡Es un amigo! —respondió, atrincherado aún tras sus brazos y con la mirada clavada en el suelo—. Ha quedado en que vendría a buscarme. Seguramente llama para que le diga dónde estoy.

Manuel escuchó cómo su móvil se estrellaba contra la pared. Después de pasear por la habitación, aquel sujeto pareció haber tomado una decisión. La puerta volvió a abrirse y el hombre desapareció. Unos instantes después estaba de vuelta, llevando del brazo a una niña pequeña. Manuel reconoció inmediatamente a la niña que se había encontrado en el portal de su casa.

—¡Te la mandé! ¡Tendrías que haberte dado cuenta! —le gritó.

Manuel comenzó a bajar los brazos. Estaba aturdido. ¿De qué debía haberse dado cuenta? Y entonces pudo contemplar su rostro. Era un hombre alto, atlético. Llevaba el torso descubierto. Su piel morena brillaba por el sudor. Sobre su pecho izquierdo una gran corona azul tatuada bordeaba el pezón. Por debajo la leyenda «La Mara» completaba el círculo. Otro gran tatuaje, «Sixteen» en letra gótica, de más de un palmo de altura le corría por todo el costado derecho, desde la espalda hasta el vientre. Pero fue su rostro, un rostro hermoso y joven, lo que le llamó la atención. Manuel distinguió el tatuaje en el cuello que había descrito la testigo del asesinato del abogado. Sin embargo, lo que la anciana describió como marcas en el rostro era otro tatuaje. Tres lágrimas negras bajo el ojo izquierdo.

—¿Es que no sabes hablar? —le apremió. Manuel dirigió la mirada hacia la asustada niña, que comenzaba a sollozar cada vez con mayor fuerza—. ¡Tú, cállate! —le dijo finalmente a la niña.

—¡No entiendo! —acertó a decir finalmente. Sin poder evitarlo, el psicólogo se le quedó mirando, hipnotizado. El gesto de su rostro poseía la belleza terrible de un bajorrelieve persa iluminado por dos fluorescentes que no dejan de parpadear.

Por un instante pareció que aquel hombre dudaba. Miró por la ventana, volvió a pasear arriba y abajo por la habitación. Finalmente tomó una decisión. Sin mediar palabra, fue hacia el recién llegado, lo levantó con un gesto y, apoyándolo contra la pared, comenzó a golpearlo de nuevo. Manuel sólo sintió los tres primeros puñetazos. Para cuando pudo darse cuenta estaba de nuevo en el suelo y, aunque lo intentó con todas sus fuerzas, no podía mover la mandíbula.

Al notar que aquel sujeto le dejaba en paz sintió un alivio que apenas pudo disfrutar unos segundos. Su verdugo se encaminó hacia la mesa y cogió el cuchillo. La niña permanecía allí sentada, sollozando y esforzándose por no hacer ruido. Temblando como un pajarillo, de vez en cuando dejaba escapar un pequeño hipido. Al otro extremo de la mesa, el hombre maniatado se retorcía inútilmente, gimiendo para llamar la atención de aquel tipo. Con un suave movimiento, el joven se colocó en el costado de la niña, dando la espalda a Manuel y tapándole la vista. En aquel instante todos los presentes entendieron lo que iba a pasar. Como si fuera algo irreal, como si estuvieran viendo por televisión lo que allí ocurría, Manuel contempló cómo el joven hundía en varias ocasiones el cuchillo en el pecho de la niña.

El hombre de la silla dejó de moverse en ese momento. Ya no gemía. Sólo observaba cómo la vida de su hija se escapaba de su cuerpo sin parpadear, respirando cada vez con más tranquilidad, hipnotizado, esta vez, por la contemplación del horror sin adjetivos. Cuando el asesino se colocó a su espalda, aquel hombre había dejado ya este mundo, mucho antes del momento en el que su asesino le seccionó el cuello.

La visión del borbotón de la sangre sobre la mesa de madera fue demasiado para él. Inmediatamente un fuerte olor metálico llenó la habitación. Mientras su ánimo comenzaba a sumergirse en los lagos de la inconsciencia, aquel monstruo fue hacia él, se inclinó a su lado y le habló como antes, sin temblor en la voz, enérgico, casi mágico. Pero Manuel ya no le escuchaba. Estaba llorando. Lloró como jamás había llorado. Lloró sin importarle que aquel tipo le viera. Sin pensar qué iba a hacer con él. Lloró como si con su llanto quisiera dar de beber al mundo.

Despertó en la habitación de un hospital. Le ardía la garganta y sentía un fuerte escozor en los ojos. De una de sus narinas salía un pequeño tubo que, al tragar, notó que bajaba por detrás de la lengua. A su izquierda, un monitor. Luz blanca enturbiada por una persiana veneciana y ningún ruido a su alrededor. No escuchaba coches a lo lejos, ni voces de desconocidos más allá de la puerta de la habitación. Estaba completamente solo. Cerró los ojos y volvió a dormirse.

Al abrirlos de nuevo era de noche. Ya no tenía el tubo de la nariz, pero la garganta le ardía con mayor intensidad. Tras unos segundos de aturdimiento se dio cuenta de que el monitor había desaparecido. Intentó mover ambas manos. Tenía el brazo izquierdo atado a la camilla. Volvió a intentarlo, pero no consiguió sino agotarse. Se preguntó cuánto tiempo había pasado. Por el dolor de sus riñones calculó que debía de llevar allí varios días. Sintió un fuerte pinchazo en la sien. Cerró los ojos e intentó relajarse. A los pocos segundos su respiración se hizo regular. Volvió a dormirse.

Al despertarse no logró recordar qué había soñado. Tenía la almohada empapada y notaba cómo el pelo se le pegaba en la frente.

—¿Me escucha, señor? ¡Soy la enfermera! Necesito que me conteste.

—¿Qué? —respondió aturdido Manuel. La luz le cegó.

—¡Oh, perdone, ya la cierro! —dijo la enfermera mientras giraba la varilla que entornaba las láminas de la persiana—. ¡Señor, va a venir el médico! Necesito que se espabile. Le va a hacer un examen y tiene que preguntarle unas cuantas cosas.

—¿Qué día?

—¡No le entiendo!

Manuel cogió un recipiente inexistente e hizo el ademán de beber. La enfermera entendió su petición. Trajo un vaso del cuarto de baño y se lo puso en los labios.

—¿Cuántos días llevo aquí?

—¡Dos días! ¡No, me equivoqué! ¡Éste es su tercer día! —respondió tras consultar unos papeles que había dejado sobre una mesita a su izquierda.

—¿Ha venido alguien?

—¿Gente? —ironizó la enfermera—. ¡Ha venido tanta gente que el jefe médico cerró la planta durante todo un día! —respondió mientras tomaba la presión arterial al enfermo—. El martes esto parecía la Feria de Mayo. Había periodistas de todos los medios. Ayer vino un policía y nos dijo que en cuanto usted pudiera hablar teníamos que avisar al juzgado para que le tomaran declaración. ¡Se ha hecho usted famoso!

—¡Genial! —respondió Manuel contrariado.

—No todos los días salva uno la vida con lo que le hizo ese a...

En aquel instante el médico entró en la habitación. Un poco mayor que Manuel, las bolsas de sus ojos indicaban que aquella semana había sido dura. A un gesto del recién llegado, la enfermera le acercó las gafas al enfermo.

—¡Buenos días, señor Artacho! ¡Me llamo Andrés Santiago y soy su médico! ¿Cómo se encuentra?

—¡Me duele la cabeza! —respondió Manuel. Aunque su desorientación le había empujado a hablar con la enfermera, cada palabra de la conversación le retumbaba como si su cabeza estuviera hueca.

—¡Es normal! ¡Ha estado muy sedado! Tengo que hacerle algunas preguntas para... —comenzó, intentando disculparse.

—¡Comprendo! Haga su trabajo y terminemos cuanto antes.

—¡Muy bien! ¿Qué es lo último que recuerda? —preguntó el médico.

Manuel le miró por encima de las gafas y, tras suspirar, le contó la última escena que había guardado en su memoria. La enfermera, que hasta ese momento había estado muy entretenida con el material médico al que estaba conectado, se quedó rígida al escucharle. Al percatarse de la situación, el médico le pidió que saliera de la habitación.

—¿Recuerda en qué momento le hizo los cortes? —prosiguió el médico sin levantar la mirada de sus papeles.

—¿Cortes? —preguntó Manuel, frunciendo el entrecejo—. Aquel tipo me golpeó, pero no me cortó.

Tras unos instantes de duda, el médico se inclinó sobre él y le desabrochó la camisa del pijama. Un gran vendaje le cubría el vientre.

—¡Tiene usted tres grandes cortes más o menos aquí, aquí y... aquí! —le aclaró el médico, ayudándose del bolígrafo.

—¡Yo...! ¡No sé qué decirle! —respondió aturdido.

—¡No lo recuerda! —El médico comenzó a golpearse el labio con el bolígrafo—. ¡Tal vez por eso no murió!

—¿Se quiere usted explicar? ¡Me estoy poniendo muy nervioso!

—¡No se preocupe! Está fuera de peligro. Cuando llegó pensamos que se moría. Estaba usted bañado en su propia sangre. Su agresor le había practicado los cortes con toda intención. Sin ninguna duda pretendía que se desangrara. Pero si, como usted dice, no se acuerda de que se los hiciera, tal vez se los practicó cuando ya estaba inconsciente. El flujo sanguíneo entonces habría sido menor. ¡Bueno, es sólo una hipótesis! —apostilló el galeno, extendiendo ambos brazos—. De cualquier manera, si no llega a ser porque le encontraron pronto, no lo habría contado. ¿Le duele algo?

—¡Un poco el ojo derecho!

—¡Está curando muy bien! Tiene usted un derrame en ese ojo. Tardarán unas semanas en desaparecer por completo las manchas rojas alrededor de su córnea, pero es más una cuestión estética que otra cosa. ¡Milagrosamente, no tiene ninguna costilla rota!

—¡Eso sí que es una sorpresa!

—¡Pero tiene tres fisuras! Una de ellas muy seria. ¡Deberá mantener el vendaje al menos durante seis semanas!

—¡De acuerdo! Las otras personas... —Manuel sintió que el labio inferior le temblaba cuando comenzó la frase—. La niña y aquel hombre...

—Los enterraron ayer. —El médico se esforzó por no expresar ninguna emoción en aquella frase.

—¿Y ese tipo...?

—La policía lo está buscando. Ayer vino un funcionario del juzgado. Tengo una citación del Número Tres para que vaya a declarar en cuanto le demos el alta.

—¡De acuerdo!

—Esta tarde pasaré a verlo. Le tendré en observación al menos esta semana. Si evoluciona bien, el lunes le daré el alta.

Manuel asintió. Cuando se quedó solo dejó que sus pensamientos se perdieran más allá de la blancura de aquella habitación. Entonces recordó que, a fin de cuentas, todos estamos condenados a muerte, pero se nos ha concedido un indulto cuya duración ignoramos.

Capítulo
XXV

Marcelo no sonreía, ni estaba triste. Manuel lo miraba desde el otro extremo de la mesa de su despacho, inquieto, sin saber muy bien qué le ocurría en esa mañana de violento azul. Finalmente, su paciente se incorporó y cogió con suavidad el teléfono móvil de su terapeuta, girándolo con curiosidad infantil entre sus dedos.

—¡Tenemos todo esto —comenzó a decir, señalando con la mirada aquel aparato— únicamente para engañarnos!

—¿A qué te refieres? —le interrogó Manuel.

—La tecnología que nos rodea... ¿Te has dado cuenta de que, durante toda la historia de la humanidad, la promesa de un futuro mejor ha sido la piedra angular de nuestra evolución?

—¡La esperanza es el motor del mundo!

—Pero su forma ha cambiado. Antes nos conformábamos con un ídolo al que orar, un monolito de obsidiana en torno al cual se postraba el grupo de simios, o una figura de madera tallada pintada por el más hábil del grupo. Ahora es la cirugía plástica, tu teléfono móvil o la grabación digital en la que recoges mi voz. ¡Todos prometen lo mismo!

—¡Esperanza!

—Inmortalidad, escapar, trascender del aquí y el ahora, del qué eres, de cómo naciste y te criaron, de tus padres y maestros, de la calle donde jugaste, del hermano que te torturó durante toda tu infancia.

—¡Llevas razón! —asintió Manuel—. Pero no podemos detenernos. Parar es morir, tal vez sólo morir un poco, pero, tarde o temprano, desapareceríamos.

—¿Y no sería mejor aceptar?

—¿Aceptar qué? —preguntó curioso el psicólogo.

—¡La fragilidad!

—¡No te entiendo!

—Somos si arrancamos a la vida, si le raspamos la corteza y lamemos la leche que brota de la herida. Pero también somos si llegamos al final, volvemos la mirada por encima de nuestro hombro, y vemos que aún quedan huellas de nuestro paso. Luego marchamos, viene una ola, y hace desaparecer nuestra última marca en la arena, dejándola lista para el siguiente.

—Toda la tecnología es una ortopedia para ver más lejos, escuchar a mayor distancia, saltar más alto, correr más rápido.

—Es decir —apostilló Marcelo—, negar lo que somos.

—¡O hacernos mejores!

—¿Y si cogiéramos otro camino?

—¡Explícate! —inquirió Manuel con curiosidad.

—¿Y si, por una vez, aceptáramos la inevitable fragilidad de nuestra existencia, de que arrancamos por la mañana y alcanzamos el fin en el crepúsculo, de que nada debe quedar realmente tras nuestros pasos, más allá de otro ser que pise en nuestra marca, haciéndola más profunda, tal vez mejor? ¿Y si, por una vez, aceptamos realmente que nacemos para morir, que el tiempo es finito, que esa mujer con la que nos acostamos a diario nunca volverá a tener veinticinco años?

—Pides al ser humano que baje de su columna, que pasee entre los árboles, que abrace a los animales, respete las piedras y cuide de las flores.

—Pido —sonrió Marcelo— que dejemos de ser unos engreídos, unos niños mimados que destrozan el sillón de la casa de su padre sólo porque somos quienes somos, sólo porque estamos aburridos.

—¡Ya no seríamos dioses!

—¡Nunca lo fuimos —afirmó Marcelo—, sólo era un anuncio publicitario que nos han repetido mil veces hasta convertirlo en verdad!

—Entonces todo el mundo que nos venden a diario se acabaría.

—¡Ésa es la revolución, la verdadera revolución!

—La fragilidad —repitió Manuel.

—¡La inevitable fragilidad!

XXVI

El tiempo distingue a las personas. El tiempo les presta las arrugas alrededor de los ojos, en la frente. El tiempo les quiebra la voz y la espalda, pero también les enseña a arrastrar los pies o golpear una puerta de modo distinto al resto infinito de seres que los rodean, devolviéndoles su singularidad a través de esos gestos. Manuel escuchó a aquel hombre muchos metros antes de que alcanzara su puerta. Oyó sus suaves suelas de goma arrastrarse a través del adoquinado de la calle, y el giro de su cintura para no pisar el pequeño charco que se formaba a la altura de la ventana de la planta baja. De este modo, no necesitó escuchar los golpes en la puerta para saber que alguien venía a verlo, como no necesitaba abrirla para descubrir quién era. Por eso, instantes antes de alcanzar el umbral, la resistencia eléctrica de su piel cambió, erizando el vello de su espalda, en un reflejo tan ancestral que pareciera querer transformarnos, por unos segundos, en los animales frágiles y asustadizos que fuimos cien mil años antes.

Con un esfuerzo que jamás empeñaría en ninguna otra circunstancia, Manuel sostuvo la mirada al recién llegado. Rafael Bajatierra apareció ante él como un árbol que hubiera brotado esa misma noche, impidiendo que los habitantes de aquella casa pudieran salir de allí para siempre. Nada más verlo, sintió que la mirada del recién llegado le atravesaba, en un gesto de despreocupación y control, para luego volver a él sin detenerse. Aquélla era la tercera ocasión que se enfrentaba a ese hombre cara a cara. En cada una de ellas había tenido la sensación de estar ante un ser hueco, un pellejo articulado por el aire en su interior, cuya voz retumbaba mediante una suerte de fuelle inexplicable, tan ausente de vida como una armadura vacía. Por tercera vez quiso fijar su mirada en sus ojos grises pero, por tercera vez, fue incapaz de vencer el vértigo que producía el abismo que se abría tras ellos.

La primera ocasión que escuchó hablar de él pensó que aquellos dos tipos exageraban, sin duda fruto del largo tiempo que cada día gastaban en la barra del bar. Según su relato, unos años atrás habían visto aparecer a Bajatierra un día de octubre, justo cuando la tarde se entorpece y la luz se muda en busca del calor en otro lugar. Entró escurriendo las suelas de goma sobre el enlosado, giró el torso sin desplazar las piernas ancladas y se dirigió al fondo del local. En una mesa solitaria varios parroquianos jugaban al dominó aquel día. Nada más verlo, muchos de los presentes le reconocieron, pero ninguno de los jugadores de la mesa dio muestras de saber qué quería cuando se plantó a un metro escaso. Entonces el juego se detuvo y las conversaciones fueron bajando el tono hasta desaparecer. Únicamente el sonido de la tragaperras y la televisión quedó como testigo del bullicio que segundos antes llenaba el bar. Fue en ese momento cuando un fuerte olor empezó a cargar el aire. Los taberneros comentaron que en aquel momento tres de los jugadores giraron la cabeza hacia el que se encontraba pegado a la pared, justo debajo del televisor. Sin una sola palabra, todos identificaron el origen del hedor, aliviados al descubrir que aquel día no serían más que espectadores de una historia que ya habían oído contar alguna vez, tiempo atrás. Unos instantes después Bajatierra giró los talones y salió de aquel lugar para no volver más.

Los narradores de aquella historia se miraron con complicidad y volvieron a Manuel. El tipo que se lo había hecho en lo alto tampoco volvió a asomar jamás por allí, ni al bar, ni a su casa. Cuando al fin un día conoció a aquel hombre, Manuel entendió que el terror puede calzar zapatos negros y tener el pelo encanecido.

—Me manda don Eduardo —dijo como todo saludo, entrando con suavidad en el interior de la vivienda.

—No... No necesito...

Manuel calló al instante. Aquel golem de cerca de dos metros se volvió a mirarle, haciéndole entender que su opinión no era relevante. Aunque maldijo a su amigo en voz baja, por alguna extraña razón agradecía la presencia de aquel sujeto a su lado. Sin ninguna duda el viejo misántropo había pensado que se encontraría más seguro si aquel tipo le acompañaba unos días, hasta que todo se aclarara.

—¿Quiere sentarse? —logró farfullar torpemente para cuando aquél ya había elegido un lugar al fondo de la habitación.

—¡Me gustaría un poco de agua! —dijo sin mirarle.

Manuel se perdió en la cocina. Sabía hace tiempo que el viejo Eduardo y Bajatierra se conocían, pero hasta hacía poco el anciano no le había querido contar el origen de aquella extraña amistad, provocando aún más su curiosidad y temor hacia aquel sujeto. Una noche, no haría más de un año, tras dar cuenta de un gran reserva parido en el Duero, ambos habían comenzado a tentar un brandy jerezano que Manuel había salvado de ser mal usado en la cocina de una antigua novia. A las cinco de la mañana, los vapores del alcohol lograron que la lengua del viejo se aflojara. Sin tener bien claro cómo ocurrió, éste empezó a contarle una historia absurda en la que un gitano había intentado colarle un falso manuscrito de Pardo Bazán a la casa de subastas Castellana, allá por el tiempo en el que el Generalísimo aún era un señor del que se hablaba a media voz en los bares. Manuel, ensimismado en sus recuerdos, volvió a donde se encontraba el recién llegado y le tendió la bebida que había pedido.

—¿Puedo fumar? —le preguntó el gigante.

El gitano se había especializado en esculturas criselefantinas. Durante casi diez años había inundado Europa y gran parte de los museos de Estados Unidos de piezas exquisitas en las que ninfas y odaliscas, atletas y animales, engalanaron vitrinas y escritorios. La cada vez mayor dificultad para hacerse con piezas de marfil empujó al falsificador a iniciar una nueva etapa en su profesión, decidiéndose por la elaboración de manuscritos y legajos que tuvieran salida en el mercado. Llegó a ser tanta su maestría, que pronto se hizo proveedor de varias salas de exposiciones y coleccionistas privados.

Todo habría transcurrido sin problemas, y muchos hubieran sido felices, si el azar no fuera tan dado a burlarse de los presuntuosos seres que habitan este mundo. Por aquellos tiempos Eduardo aún ejercía como abogado. Uno de sus clientes se había hecho con una pieza del gitano y, orgulloso de su nueva adquisición, se había jactado durante la cena delante de un invitado que, para su disgusto, resultó ser conservador del Museo de Bellas Artes de San Fernando, uno de los más reputados especialistas en análisis de transporte iónico de Europa. El investigador era pionero en el uso del microscopio de sonda escaneadora, instrumento que medía fielmente la migración de los iones de la tinta al papel. Con dicha técnica, los especialistas podían datar, con una seguridad pasmosa, la fecha de elaboración de cualquier escrito. Acostumbrado a bregar con documentos, actas notariales, registros de dominio y testamentos, la simple visión del supuesto original le permitió afirmar, con gran educación, las dudas sobre la autenticidad de aquella adquisición.

El burlado mantuvo la sonrisa el resto de la noche, dispuesto a ser el más divertido de los anfitriones, pero a las siete de la mañana golpeaba la puerta del joven letrado. Con un tono que jamás aceptaría una sola sugerencia, lanzó un fajo de billetes sobre el escritorio de Eduardo, con la orden de que descubriera quién era el autor de aquella burla. Así fue como aquel trabajo llegó a Bajatierra. Eduardo había oído por varias fuentes que era el tipo ideal para vigilar a amantes o descubrir el fraude a un seguro. También había oído, en voz más queda, que su presencia podía provocar que al más bragado le entraran unas inesperadas prisas por llegar a un acuerdo lo antes imposible.

Bajatierra recibió en silencio el encargo, dejando en un mar de dudas a Eduardo. A los pocos días, el abogado recibió su llamada. Había descubierto al autor del objeto en un discreto taller de Bormujos, en Sevilla. Pasando por un cliente interesado en falsificar las escrituras de un condominio con demasiados herederos y sin tiempo para satisfacer las exigencias de los tribunales competentes, se había hecho con la confianza de aquel tipo. Para su sorpresa, en menos de veinte minutos había logrado que el falsificador comenzara a jactarse de sus logros en la profesión.

No sin gran aprensión, Eduardo comunicó el descubrimiento a su burlado cliente. No estaba dispuesto a permitir que su malherido orgullo le empujara a hacer una estupidez pero, en un equilibrio moral en el que en más de una ocasión le había sumergido su profesión, tampoco estaba dispuesto a dejar sin consecuencias los actos del estafador.

Nada más colgar el auricular sintió que aquello se le había escapado de las manos. El tono inesperadamente tranquilo y pausado de su interlocutor le advirtió de inmediato de que algo terrible iba a ocurrir, algo a lo que él no estaría invitado. Su cliente se había limitado a guardar silencio, mientras escuchaba con atención todos y cada uno de los detalles de su relato. Un instante después de la llamada, Eduardo comprendió que aquello no había sido más que un monólogo.

El gitano y Bajatierra desaparecieron a los pocos días, pero, a finales de semana, Eduardo volvió a ver a éste en un restaurante de carretera, a la altura de Baza, donde ambos coincidieron por azar. El joven abogado le preguntó por el gitano, y Bajatierra, tan locuaz en aquella época como en la actualidad, le respondió que el gitano se había hecho humo. Todo quedó así hasta que, intrigado por aquella expresión, el dispuesto letrado decidió investigar qué podía hacer aquel tipo en un lugar tan a trasmano de su ambiente habitual.

Aprovechando sus contactos en el Registro de la Propiedad averiguó que el gigante tenía cerca de allí una casa de campo. Dos semanas después de la desaparición del gitano, Eduardo se acercó al lugar. Era un pequeño cortijo rodeado de tierras socarradas y pardas, sin ningún valor ni belleza. Las amapolas habían convertido aquel otero en el lomo de un toro a la espera de la última suerte. Más allá de la verja, un calvero rodeaba la vivienda.

Tras asegurarse de que el lugar estaba vacío, se introdujo por una ventana. Recorrió en silencio toda la planta baja. Aquel lugar disponía por todo mobiliario de un catre, en una habitación sin ventanas, y una mesa en la cocina. La inquietud por el paseo hurtado se transformó en terror al descubrir la habitación que hacía las veces de comedor. En medio de la estancia se encontraba una estufa francesa de hierro colado, frente a la cual estaba dispuesta una silla de enea. El tamaño desproporcionado de aquel objeto con respecto de la habitación le llamó la atención.

Eduardo, con la lengua adormecida por el licor, le confesó que, nada más ver aquella estufa, las palabras del restaurante comenzaron a resonar en su cabeza con una claridad dolorosa. Acumulando valor, arrastró los pies hacia allí y abrió la portezuela del hogar. El terror le hizo caer de espaldas y, cuando logró que las piernas le respondieran, salió corriendo, con el corazón en la boca y la convicción de que jamás volvería a pisar aquel sitio.

—¡Por supuesto! Ahora le traigo un cenicero —contestó Manuel al recién llegado.

Varios meses después volvieron a coincidir en una reunión promovida por una sociedad local y, sin saber cómo, Eduardo supo de inmediato que Bajatierra se había enterado de su visita. Nunca supo cómo lo hizo. Eduardo se había asegurado de que nadie le hubiera visto llegar y, por supuesto, estaba seguro de que en ese momento no había nadie dentro de la casa. Pero con igual seguridad la mirada de Bajatierra aquel día le hablaba claro y alto. Durante días estuvo esperando encontrárselo en el lugar más inesperado, pero pasó el tiempo y nada ocurrió.

Tras varias semanas en las que apenas pudo dormir, un día se dio cuenta de que alguien había estado en su casa.

Pequeños objetos movidos, libros desplazados y un vago desorden en los cajones de la ropa interior le convencieron de que había tenido visita. Indagó en el vecindario, se mantuvo atento y puso pequeñas trampas que rápidamente delatarían la presencia de un extraño, pero las visitas siguieron repitiéndose sin que pudiera descubrir nunca de qué modo ocurrían. Muchos meses más tarde, en una tarde de verano seca y blanca, entró en su vivienda y encontró a Bajatierra sentado en el sillón de su despacho. Estaba en penumbra y miraba un objeto en la pared. Una vez más, el terror le impidió moverse.

—¡Me gustaría un poco de agua! —dijo por todo saludo al letrado.

Éste atinó a acompañarle a la cocina, seguro de que poco después dejaría de respirar, con la garganta destrozada por aquellas manazas de luchador heleno. Al volverse, descubrió que Bajatierra había dejado una carpeta azul sobre la mesa.

—¡Necesito ayuda con esto!

Tras un rápido vistazo, Eduardo descubrió que su visitante tenía una hija en algún lugar. Durante los últimos años se había esforzado en localizarla.

—¡No quiero verla! Su madre le habrá dicho de todo sobre mí... Pero tengo un dinero ahorrado y, si me pasara algo, quisiera que alguien se encargara de hacérselo llegar.

—¿Un albacea?

—¡Supongo! —respondió, encogiéndose de hombros.

Eduardo se dirigió a su habitación de trabajo. Durante la siguiente hora leyó con detenimiento todos aquellos documentos. Había varias escrituras, depósitos en bancos y una caja de seguridad en la oficina central de Cajasur. Tras tener claro todo lo que allí se relacionaba, volvió a la cocina. Bajatierra seguía en la misma posición.

—¿Por qué yo?

—Usted sabe lo que es el miedo. Le gusta este mundo mezquino tanto como a mí y no puede soportar a los que se aprovechan del dolor ajeno y miran para otro lado en vez de cambiarlo. Estoy seguro de que hará lo que tiene que hacer si yo faltara.

—¡Un albacea podría aprovecharse de su posición y...!

Por única vez en su vida Eduardo vio sonreír a Bajatierra.

—¿Y dejar de poder mirarse a la cara cada mañana para el resto de su vida? ¡Ése es su tesoro! —Inspiró hondo, y prosiguió sin disimular su envidia—. Ése y dormir tranquilo cada noche; sin voces que gritan y le enturbien el descanso.

El abogado volvió la mirada a los documentos, asintió y sonrió ante aquel que tan bien parecía conocerle.

—¡Mañana me encargaré de todo! Le llamarán de mi despacho y tendrá que firmar unos documentos ante un notario. Ya le indicaré el día y la hora.

—¡Gracias! —contestó, y salió sin otro gesto.

Eduardo fue hacia la puerta. Durante unos instantes permaneció mirando el picaporte, con la memoria perdida en lo que acababa de ocurrir la última hora en aquella casa, y se acostó. La puerta quedó así, entornada y ausente, y jamás volvió a cerrarse desde aquel día.

Manuel dejó a Bajatierra deambular libremente por su casa, consciente de que lo mejor sería que actuara como si no estuviera allí, y volvió a su dormitorio para intentar descansar. Dos horas más tarde le despertó el teléfono. Marta estaba al otro lado.

—¿Cómo te encuentras? —le preguntó inquieta—. ¡Acabo de enterarme!

—¡Bien, las heridas no han tenido mucha importancia! —mintió con tristeza.

—¿Puedo hacer algo por ti? ¿Necesitas algo?

—¡No, gracias! —le respondió el psicólogo, incorporándose con cuidado.

El silencio al otro lado del auricular resumía todo lo que había que decir. Para soportar aquella situación hacía tiempo que Manuel había decidido refugiarse en la razón fría, bastión recubierto de escamas de colores que le protegían de la veleidad de la gente que le había tocado en suerte.

—¡Voy a irme unos días a Lieja, para hacer un curso allí! —dijo Marta.

—¡Muy bien! Me alegra que te vaya tan bien en ese trabajo.

—La verdad es que estoy muy contenta.

—¡Me alegro! —apostilló Manuel.

—Si necesitas algo, me llamas. ¿Vale? —le ofreció la mujer.

—¡Por supuesto, no te preocupes! —El timbre de la entrada sonó en la planta inferior—. Tengo que dejarte. ¡Llaman a la puerta!

—¡Manuel, yo...!

—¿Sí?

—¡Cuídate!

Quiso decirle algo más, pero entendió que era su concupiscencia la que hablaría. Cada mañana se levantaba inflamado de deseo; cada mañana apartaba sus deseos de tenerla cerca con el consuelo siempre dispuesto. Tras un lacónico «no te preocupes», Manuel colgó. Bajó las escaleras y abrió la puerta de la calle. Mateo se esforzaba por levantarse de su silla de ruedas agarrándose en la pared, apoyado sobre un bastón que manejaba con su mano derecha.

—¡Aparta si no quieres que este cojo se te caiga encima! —dijo como saludo.

Manuel se echó a un lado para dejar paso al sacerdote. Nada más acceder al salón, Mateo descubrió el rostro de Bajatierra entre las sombras de la escalera y, sin dar muestras de haberlo reconocido, se dirigió hacia la cocina. Cuando Manuel cerró la puerta tras ellos le encaró con decisión.

—¿Qué coño hace aquí Cosamala? —preguntó el sacerdote a media voz, refiriéndose a Bajatierra con el apodo por el que era más conocido.

—Supongo que Eduardo ha pensado que estaría más tranquilo si andaba por aquí unos días.

—¡Ese tipo es un matón!

—¡Lo sé, pero, qué quieres que te diga! —le contestó Manuel—. En estos momentos no tengo muchas ganas de discutir. ¡Ya he tenido bastante con el juzgado!

—Me han dicho que el juez anda muy enfadado.

—¿Enfadado? ¿El juez? ¡Nada en comparación con Garoso! —afirmó Manuel con los ojos como balcones—. Han estado a punto de abrirle un expediente por inmiscuirme en la investigación.

—¿Quién iba a imaginarse que ocurriría aquello?

—¡Por lo menos, yo no! ¡No tengo madera de héroe!

Mateo guardó silencio. Por un instante observó la frustración en el rostro de Manuel. Se había informado bien de lo ocurrido y únicamente pretendía ayudar con su presencia, por lo que decidió dejar estar las cosas.

—De cualquier manera, si vas a salir, te va a seguir como un perrito faldero.

—¡Supongo que sí! —asintió Manuel—. Pero tampoco tengo muchas ganas de ir a ningún lado. Me duelen las heridas y todo lo que necesito me lo trae Ángela.

—¡Mejor! Porque como vayas a comprar, con ese tipo al lado, vas a pasar tan desapercibido como un pedo en una clase de yoga.

Manuel no pudo menos que sonreír. Mateo siempre lo conseguía, bien agonizaras o acabaras de perderlo todo en una estúpida apuesta.

—¿Quieres tomar algo?

—¡Sí! —respondió animosamente el cura—. Esperaba que me lo ofrecieras. —Tras servirle una copa de vino, ambos se acomodaron en la cocina—. ¿Qué vas a hacer ahora?

—¡No te entiendo!

—¿Qué parte no entiendes? Ahora va a ser que yo te conozco más que tú.

—¿Adónde quieres llegar? —le interrogó Manuel.

Mateo se acomodó, apoyado en su bastón, contra la encimera donde había dejado su copa.

—Manuel —comenzó a decir, delatando en sus formas su profesión—. Tú no vas a consolarte dejando esto así. Necesitas finalizarlo. ¡Eres incapaz de soportar la sola idea de seguir adelante sin más!

Manuel le miró por encima del vaso.

—¡Tal vez te equivoques! —le respondió sin querer mirarle—. ¡Estoy cansado de todo esto! Creo que la he fastidiado metiéndome en un asunto que no era de mi incumbencia.

—¡Sí era de tu incumbencia! —le contradijo Mateo—. ¿Recuerdas lo que te dije en la iglesia? Tú y yo somos expresiones de la misma forma de vida. Cualquier cosa que a ti te ocurra me ocurre a mí. Mucha gente sufre porque muchos otros miran para otro lado. —Apoyó la copa sobre la encimera—. En cambio, tú has querido entender la maldad y la injusticia porque eres incapaz de ser de otro modo, de mirar hacia otro lado.

—Y fíjate lo que me ha ocurrido.

—¿Y qué? ¿Crees que eso no era parte de lo que debía ocurrir? —le respondió el cura, señalando con el dedo índice su estómago.

—¡Lo que yo he hecho no ha servido de nada! Ese hombre y la niña han muerto.

—¡Pero no es culpa tuya! Seguramente ellos iban a morir, tarde o temprano, a manos de su verdugo. Recuerda que él no está motivado por ti, funciona y se mueve independientemente de tus deseos.

—¡El egoísmo y la ignorancia! —recordó Manuel.

—¡Exacto! Ésos son sus motores. Si querías encontrarle buscando a ese tipo, te equivocaste. ¡Tienes que buscar las fuentes de la enfermedad si quieres sanar el brote!

Manuel se volvió hacia la cocina, apoyando el peso de su cuerpo en ambas manos sobre la nevera.

—¡Me atormenta no encontrarle sentido a todo esto!

—¡Exacto! —replicó el sacerdote—. Y seguirá así hasta que lo entiendas. Yo no puedo vivir sin pensar que todo tiene un principio, un sentido y un fin al que aspirar. Tú no puedes mirarte a la cara sin comprender por qué los seres humanos hacemos ciertas cosas.

Manuel volvió la cabeza hacia el religioso.

—¡Gracias!

—¡A ti, siempre a ti! ¿O es que te has creído que un cura tiene oportunidad de probar un vino como éste si no es porque va a visitar a un feligrés con posibles?

—¡Te vas a llevar una botella!

—¡Hummm...! Esto de que uno de tus corderos haya estado a punto de palmar tiene sus compensaciones.

—¡Yo no soy uno de tus corderos! —le respondió con una sonrisa el forense, mientras buscaba en la alacena otra botella de aquel vino.

—¡Eso te crees tú! Entonces —prosiguió el sacerdote con parsimonia—, ¿me voy a ahorrar el viático?

Manuel se volvió hacia él abriendo los ojos desmesuradamente.

—¡Me estoy pensando lo de la botella! —le amenazó burlón.

—¡Ha sido un comentario inadecuado! —respondió Mateo, encogiéndose de hombros—. Recuerda que sólo soy un pobre párroco cojo de provincias.

Capítulo
XXVII

*A*ún tuvo que volver en dos ocasiones al juzgado. Si en la primera, nada más salir del hospital, los rostros de los funcionarios habían transitado entre la lástima y el desconcierto, tras varios días de titulares, las miradas de hostilidad se clavaban con una ferocidad vesánica. La prensa de la ciudad se distinguía por hacer un periodismo provinciano, en donde a la tergiversación y el gusto por los detalles morbosos se sumaba una increíble capacidad de fabulación. La mayor parte de los periodistas a los que Manuel conocía estaban tan preocupados en alabar al patrón al que servían, que ya no recordaba la última ocasión en que leyó algún artículo que hiciera honor a una profesión que tenía el poder de derrocar gobiernos. Pagados de sí mismos, y lejos de lo que realmente preocupaba a sus lectores, se habían olvidado de ejercer de cronistas de lo que ocurría a su alrededor, convertidos en palancas al servicio del interés que les daba de comer. Álvaro Comesaña, un juntaletras que había tenido que tragarse cinco años como becario, a razón de novecientos euros al mes, se había señalado especialmente. Al imaginar que aquel asunto podría atraer la mirada de sus jefes sobre su persona, tras su particular vía crucis por todas las secciones del periódico, había logrado colocar durante los dos primeros días grandes titulares sobre el tema. El contenido de los artículos apenas se acercaba a los hechos, pero eso a nadie pareció importarle.

—¡No te preocupes! —le dijo Eduardo cuando, al salir del hospital, le mostró los ejemplares atrasados—. Esto suele durar unos días. Luego siempre hay algún otro tema, alguna tragedia en las antípodas o una de esas guerras interminables que hacen que todos se olviden.

—¡En este país, quien resiste, gana!

—¡Como diría el clásico! —bromeó el viejo abogado, abrazando por el hombro a Manuel.

Tras varias testificales y una larga conversación en el despacho de su señoría, se le exoneró de toda responsabilidad en los hechos, apercibiéndole de que tendría que estar disponible para el instructor cuando así se le requiriera. Tras algo más de una semana, y cuando ya se había acostumbrado a su presencia invisible, Bajatierra desapareció una mañana.

—¡Lo que no termino de entender es por qué narices tuviste que subir! —bramó Luis.

—¡Joder, otra vez con lo mismo! —exclamó Eduardo—. ¿Es que no vas a dejar nunca el tema? ¡Ya hemos hablado bastante de ese asunto la última semana!

Aquella mañana, Manuel completaba la escena en el despacho de Eduardo, hundido en el sofá de cuero marrón, mientras giraba los hielos de su licor sin levantar la mirada.

—¡Tiene razón! —medió él—. Casi le meten un puro por mi culpa.

—¡De acuerdo! —replicó Eduardo—. Pero eso ya lo hemos hablado. ¡Te equivocaste! ¡Hiciste el capullo! ¡Muy bien! ¡Pero, ya está! Fin de la conversación.

—¡Muy bien! —respondió Luis.

—¡Muy bien! —remedó Manuel entre dientes.

Eduardo cogió su copa y paseó por la habitación.

—¿Y ahora qué? —preguntó, apurando su vaso.

—¿Qué? ¿Ahora qué? —interrogó Luis, elevando la voz.

—¡Sí! —contestó Eduardo—. ¿Vamos a hacer algo o nos olvidamos de que ese tipo se ha cargado al menos a tres personas y casi mata a éste?

—¡Te acaban de decir que he estado a punto de ser sancionado y tú quieres seguir con el asunto!

—¡Sí! —respondió Eduardo, encogiéndose de hombros.

—¡Joder, estás loco! —prosiguió Luis—. ¿Es que no habéis tenido suficientes emociones?

—¡Yo quiero saber! —dijo Manuel.

—¡Y yo! —apoyó Eduardo.

—¡Dios mío! ¡Habláis en serio!

—¡Por supuesto! —respondieron al unísono.

Luis se hundió en su butaca. Tras apagar su cigarrillo, miró a Manuel. Su rostro estaba casi en penumbra, encogido, muy lejos de allí. Durante un largo minuto guardaron silencio, cada uno embebido en sus pensamientos. Al fin Luis se levantó y volvió a llenar su copa.

—¿Recordáis que tenía pedida a la INTERPOL la identificación del número al que llamaba el abogado? —preguntó Luis.

—¡Sí! —respondió Manuel, volviendo a usar su tono de voz habitual—. ¿Te han respondido?

—Pertenece a un local en la calle Francisco Madero de Ciudad de México —respondió Luis con una sonrisa. De nuevo, la vida había vuelto a sus dos amigos—. Es un locutorio de Internet. Según el informe de la policía local lo regenta un hombre estrechamente relacionado con la delincuencia de la ciudad.

—¡Ése puede ser el hilo del que tirar! —afirmó Eduardo.

—Lo siento, pero no creo que vayan por ahí los tiros —terció el fiscal.

—¿Por qué? —interrogó Manuel.

—Esos negocios suelen ser tapaderas. Los titulares no son más que gente puesta allí por el verdadero dueño para no señalarse o para que resulte difícil seguirle la pista de los negocios. —Dudó un instante—. Sin embargo, nos ha dado pie para descubrir una cosa muy interesante.

—¿Sí? —insistió Eduardo.

—Se me ocurrió revisar los anteriores dueños del local. Normalmente esos sitios van de mano en mano a lo largo de los años. A pesar de todo, éste había pertenecido únicamente a dos propietarios antes del titular actual.

—¿Qué tiene que ver eso con los asesinatos?

—¡Mucho! —prosiguió Luis—. El anterior propietario mantuvo el local durante menos de un año. Según la Policía Federal mexicana, murió en un tiroteo entre bandas rivales. A día de hoy la investigación no ha aclarado si fue un ajuste de cuentas o un robo.

El fiscal miró a sus compañeros. Le seguían con la atención de dos niños ante la pantalla de su videoconsola. Sonrió maliciosamente y prosiguió su exposición.

—¡Pero el primer dueño, perdón, dueña, ha resultado mucho más interesante!

—¡Joder! ¿Quieres ir al grano? —gruñó Eduardo—. No sé si quieres que no me entere del final, con la esperanza de que me muera de viejo, o si esperas que me dé un infarto con tanta introducción.

—¡Son detalles relevantes!

—¿Qué cojones de detalles? —prosiguió el anciano, levantando ambas manos—. ¡Ve a lo que importa! ¡No estás en tu tribunal!

—¡Venga, Eduardo, déjale que lo cuente como le dé la gana! —medió Manuel con una sonrisa. Todos comenzaban a divertirse.

—Como os decía —prosiguió con sorna—, el anterior propietario del local era una mujer. Cuando consulté por ella resultó que era nacional.

—¿Nacional? —preguntó Eduardo, abriendo exageradamente los ojos.

—¡Española! —aclaró Luis.

—¡Joder, qué susto me acabas de dar! No sabía qué coño importaba ahora en qué bando de la Guerra Civil militó.

—Era española nacionalizada mexicana —prosiguió Luis, molesto por tanta interrupción—. Se marchó del país a principios de los ochenta.

—¡Y era de aquí! —apostilló Manuel—. ¡De nuestra ciudad!

—¡Exacto! —Sonrió a la intuición de Manuel—. ¡Oriunda de aquí!

Los tres guardaron silencio durante unos instantes. Necesitaban asimilar aquella información.

—¡Entonces, ése debe de ser el vínculo! —apostó Eduardo.

—¡Tal vez conocía al abogado! —dijo Manuel.

—¡Tal vez! —prosiguió Luis—. ¡Quizá fue su cliente!

—¿Podríamos ponernos en contacto con esa mujer? —preguntó Manuel.

—Eso hubiera sido demasiado fácil —respondió Luis, negando con la cabeza—. ¡Murió hace dos meses!

Aquella noticia pasó como un viento helado sobre sus ánimos, devolviéndoles al silencio.

—Tenemos que suponer que este tipo —comenzó a decir Manuel—, por alguna razón que tiene que ver con una mujer que se marchó de nuestra ciudad hace más de veinte años, estaba interesado en ponerse en contacto con Juan Castro Melchor.

—¡Exacto! —respondió Luis. Eduardo asintió a su lado.

—Tal vez fue su cliente, tal vez una vieja amiga. —Manuel se levantó. En su vientre la presión del vendaje le recordaba que aún se estaba recuperando—. Pero —se detuvo y miró a sus amigos—, ¿qué pintan aquí un capataz de obra y su hija?

—¡Nada, de momento! —respondió Eduardo, encogiéndose de hombros.

—¡Alguna relación debe de haber! —dijo Luis—. ¡Y muy importante!

—Desgraciadamente, todo eso debía de estar en los documentos que desaparecieron en el despacho del abogado —concluyó Manuel—. ¿Cómo anda la investigación del patólogo?

—¡He quedado con él dentro de una hora!

—¿Puedo acompañarte? —le preguntó Manuel.

—¡Te recuerdo que no eres de los tipos más populares en la clínica médico-forense! —le respondió Luis—. Además, le han dado el caso a Mariscal.

Leonardo Mariscal era un médico engreído, con el aspecto físico de Truman Capote y una décima parte de su talento, contra el que Manuel se había tenido que enfrentar en varias ocasiones en el juzgado. El conocimiento que los médicos forenses del país demostraban era digno de estudio. Médicos sin especialidad, en una mañana diagnosticaban una enfermedad mental, pasaban a valorar la lesión de un codo, para después considerar el número de días necesarios para que un enfermo se recuperase de una operación cardiaca que había provocado un proceso judicial por mala praxis profesional. Sus conocimientos clínicos iban más allá de lo que en sus mejores borracheras imaginó Ramón y Cajal. Los jueces, conscientes de que no tenían más herramientas que esos profesionales, los usaban en todas las ocasiones en que las lesiones de un sujeto requirieran un peritaje, dándoles un valor preponderante, aun cuando la representación legal de la parte contraria aportara la diagnosis de los mayores especialistas mundiales sobre el tema que se dilucidaba en la Sala.

Tras la publicación de sus últimos trabajos, Manuel había sentido cómo el rencor profesional que le dirigía había aumentado en sus encuentros en el juzgado. No había hecho falta que, por diversas fuentes, le llegaran los comentarios que le dedicaba a sus espaldas, para entender que la mediocridad puede alimentar el alma humana con mayor empeño que el conocimiento.

—¡En este caso tenemos una ventaja! —afirmó Luis.

—¿Una ventaja? —interrogó Eduardo.

—Sí, aquí tenemos el arma homicida. Bueno, una de ellas. El asesino usó una escultura para dejar inconsciente a su víctima.

—¿Qué tipo de escultura? —interrogó Manuel. Luis se volvió hacia la carpeta que llevaba en su maletín. Sacó una fotografía de una columna dórica de mármol de unos cuarenta centímetros.

—¡Original, verdad! La víctima la tenía en la librería del comedor. Considerando su masa, y multiplicándola por la velocidad al cuadrado que un hombre de mediana edad puede proyectar con su brazo dominante, nos podemos hacer una idea de la envergadura del asesino. Lo hemos combinado con la forma, el ángulo y la profundidad de las heridas que presentaba el cadáver, por lo que creemos que hablamos de un sujeto de unos ciento setenta y tres centímetros de alto y setenta y cinco kilos de peso. —detuvo su disertación y se quedó mirando a Manuel—. ¡Más o menos como tú!

Manuel sonrió. En su cabeza una tormenta de argumentos y excusas pugnaban por salir.

—¡Y como cinco millones más de ciudadanos de este país!

—¡Tienes razón! —asintió sonriente el fiscal, sacudiendo la cabeza de arriba abajo—. ¡La verdad es que no tenemos una mierda!

—¡Excepto su declaración! —apostilló Eduardo, señalando a Manuel.

—¡Sí! —dijo Luis—. Pero él no nos ha podido dar una descripción física muy completa. Excepto por el asunto de los tatuajes.

—Ahora que lo pienso —apuntó Eduardo, dejando caer la cabeza hacia su hombro izquierdo—, eres el único que podría reconocerlo en persona.

Manuel guardó silencio. En su interior, un sentimiento de terror y deseo ante aquella posibilidad tomaba forma a partes iguales.

—¡Bueno, si quieres venir a la clínica, será mejor que nos marchemos ya! Lo único que te pido es que te quedes muy calladito y me dejes hablar a solas con él —interrumpió Luis.

—¡De acuerdo! ¿Vamos en tu coche? —le interrogó Manuel mientras asentía burlón con la cabeza.

El edificio de la clínica médico-forense se encontraba cerca de la Facultad de Medicina. Era una construcción pequeña de color marrón, cuyas tres plantas de sótano le permitían disponer de mucho espacio para almacenar las pruebas que luego serían usadas en los procesos judiciales. Tras pasear por un laberinto de pasillos azules, llegaron a su destino. La habitación rectangular estaba iluminada por tubos fluorescentes, colocados en pares simétricos, lo que permitía modificar la intensidad de la luz en función de la tarea que allí se llevara a cabo. Un sistema de ventilación que Manuel no pudo ubicar zumbaba sobre sus cabezas, logrando que el aire fuera siempre fresco. En un rincón del laboratorio de patología, un equipo fotográfico reposaba junto a una puerta gris. Sobre ella, un pequeño letrero anunciaba el laboratorio de rayos X. Manuel asomó la cabeza y pudo contemplar el Hewlett-Packard Faxitron 43805N y el mimeógrafo de rayos X, un aparato capaz de reproducir las placas como la más versátil de las impresoras. Toda la sala olía a productos químicos, envueltos en un aroma aún más profundo de tierra húmeda. Las dos únicas ventanas habían sido colocadas justo debajo del techo, con la intención de que las miradas indiscretas no entraran en aquella antesala de la desaparición material, mientras que los olores podían salir al exterior con facilidad, absorbidos por las hambrientas bocas de metal del sistema de ventilación.

Luis desapareció tras una puerta al fondo. Sobre una gran camilla de acero reposaba un cadáver. Los dos procesos fundamentales de la descomposición de un cuerpo humano son la autolisis y la putrefacción. Tras el fallecimiento los jugos digestivos, que durante la vida del sujeto han colaborado en la digestión de los alimentos, comienzan a disolver el tracto gastrointestinal. De este modo en pocas horas empiezan a corroer el estómago, mientras se descomponen las proteínas y se forman cristales de tirosina en el hígado. La actividad de las bacterias es la responsable de la putrefacción, que recorre todo el cuerpo a través del sistema sanguíneo, una suerte de canales que alcanzan cada rincón del organismo. Esa febril actividad produce metano, hinchando el cuerpo sin vida hasta doblar su volumen, mientras el color de la piel gira desde el verde al morado. Los ácidos butíricos resultantes provocan el fuerte olor que a la mayor parte de los habitantes de este planeta tanto desagrada.

El cadáver de la camilla estaba medio cubierto con un lienzo verde. Todo el rostro parecía haber sido embadurnado en una especie de grasa de un blanco desvaído. Manuel recordó que la adipocina se formaba en los cadáveres cuando el proceso de descomposición se produce en un entorno con una gran humedad. Sobre el pecho de aquél se afanaban dos estudiantes. Su falta de pericia estaba haciendo que el esternón saltara en mil astillas, yendo a parar a los zapatos de los recién llegados. De una puerta a sus espaldas surgió un hombre vestido con una bata azul. Portaba una sierra de hoja oscilante Stryker y llevaba el rostro cubierto con una visera de plástico contra las salpicaduras.

—Menuda sorpresa, sabía que el Capitán Trueno no vendría sin Tintín —voceó con sorna.

—Crispín, capullo engreído —respondió Manuel con una mueca de sonrisa. Luis apareció a su espalda, enseñando los dientes para que se callara.

—¡Me ha encantado leer los periódicos! Te llaman el psicólogo suicida. Pero ¿a quién se le ocurre?

—¡A ti seguro que no! —le espetó Manuel—. No has hecho nada en tu vida que merezca la pena ni siquiera...

—¡Vale, vale, señores! —les interrumpió Luis—. ¡Tú, fuera de aquí! Lo que me faltaba ahora es que fueras el causante de una pelea en mitad de la sala de autopsias. —Se volvió hacia el médico—: Y en cuanto a ti, será mejor que te guardes tus opiniones. Dame el informe que te he pedido y nos vamos.

—¡No entiendo por qué los fiscales tenéis que pedir ayuda fuera! ¡Aquí tenemos muy buenos profesionales! —le replicó.

—¡Por supuesto, magníficos profesionales! —le contestó Luis condescendiente—. Pero, como muy bien sabes, en ocasiones estáis muy ocupados y nuestro trabajo no puede esperar.

Un ruido inesperado les interrumpió. Uno de los estudiantes les miró con desdén. Manuel y Luis no pudieron evitar la sorpresa en sus rostros cuando comprendieron que aquél había comenzado a triturar algunos de los fragmentos del cadáver en un pequeño molinillo blanco.

—¡Aquí está! Será mejor que os marchéis. Tenemos que terminar este cuerpo para el mediodía.

—¡Muchas gracias! —respondió Luis, girando sobre sus talones.

Tras fotocopiar el informe, Manuel volvió a su despacho. Iba a comer con Eduardo y tenía la vaga esperanza de adelantar algo del trabajo atrasado que amenazaba con desbordar su mesa. Al llegar a su despacho, Ángela le anunció que alguien le aguardaba hacía rato en la sala de espera. Cuando asomó la cabeza por la puerta no pudo ocultar la sonrisa.

—¿Ana?

—¡Hola! —le respondió la mirada clara de una pequeña mujer de ojos negros.

Tras saludarse con mucho afecto, se encaminaron al despacho. Mientras ella se sentaba, Manuel aprovechó el instante para contemplarla. El pequeño y delgado cuerpo de Ana se arrebujó sobre el sillón. Un golpe de perfume comenzó a llenarle el pecho, a la par que la memoria de otras tardes gastadas juntos le provocaba una sonrisa.

—¡Me has alegrado el día! —dijo con toda la sinceridad—. ¿Cuánto hace que no nos veíamos?

—Creo que desde la presentación de tu último libro en el Colegio de Abogados —respondió la mujer.

—¡Eres muy amable yendo a esos actos! —Ana ejercía de orientadora escolar en un colegio religioso, por lo que su presencia en las conferencias de Psicología jurídica que él impartía no eran más que una muestra del mutuo afecto que se mostraban.

—¡Me enteré de lo que te pasó! —prosiguió con la franqueza de la amistad.

—¡Estoy bien, no te preocupes!

—Pero... ¡Es otro asunto el que me trae! ¿Recuerdas a la niña?

—¡Me temo que eso es algo que jamás olvidaré! —respondió sombrío.

—¡Yo la conocía! Era alumna de mi centro. —Dudó un instante ante el gesto de interés de Manuel—. Incluso creo que podría decir que bastante bien. Su déficit intelectual hizo que la valorara al entrar en primaria. En la reunión de admisión se decidió que todos los años se le hiciera un seguimiento. Desde ese momento, en las reuniones de claustro yo preguntaba siempre a la tutora por su evolución.

—¡Qué casualidad! —replicó Manuel—. ¿Conociste al padre?

—¡Sí!

—¿Cómo era?

—Un hombre entregado a su hija. ¡No había nada más importante en su vida!

—Era viudo, ¿verdad?

—¡Sí, creo que su mujer murió cuando nació la niña! —respondió ella—. Venía siempre a las reuniones de padres. Aunque tuviera que dejar a medias su faena. —La evocación de aquellas imágenes ensombreció su hermoso rostro—. En ocasiones venía cubierto de yeso, creo que a eso se dedicaba, en otras venía perfectamente limpio, oliendo a recién duchado. —Ana sonrió.

—¡Un gran hombre y un gran padre!

Ana asintió ante la conclusión de Manuel.

—Sin cultura, uno de esos hombres que no pudieron estudiar y todo lo que sabían era cumplir en su trabajo. Una gran persona. Hace algunos meses me dijo que pronto tendrían una casa nueva. Temía que la niña creciera en ese barrio.

—¿Crees que tenía algún problema de dinero? —preguntó Manuel.

—¡Imposible! Ese hombre gastaba lo que tenía. Entiendo a lo que te refieres. —Ana inspiró profundamente—. Yo también me he devanado los sesos estos días, pensando en qué podía haber estado metido para que le ocurriera eso, pero te juro que soy incapaz de imaginar que nadie quisiera hacer daño a esa familia.

—¡Estoy totalmente de acuerdo contigo! —respondió Manuel—. Por lo que sé, incluso los yonquis de su barrio le tenían aprecio. Todos, absolutamente todo el mundo, le respetaban. Nadie se metía con él porque era tu tipo... no sé cómo explicártelo.

—¡Caía bien!

—¡Exacto, caía bien! —añadió Manuel.

—Supongo que lo que le pasó con su primera mujer tuvo algo que ver —dijo Ana distraída.

—¿Su primera mujer?

—¡Hummm... Creí que lo sabías!

—¡No! ¿Me lo quieres contar?

—¡Yo no sé mucho! —respondió Ana, encogiéndose de hombros—. Cuando la niña ingresó en infantil, una compañera del colegio, una maestra mayor que le conocía de antes, me lo contó. Al parecer, la madre de esa niña no fue su primera mujer. Tuvo otra antes.

—¡Eso no figura en los datos de la policía!

—Puede que sea porque no llegaron a casarse —aclaró ella.

—¡Podría ser! —asintió Manuel.

—No recuerdo muy bien la historia, y aquella compañera se jubiló hace dos años y se fue a vivir a otra ciudad, por lo que no he podido ponerme en contacto con ella. El caso es que aquella mujer era... ¿Cómo decirlo? ¡Problemática! —Ana se arrellanó en su sillón. No se sentía cómoda hablando mal de otra persona. Sin ninguna duda, para ella el trabajo de Manuel era la especialidad de la Psicología más alejada de su forma de ser—. Según me dijo la maestra, era una mujer hermosa, morena y alta, un terremoto cuando paseaba por el barrio. Recuerdo muy bien esa descripción, porque me pareció muy gráfica. Casi me podía imaginar la escena cuando me lo contó.

—¿Qué les ocurrió?

—¡Nadie lo sabe con certeza! El hombre se enamoró de ella. Al parecer perdidamente. La buscaba a cada momento, la cubría de regalos. Según me dijo mi compañera, ella, abrumada por tanta insistencia, accedió al fin a sus proposiciones, y se fueron a vivir juntos. Pero un día...

—¿Sí? —Manuel estaba sentado al borde de su sillón.

—¡No recuerdo muy bien lo que pasó! Creo que ella le fue infiel con otro, hubo una pelea... ¡No sé! El caso es que a las pocas semanas lo dejaron. ¡No sé nada más!

Manuel se levantó y fue a apoyarse en la ventana.

—¿Crees que alguien podría aclararme algo más?

—¡Lo dudo! Aquello ocurrió hace muchos años. He preguntado entre las más veteranas de mi colegio y nadie sabe nada. ¡Pero no he venido aquí por eso!

Manuel enarcó las cejas.

—¿Hay más? —Ana torció la mandíbula hacia su derecha y le tendió la carpeta que portaba.

—¡Son de la niña! —Manuel abrió la carpeta e inmediatamente identificó los trazos multicolores de un niño sobre los folios blancos—. Mira estos primeros. —Ana le tendió tres dibujos—. Corresponden a hace un mes aproximadamente. Está ella —le aclaró, señalando con la punta de su dedo—, su padre, la casa nueva, el coche de su padre.

—¡Aquí hay un perro!

—¡Sí, la niña decía que iba a tener un perro cuando tuvieran la casa nueva, pero todavía no era más que su sueño!

—¡Gordito! —leyó Manuel.

—Sí, así decía ella que lo iba a llamar. —Ana sonrió—. Repetía continuamente que le daría de comer todos los días hasta que fuera gordito como los perros que salen en los dibujos japoneses.

Manuel se detuvo durante un instante sobre esos dibujos. Los trazos eran los habituales en los niños de su edad. Colores fuertes y líneas rápidas que perfilaban nubes, soles y flores con la alegría y sencillez que los grandes maestros siempre envidiaron. Tras contemplarlos los echó a un lado. Ana le tendía otro grupo de dibujos.

—Éstos son de los últimos días. ¡Fíjate bien en ellos!

Nada más posar su mirada sobre los dibujos, un escalofrío le recorrió la espalda. Un nuevo personaje había aparecido en el escenario. La niña había dibujado la figura de un hombre alto y delgado, vestido de negro, en cuyo pecho se distinguía claramente lo que para la niña habían sido los tatuajes.

—¿De qué fecha son éstos?

—¡De la semana anterior a su muerte! ¡Tal vez hace dos!

—¡Dios mío! —exclamó Manuel.

—¿Es importante? —interrogó la mujer—. ¿Te ayuda en algo?

Levantó lentamente la mirada. El gesto amable de aquella mujer, la bondad que desprendía y la sinceridad en su afecto le consolaron de su temor.

—¡Mucho! ¡Me ayuda mucho! —respondió Manuel, recibiendo la sonrisa de su colega—. Según esto, el asesino conocía a la familia desde mucho antes de lo que se imagina la policía.

—¡Y no sólo eso! Según lo que me contaba la niña, vivía en su casa.

—¡En su casa! —afirmó Manuel, elevando ligeramente la voz ante la sorpresa.

—¡Sí! —respondió Ana, desconcertada por el interés de Manuel—. ¿Qué ocurre?

—¿No te das cuenta?

—¿Qué?

—¿A quién meterías en tu casa, durante varias semanas, sin temor alguno?

—¡No sé! Déjame pensar. ¿Un amigo? —respondió ella. De pronto su rostro se iluminó ante el camino que sus propias palabras habían trazado—. ¡Dios mío! ¡Es cierto! ¡Jamás lo habría pensado!

—¡Lo conocían tan bien que le dejaron vivir en su casa!

—¡Es horrible! —afirmó la mujer—. ¿Cómo puede alguien hacer algo así?

—¡No lo sé! Pero sí podemos estar seguros de que le abrieron su hogar de par en par, y cuando llegó el momento, no dudó en matarlos.

—Pero, Manuel, ¿qué tipo de persona hace algo así? —repitió angustiada ella.

El hombre la miró con tristeza. Aquélla no era una pregunta retórica. Ana le suplicaba que le diera una explicación, una razón lógica y comprensible, para poder entender qué estaba ocurriendo. Manuel se acercó a su asiento. Ana tenía los brazos encogidos sobre su pecho, en una postura de defensa tan tierna como inútil.

—¡Lo siento, Ana! No era mi intención...

—¡Respóndeme! —repitió. Manuel tuvo la certeza de que rompería a llorar en cualquier momento.

—¡Ven y cállate! —Con un enérgico gesto la levantó con ambas manos y la abrazó contra su pecho.

—¡Ella era tan simpática, tan dulce! ¡No te puedes ni imaginar...!

—¡Calla, lo sé! —Manuel escuchó un ligero gimoteo sobre su hombro—. ¡Déjalo, ya no puedes hacer nada!

Tras unos instantes de silencio, se apartó de su pecho. Manuel le dio tiempo para que recuperara la serenidad, antes de comenzar a hablar.

—¡Siento haber sido tan bestia! —comenzó a decir con un sincero tono de disculpa—. Mi profesión me está embruteciendo. En ocasiones olvido que la mayoría de la gente ignora que existe el horror en el mundo, mucho más cerca de lo que quieren reconocer.

—¡No me gusta tu profesión! —afirmó, levantando la mirada.

—Hay mañanas en que a mí tampoco.

—¡Quiero irme! —Dio un paso para atrás—. Necesito dar un paseo.

—¡Necesitas alejarte de todo esto! —añadió Manuel, señalando con la barbilla su mesa de trabajo.

—¡Sí! —contestó ella. Le dolía decir que necesitaba estar lejos de él, pero no aguantaba más allí—. ¡Sabes que no es por ti!

—¡Lo sé! —respondió con una sonrisa—. Te agradezco mucho tu ayuda, a pesar de todo.

Ana no respondió. Miró los dibujos extendidos, suspiró sin ruido y giró sobre sus talones, encaminándose hacia la puerta de la calle. El pasado moriría allí, y ya nunca volvería a traerlo a su memoria. Al llegar a la puerta de la calle se volvió hacia él.

—¿Vas a hacer algo?

—¡Es curioso! Todo el mundo espera que haga algo —respondió, apoyando su peso sobre el canto de la hoja de madera abierta.

—Supongo que todos confiamos en que alguien haga algo. Sabemos que lo que ocurre no está bien, pero nos consolamos pensando que existe alguien por ahí que se encarga de esas cosas.

—¿Y yo soy ese alguien que se encargará de esta mierda? —respondió Manuel sin acritud.

—¡No lo sé! Pero si existe alguien así, entre la gente que yo conozco, yo te elegiría a ti.

—¿Y si yo no quisiera ese encargo?

Ana dirigió la mirada al portal, se encogió de hombros, y volvió la frente a su amigo.

—Supongo que entonces todo se olvidaría. Dentro de unas semanas nadie hablará de ellos, de lo que pasó, del horror de sus muertes. Supongo que los autobuses seguirán llegando tan impuntuales como siempre, mientras el sol sale una y otra vez, sin importarle nada quién vive y quién muere.

Se puso de puntillas. Le dio un beso en la mejilla y se despidió con un susurro.

Capítulo
XXVIII

La pesadumbre no abandonó su corazón durante los siguientes días, y la celebración del juicio por el homicidio del hombre a manos de su cliente preso no mejoró la situación. Llegó al pasillo donde se encontraba la Sala Segunda de la Audiencia Provincial cuando ya habían pasado todas las partes. Fuera, sentado en un banco de madera, solo y fumando a hurtadillas, encontró al médico de la Asociación de Alcohólicos de la provincia. Ambos habían sido citados como peritos por la defensa del muchacho. Se conocían de antes y se saludaron con la mueca de una sonrisa.

—¡Hola, Abel!

—¿Cómo andas, Artacho? —respondió el médico—. ¡Hace tiempo que no te veía por aquí!

—¡Hace tiempo que no me tocaba un asunto de éstos!

—¡Esto va a ser rápido! —dijo el médico.

—¡Eso mismo pienso yo!

—¡No nos van a dejar utilizar las eximentes! —aclaró Abel, y señalando con el pulgar de la mano con la que sostenía el cigarrillo añadió—: Esta Sala es dura. Le importa un carajo si el chico iba hasta las trancas de droga y alcohol o si era asiduo a las sesiones de terapia desde hace años.

—¡Estos asuntos tienen muy mala prensa! —Manuel aceptó un cigarrillo de Abel—. Los periódicos se ensañaron y el muchacho está juzgado desde que lo apresaron.

—¿Te acuerdas de cuando era presidente de Sala Zacarías? —Manuel dudó un instante. Había oído hablar de él, pero no tenía recuerdo alguno de haber coincidido en algún juicio—. ¡Aquello sí que era esperpéntico!

—¡Te refieres a lo de su sordera!

—¡Joder, sordera! —exclamó Abel—. ¡Estaba como una tapia!

—¡Eso no es exactamente lo que me han dicho!

—¿No? —le interrogó con extrañeza el médico—. ¿Tú qué sabes?

—¡Me contaron que cuando ya se había hecho un juicio de valor lo que hacía era quitarse el audífono!

—¡Eso es! Lo que ocurre es que eso te podía pasar a los cinco minutos de comenzar el juicio o, como me pasó a mí en una ocasión, en mitad del interrogatorio de las partes.

—Un abogado me contó que en una de esas ocasiones se quedó dormido en mitad de la vista —exclamó Manuel.

—¡Yo también lo he oído!

Se quedaron en silencio, fumando sus cigarros con tranquilidad.

—¡Esto va a ser rápido! —dijo el médico.

—¡Sí! —apostilló Manuel, asintiendo con la cabeza—. ¡Rápido!

—¿Sabes que el periódico de ayer publicó una entrevista con la familia del fallecido?

—¡No tenía ni idea! —contestó Manuel.

—¡Pura mierda! Tú me conoces, no voy a justificar al chico, pero no se puede hacer eso. El periodista se dedicó a meterle el dedo a la familia, y éstos —dijo, señalando la pared, tras la cual se encontraba el tribunal— los leen.

—¡En ocasiones pienso que mi trabajo es inútil!

—¿Qué crees que se le pasó al muchacho por la cabeza para hacer algo semejante?

—¡No creo ni que él mismo lo supiera en ese momento! —respondió Manuel.

—¡Puede que lleves razón! Trabajo todo el día con chicos como ése. Cuando están tan colocados no saben decir ni una frase coherente.

—¡Pero eso lo sabemos tú y yo! —dijo el forense—. El tribunal va a ver que se dio una conducta medianamente organizada, por lo que no va a aceptar las eximentes que presentamos.

Abel se inclinó hacia delante. Apoyó los codos sobre sus rodillas y aspiró su cigarrillo con energía. Era aquél un sujeto más ancho que largo, de orejas redondas y mirada viva, que gustaba de sestear más que buscar cobijo en nada que le generara un mínimo acarreo. Llevaba siempre sus lentes al borde de la nariz, lo que provocaba que mirara por encima de los cristales a aquel que a él se dirigiera.

—¡Esto va a ser rápido! —dijo el médico.

—¿Está la familia dentro?

—¡Sí, junto con medio pueblo!

—¡Cielos! —exclamó Manuel—. ¿Y la familia del chico?

—¡También, la madre era un mar de lágrimas! ¡Son buena gente, los conozco desde hace años! —Resopló—. ¡Esto es una desgracia para todo el mundo!

—¡Nadie le puso una pistola en el pecho! ¿Por qué no se dan cuenta de que la droga no les soluciona nada?

—¡Nadie escarmienta en cabeza ajena! —sentenció el médico.

—¡Cierto!

La puerta de la Sala se abrió. La funcionaria leyó el nombre del médico en voz alta. Abel se levantó de un brinco y tendió la mano a Manuel.

—¡Esto va a ser rápido!

—¡Lo sé! ¡Suerte!

Capítulo
XXIX

Veneramos sólo la mitad de la realidad humana. Tan humano es el odio como el amor, la muerte entre las manos ensangrentadas como la vida recién parida. Tan real el ejército de los arcángeles y serafines, como el de los ángeles caídos, pues tanto unos como otros guían los pasos de los hombres. Si no nos gustara tanto mirar para otro lado, hacer juicios superficiales, oír sin escuchar, entenderíamos que si a unos levantamos altares, los otros deberían tener su correspondiente ofrenda. Nada somos sin el lado contrario, que nos define por defecto, por inverso, por alternativa. Si existen altos prados, en algún lugar deben de encontrarse profundos vanos en la roca, pues los primeros no son nada sin éstos, y a éstos no acudiría la curiosidad de los hombres sin los primeros.

Manuel miraba a su alrededor. Contemplaba los objetos de siempre, aún consciente de que todo había perdido su olor. Se esforzaba por percibir el afecto en los ojos de sus vecinos, el reconocimiento en sus pacientes y la se-

256

guridad de las calles de siempre, pero el hueco que le provocaban en mitad del pecho era tan grande que en ocasiones estaba tentado de llenarlo con su puño. De vez en vez a su cabeza acudían las palabras de Mateo, e intentaba convencerse de que la fealdad era un objeto puesto en la tierra para ayudar al hombre a admirar la belleza, que bastaba aceptar que los responsables de toda violencia algún día tendrían su castigo para encontrar consuelo.

Tardó varios días en terminar de leer el informe policial. Dejó pasar el fin de semana sin revisar un solo párrafo de la autopsia, entretenido en mil pequeñas cosas en las que perder el tiempo, hasta que se cansó de sentir cómo su mirada volvía a aquella carpeta. A última hora del domingo, dejando a un lado las imágenes mudas del televisor, se dirigió hacia la cocina con intención de preparar algo para cenar. Con una rápida mirada eligió en la nevera los restos de pollo asado del día anterior.

Sobre la encimera comenzó a deshuesar los despojos con un cuchillo corto de su colección de herramientas inglesas. Por espacio de veinte minutos trabajó en silencio, deteniéndose en el tacto de las tiras de carne que se separaban sin esfuerzo del hueso. Cuando lo hubo deshuesado todo, colocó la carne sobre una tabla de madera y comenzó a picarla. El informe forense era impecable. Leonardo Mariscal era un soberbio con un ego digno de mejor talento, pero sabía hacer bien su trabajo. Las fotografías de las víctimas eran precisas y las aclaraciones toxicológicas claras y concretas. Pasó las hojas con cuidado, sin que eso le impidiera proseguir su labor con el ave. Tras la analítica, la policía había cosido al expediente un reportaje fotográfico del domicilio, con anotaciones que especificaban la posición que habían ocupado las víctimas. En todo el escenario no se pudieron identificar más huellas que las correspondientes a los cadáveres y a él mismo. En la habitación de la niña no se habían encontrado dibujos parecidos a los que Ana le había llevado a su despacho, pero la policía advirtió que en la pared se habían encontrado huecos que correspondían a dibujos ahora desaparecidos.

En el armario de la alacena encontró un tetrabrik de nata. Vertió cincuenta gramos sobre la carne picada, la sazonó con curry y coco rallado, y lo revolvió todo. El padre había firmado un préstamo hipotecario unas semanas antes. Durante toda su vida había trabajado en la construcción, ocupando distintos oficios hasta alcanzar la categoría de oficial de primera. En su empresa le consideraban un hombre de confianza, y solían ponerle al cargo de las cuadrillas encargadas de los trabajos de reformas en locales de hostelería e instalaciones comerciales. No constaba detención alguna, ni relación con los negocios más habituales en el barrio en el que había vivido los últimos veinticinco años. Manuel buscó alguna referencia sobre la anterior relación que le había relatado su colega, sin encontrar nada. Todas las pruebas toxicológicas habían dado un resultado negativo y en el domicilio no se había encontrado ninguna botella de alcohol.

Limpió la tabla y comenzó a picar almendras. Durante unos minutos centró toda su atención en aquel menester, hasta lograr el acabado apetecido. Tras verterlo en la fuente, removió la masa una vez más, y lo dejó reposar. La policía había interrogado a todo el bloque de pisos. Los vecinos no habían notado nada extraño en las últimas semanas. Nadie de sus allegados había podido referirles algún acontecimiento fuera de la rutina habitual de la familia. En los comercios que frecuentaban diariamente se habían sorprendido ante la sugerencia de que hubieran recibido alguna visita fuera de lo común en los últimos dos meses. Manuel se llevó la mano al vientre. Para todo el mundo el sujeto que le había abierto el estómago era un fantasma. Volvió a revisar el apartado en el que se especificaba que no habían encontrado huellas en toda la vivienda, y por un buen rato, hizo memoria de algo que le había llamado la atención en el asesinato del abogado. Cogió la carpeta y buscó aquel detalle. El maletín de la víctima había sido encontrado, con su contenido intacto, en una papelera cercana al inmueble donde ocurrieron los acontecimientos. Todo el comportamiento de aquel sujeto mostraba una perfecta organización. Nada era dejado al azar, ningún objeto era olvidado y toda complicación inesperada era resuelta sin dejar el más mínimo rastro.

Una vez que concluyó la lectura de las notas policiales, volvió a la cocina. Untó cuatro rebanadas de pan de molde con la masa de carne que había preparado y, con una lata de cerveza en la mano, se encaminó al comedor. La televisión seguía encendida. Sobre la mesa, toda la documentación del caso ocupaba cada rincón. El médico forense había hecho una reconstrucción del proceder del asesino que dejaba poco espacio para la suposición. El individuo adulto estaba atado de pies y manos, con un nudo corredizo trabado en las patas de la silla. Una mordaza, realizada con un paño de cocina y un cable eléctrico, le impedía hablar. En el transcurso de la agresión, esta mordaza se desprendió. El agresor le había practicado un corte, de izquierda a derecha, a lo largo del cuello, seccionando la garganta y varios músculos del cuello, pero sin llegar a afectar seriamente a ningún vaso sanguíneo. Del resultado del corte la mordaza se habría rasgado, lo que habría permitido que el sujeto pudiera articular, aun con dificultad, algún gemido. Manuel detuvo un instante la lectura e imaginó la escena frente a él. Según el informe, entonces el agresor habría metido la mano en la carne ensangrentada hasta alcanzar la columna, logrando desplazar varias vértebras.

Manuel dejó el bocadillo sobre la mesa e inspiró profundamente, abandonando la mirada a la creciente penumbra de la habitación. Por el ventanal del patio asomaban la madreselva y las buganvillas, pero el atardecer se había comido sus colores. Volvió a releer el último pasaje, intentando entender la razón de aquel comportamiento. Por primera vez aquel individuo abandonaba el guión de una conducta organizada, para llevar a cabo un acto movido por la emoción del momento. De algún modo ese acto de brutalidad era la primera muestra de humanidad que Manuel encontraba en aquel tipo. Descarnado y cruel, pero personal y propio. Su víctima había permanecido inmóvil, sin ofrecer resistencia, sin duda incrédulo ante la contemplación de la ejecución de su hija instantes antes. Sin embargo, aquel bruto había decidido ensañarse con él como el que salda una cuenta, como el que hace pagar por una ofensa. Casi con toda seguridad el agresor se habría hecho daño; la columna vertebral humana tiene aristas fuertes y cortantes, lo que le habría lastimado los dedos. Por otro lado, para ese momento la sangre en el suelo sería tan abundante que al asesino le habría costado mantenerse de pie ante su víctima. Un corte más profundo o un golpe hubiera sido mucho más efectivo, pero él decidió usar sus manos, ponerlas sobre la carne abierta, entrar en contacto con el resultado de sus actos y provocar el mayor dolor posible, antes que elegir una solución más sencilla. Manuel tuvo la certeza de que el asesino se quedó allí, mirando, asegurándose de que moría y que en sus últimos instantes de su agonía únicamente contemplara al causante de su ruina. Todo aquello le habría ocupado un buen rato, reflexionó volviéndose a llevar la mano al vientre, tal vez por eso apenas se entretuvo con él, despachándolo con un par de tajos en el estómago. Con sorna se dijo a sí mismo que tal vez aquello le hubiera salvado la vida.

La oscuridad terminó por desdibujar el espacio en torno suyo. Inspiró profundamente y cerró la carpeta. En ese instante sintió la presión del vendaje bajo su camisa. La tensión había ido creciendo conforme avanzaba la lectura, pero sólo en ese momento fue consciente del fuerte dolor que le subía desde el abdomen, hasta alcanzar el hombro izquierdo. Girando el brazo en grandes círculos, con intención de encontrar un alivio vano de aquel tormento, se dirigió hacia la cocina. Los analgésicos le permitirían coger el sueño por esa noche. Tomó las dos pastillas en la palma de la mano, pero aún se detuvo, mirándolas con tristeza. La certeza del dolor no era justificación suficiente para engañar la angustia que, como un zumbido lejano, le apesadumbraba el ánimo hasta ensordecer.

Un quiebro en medio del sueño le despertó, pero cuando fue a mirar por la ventana, únicamente encontró la noche paseando indiferente. Había comenzado a hacer calor, y la largueza de los días contribuía a que las calles no tuvieran tiempo de enfriarse del aplastante calor diurno. Bajó a la cocina e hizo café. El dolor había desaparecido, mientras la desazón había engordado con el sueño. Con la taza en la mano volvió al comedor y comenzó a recoger los restos de la cena. Al girarse para encender la luz golpeó con el codo una de las carpetas donde había guardado la documentación de aquella historia. Los dibujos de la niña se derramaron por el suelo. La figura de un hombre sonriente, con el torso desnudo y letras en el pecho, le devolvía la mirada. Manuel se arrodilló para recogerlos y, sintiendo que la rabia amenazaba con no caberle en el pecho, lo guardó todo.

Con la taza en la mano esperó que llegara la amanecida, encogido en el sillón a los pies del ventanal. Para cuando la luz alcanzó el último rincón ya había decidido cómo iba a finalizar esa historia.

—¡Soy yo! —atinó a decir nada más escuchar cómo Eduardo descolgaba el auricular.

—¡Ya! ¿Qué quieres?

—¿Leíste el informe del médico?

—¡Sí! —respondió lacónico el anciano abogado.

—¡Me voy!

—¡Lo pensé en cuanto escuché el teléfono! —Eduardo dudó un instante—. ¡Es peligroso y yo no puedo acompañarte!

—¡Lo sé, gracias!

—Y si lo encuentras, ¿qué vas a hacer?

—¡No lo sé! ¡Ya lo pensaré! —respondió Manuel.

—¡Luis...!

—¡No se lo cuentes, intentaría convencerme de que no lo hiciera!

—¡Sería lo mejor! Pero eres de esos hombres que se sientan en el borde de la silla. ¡Aún no has madurado bastante, aún no has sufrido suficientes golpes, aún no has encontrado el libro que te enseñará que la silla está para ocuparla entera!

—¡Tal vez, no sé! Pero ahora no se me ocurre nada mejor para afrontar todo esto.

—¡Manuel, yo soy viejo! —comenzó a decir Eduardo, intentando encontrar las palabras más acertadas—. Existen muchas cosas que aborrezco, pero soy muy consciente de que no puedo cambiarlas. ¡Están ahí! ¡Así de sencillo!

—¡Tú lo has dicho, eres viejo!

—¡No seas cruel! ¡La vejez también implica sabiduría!

—¡Por eso me voy solo! —respondió con una sonrisa Manuel.

—Siento decir esto, suena fatal, pero no puedo evitarlo —prosiguió Eduardo—. ¿Tendrás cuidado?

—¡Sí, no te preocupes! No me mueve la venganza ni el rencor.

—¡De eso no me cabe la menor duda! Pero ése no es tu mundo, no es nuestro mundo. ¡En ese ambiente la vida no vale nada!

—¡Lo tendré en cuenta!

Ambos dejaron que corriera el silencio.

—¿Conoces a alguien allí? —preguntó Eduardo.

—¡Sí, pero en esto no pueden ayudarme! Tendré que hacerlo solo.

—¡Y podrás, de eso no me cabe la menor duda, pero tal vez necesitarás un poco de ayuda!

—¡No te preocupes! ¡Te llamaré en cuanto llegue!

—¡De acuerdo, adiós!

—¡Un abrazo!

En veinte minutos tenía la bolsa hecha y el taxi le esperaba en la puerta. La estación de trenes era una herida abierta y ponzoñosa para la ciudad. Por ella se escapaban los jóvenes, las esperanzas del mañana, en trenes rápidos y puntuales que llevaban, muy lejos, aquellos sueños aquí tan necesarios, aquellas ganas aquí tan escasas. Una herida hermosa que desangra con complacencia la ciudad de sus escasas oportunidades ante el veneno del pensamiento sin diatriba. Compró un billete sólo de ida y esperó en una cafetería, entretenido en la batahola de gentes que entraba y salía. Rara vez un viajero detenía allí su camino, siempre hacia otro lugar, empujado por un viejo deseo de recorrer esas calles. Al bajar, lo primero que le sorprendía era la calma, el extraño silencio que tanto simula la muerte. Aquella ciudad llevaba decenios dormitando la digestión del pasado esplendor. Si no fuera por los crujidos intempestivos de la madera reseca por la calima, el viajero accidental no repararía en que cruza un lugar habitado. Y luego, al doblar un recodo, un altozano hermoso, simple pero sin molde, le golpeaba la mirada, reconciliándole con un mundo que sueña más allá de la cuesta del Espino.

A través de la ventanilla del tren contempló el mundo tranquilo que, sordo a lo que había ocurrido, seguía en sus quehaceres cotidianos. Las últimas lluvias habían convertido los campos en la paleta olvidada de un pintor impresionista. Un río amansaba la violenta calima con su caudal ridículo, trenzando islotes de verdor que lograban calmar la mirada del observador casual. En el cielo, aves solitarias, minúsculos trazos en un lienzo herido. En el horizonte, suaves pendientes que se pierden en un morado desusado. Tras una hora, el sueño le venció. El resto del viaje fue un tiempo prestado.

En el aeropuerto consultó las tarifas de varias compañías aéreas que volaban a Ciudad de México. Finalmente, se decidió por KLM, en un viaje con escala en Ámsterdam con el que se ahorraba más de mil doscientos euros, a costa de perder cinco horas en Schiphol. Aprovechó aquellas horas para pasear por los largos pasillos mecanizados y empaparse de los oropeles del primer mundo, antes de aterrizar en una ciudad con vocación de metrópoli universal y andamiaje de nopal. Con motivo del aniversario de Rembrandt, una cadena de tiendas del aeropuerto había instalado una pequeña exposición de pintura del Siglo de Oro holandés. Durante una hora entretuvo la espera contemplando las obras de Jan Oteen, Jacob van Ruysdael y el gran maestro. Las manos de aquellos hombres eran herramientas divinas que habían detenido las miradas de las mujeres que amaron, aun por unas horas, para compartirlas con otros hombres que jamás las hubieran poseído de no ser por su generosidad. Manos que quitan, manos que entregan, manos convertidas en palancas que cambian el mundo. Sentado frente a un autorretrato del maestro, sintió la náusea del esfuerzo por entender aquellas otras manos, manos que violentan, ahogan y reducen, herramientas de brutalidad que asolan futuros. Todas eran iguales, pero las flores que en ellas germinaban tenían distinto sabor. Lo mismo hubieran agarrado un cuchillo que empuñado un pincel, y sin embargo, en la elección estaba el secreto del futuro. Si hubieran querido cambiar el destino de un país, podían haber blandido una rueca, pero eligieron el filo del metal agudo, sin más aspiración que vivir un día más por encima de la voluntad de los demás, bebiendo el aire limpio que sale de las máquinas, conduciendo coches rápidos que susurran falsas promesas de libertad. Buscó en las sombras y la luz de las telas la respuesta a las preguntas que no sabía formular para, cansado al fin, dirigirse a la puerta de embarque.

Ciudad de México lo recibió lluviosa y cálida. Tomó un taxi y se dirigió al hotel. Tras instalarse en la habitación, llamó a Eduardo. La escena que alcanzaba su ventana era idéntica a la que recordaba de su último viaje, tonos azules y ocres, olor a gasolina y escamoles. El cielo como jirones de poliéster ennegrecido por el roce.

—¡He llegado!

—¿Todo bien? —le respondió Eduardo al otro lado del hilo telefónico—. ¿En qué hotel te hospedas?

—¡Un poco cansado! Estoy en el Atlántico. Voy a pasear un rato por Insurgentes hasta la hora de cenar y mañana buscaré la dirección del comercio.

—¡Lo que haces es una estupidez, pero lo entiendo!

—¡Gracias!

El europeo, viajero antiguo al que, tras milenios de caminatas, pocas cosas le sorprenden, gasta extrañas miradas cuando sale de su jardín conocido. Se distingue veloz del grupo de recién llegados en su voz queda, en el tiempo ralo que gasta en levantar la mirada al edificio que visita, como si recorriera el curso de un río con mil orillas distintas. Cuando llega a los países jóvenes le sorprende lo que a ellos incomoda, arrancándole una sonrisa de añoranza en el recuerdo de una juventud en la que él era como éstos. Manuel también mira a su alrededor con esos ojos. Ojos de viejo marino, mulero o escritor de pastiches.

Ciudad de México es un adolescente al que se le adivinan trazos de hombre. Aún no se afeita todos los días, pero tiene la prestancia del pecho ancho y el orgullo recto que aporta la confianza en sí mismo. Todo parece estar por hacer. Las aceras no son más que esbozos; allí donde poses la mirada encuentras oportunidades, ofertas de comida, puertas abiertas para comprar o sombra donde cobijarte. En la estación de lluvias, cada tarde, como regida por un reloj universal, oscurece su cielo contaminado y descarga una lluvia torrencial que reverdece las medianeras del Circuito Interior y el Bosque de Chapultepec, preparados así para un nuevo día de tráfago de hombres y máquinas. Manuel amaba pasear por esa ciudad, siempre amenazada con desaparecer colapsada sobre sus pilares de lodo. El dios que habita en el centro del mundo llevaba dormido más de veinte años, pero sus ronquidos alcanzaban regularmente la superficie. Paseó cabizbajo entre las araucarias durante horas, consciente de las miradas curiosas que, a lo lejos, la Torre Latinoamericana le dedicaba de vez en cuando. Cuando llegó la hora de cenar entró en un restaurante de Independencia con Lázaro Cárdenas. El bullicio del local le alegró el ánimo. El televisor encendido no cesaba de emitir imágenes ante la indiferencia de la alegría de vivir que llenaba las mesas. Un camarero le sonrió, sosteniendo la carta iluminada con la Virgen de Guadalupe, pero Manuel pidió sin necesitar abrirla, devolviendo la sonrisa al desconocido. Al llegar a su habitación había tenido tiempo para decidir cómo iba a proceder al día siguiente.

Encendió el ordenador portátil y buscó el archivo en el que llevaba pensando todo el día. Aquella conversación era la única que no había sido grabada en la consulta. Manuel la había recogido en el hospital y enviado por correo electrónico a su buzón.

—Como te habrán dicho —comenzó a decir, señalando la puerta de la habitación—, estoy mucho peor. ¡Esto ha llegado a su fin! —La voz de Marcelo sonaba apagada. Arrastraba mucho el final de las palabras y, en ocasiones, articulaba con dificultad—. Tanto tiempo de espera y sólo es esto.

—¿A qué te refieres?

—¡Llega, sin más, se presenta! ¡Tú te das cuenta, lo escuchas al final del pasillo, casi lo puedes ver aproximarse! —Marcelo se detuvo para tomar aire—. El final no tiene música, llega, se sienta en la cama y espera a que estés preparado.

La televisión estaba encendida, pero sin sonido. Marcelo dirigió una rápida mirada a la pantalla e inmediatamente hizo un gesto de desagrado.

—¡Otra guerra! —afirmó hastiado. Manuel volvió la cabeza hacia allí—. La justicia se debe tan estrictamente entre naciones como entre ciudades vecinas. Un ladrón de caminos que comete robos con gente armada es tan ladrón como cuando roba solo, y una nación que declara una guerra injusta no es otra cosa que una gran banda de ellos.

—¿De quién es esa frase?

—De uno de los padres de esa nación —respondió Marcelo con una sonrisa de burla—. ¡Benjamin Franklin!

—¡Éstos hace tiempo que no releen a sus clásicos! —aclaró Manuel, apartando la mirada del televisor.

—¿Hacia dónde vais? —Marcelo utilizó ese tiempo verbal con toda intención—. En cada momento de la historia los hombres han pensado que el mundo se acercaba a un gran torbellino. —Se detuvo y tomó aire. A cada instante su rostro se mostraba más fatigado—. Nuestra época no ha sido distinta. Parece que todo marcha bien, incluso pensaríamos que nos gusta mirar desde el borde del abismo. Sólo es cuestión de tiempo que caigamos, lentamente, sin ruido, hasta que nos resulte imposible salir.

—¡Estoy absolutamente seguro de que el ser humano es el animal con la mayor suerte de la historia de este planeta!

—Si el mundo aún no se ha derrumbado —sonrió Marcelo— es por pura casualidad.

—¡No me cabe la menor duda!

—¿Crees que voy a algún lugar? —preguntó Marcelo, cambiando la expresión de su rostro.

—¡No lo sé! ¡Pero... debe de haber algo más!

—Hace años, mi padre me dijo que él había abierto muchos cuerpos, y que en ninguno había encontrado un alma.

—¡Tu padre era un hijo de la gran puta!

Ambos rieron ruidosamente, llamando la atención del personal del puesto de enfermería, que rápidamente asomó por la puerta para asegurarse de que todo estaba bien.

—En una ocasión, un amigo me dijo que el bien y el mal son parte de la misma naturaleza —comenzó a decir Manuel, cambiando la expresión—. Ninguno puede ser sin el otro. A veces, el bien es más barato que el mal. Podemos calmar nuestras conciencias donando un poco de dinero a una obra de beneficencia. Pero, en la mayoría de las ocasiones, es el mal la opción más económica. Basta con apretar un gatillo, abusar de tu posición o dejar la basura en medio del parque.

—¡Yo no he hecho nada de eso! —afirmó Marcelo.

—Entonces no temas. Da lo mismo si alguien viene luego y te da una palmada en la espalda o te lleva hacia la luz. Tú eres el que debes estar convencido del sentido de lo que has hecho.

—¡Yo quería ser arquitecto!

—¡Tu querías jugar a ser Dios, coger a los hombres y mostrarles el camino! —concretó Manuel.

—No creas. Me hubiera conformado con hacer bien mi trabajo.

—¡Lo has hecho!

—¡Tengo que irme! —insistió Marcelo cansado.

—¡Lo sé!

Capítulo
XXXI

Un secreto puede destruir el alma. La necesidad de esconder un oprobio amarga el humor del farsante, que ve cómo día a día parte de su energía se gasta en mantener el libreto de una obra del absurdo, consciente de que cada esfuerzo que lleva a cabo envilece aún más su aliento. De nada sirve la inicial sensación de superioridad que otorga ser el titular de un conocimiento único. Pronto eso mismo se convierte en un peso tan grueso como insostenible, que asfixia al portador. Y entonces tu padre te besa, como todas las noches antes de aquélla, y tú te sientes tan sucio y vil por ocultar aquel saber en tu pecho que comienzas a pudrirte por dentro, consciente de que nada volverá a ser como antes de ese momento. Esperas que tu esposo se dé cuenta de todo, que lo lea en tu rostro para que te libere de la necesidad de contarlo, y sin embargo, te sonríe y acaricia, repitiendo lo mucho que te ama. Entonces ya no queda nada. Sólo morir, con el cuerpo convertido en un gran pellejo de bilis oscura, fruto de una carga imposible de soportar.

Siguió moviendo la cucharilla de café. Debido a la diferencia horaria, aquella mañana se había levantado muy temprano y, tras el desayuno, había cogido un taxi que le dejó delante del comercio donde se encontraba el teléfono al que el abogado había llamado en varias ocasiones antes de su muerte. Había cogido taxis en tres continentes, pero jamás había visto uno tan pequeño como aquel Hyundai Atos. Por cada una de las calles de aquella inmensa ciudad circulaban taxis de diversos modelos, sumándose a los clásicos Volkswagen escarabajo de color verde, pero sin duda aquel vehículo era uno de las más incómodos para convertirse en transporte público.

Nada más llegar allí esa mañana, la soledad de la calle le invitó a curiosear a través de los cristales, pero la oscuridad en la que estaba sumido el local le impidió distinguir gran cosa. De planta rectangular y gran fondo, a la derecha pudo advertir tres pequeñas filas de pantallas planas de ordenador, mientras que a la izquierda dos pasillos de material de oficina y un gran estante que llegaba al techo ocupaban más de la mitad del espacio disponible.

El fuerte ruido del cierre metálico a su espalda le anunció la apertura del bar situado frente a aquel lugar. Cruzó la calle y observó los edificios cercanos; techos hundidos y puertas desvencijadas, paredes azules y cercados grises. El generoso clima de aquellas latitudes hacía brotar de cada intersticio imperceptibles hierbajos que, a poco que el sol apareciera, ofrecían florecillas amarillas y azules como adornos de novia. Pronto el local se llenó de aquellos que pueblan las primeras horas del día.

El cínico que pinta el cielo se entretenía en reunir cada mañana allí todo tipo de seres animados, en una competición de vileza y crueldad sólo comparable con la retransmisión televisiva de la última purga africana. En su gran mayoría, el grupo estaba formado por trabajadores de rostro cansado y mujeres de sonrisa afortunada que salen a la calle para dar de comer a sus hijos las marcas que diseñan más allá de Río Grande. Unos pocos mostraban los estragos de la noche en blanco, mientras que eran raros los que, como él, habían caído allí por el azar de sus pasos.

El camarero, nervioso por el ruido de la cucharilla, se acercó a Manuel con la jarra de café en ristre, dispuesto a volver a llenarle la taza. Manuel la tapó con la mano y negó con la cabeza, sin dejar de mirar al comercio, invitando al camarero a que se largara de allí chasqueando la lengua. Cerca de las diez de la mañana, un hombre alto y corpulento abrió la puerta desde dentro. Manuel se inclinó para ver el callejón en el costado del edificio, donde pudo observar una puerta lateral por donde aquel sujeto debía de haberse introducido sin que él se percatara. A la media hora varios clientes se encontraban ya sentados frente a las pantallas. Manuel dejó quince pesos sobre el mostrador del bar y fue hacia allí.

Al entrar, el aire acondicionado le acarició el rostro, mientras el zumbido eléctrico de los ordenadores le llegaba de todas partes. Caminó despacio por el estrecho pasillo mientras notaba que su ansiedad aumentaba en cada paso. El sujeto que había visto antes estaba sentado al final del local, tras un mostrador de aluminio. Al contemplarlo ahora más de cerca, Manuel pudo advertir que tenía la mirada de un animal antiguo, de los que te miran desde las altas paredes de las catedrales, tan arrogante por su eternidad como por su cordura.

—¡Quiero usar una computadora! —dijo sin desviar la mirada de sus ojos.

—¿Va a necesitar imprimir algún documento?

—¡No! —respondió Manuel.

—¡Coja el tres!

Al sentarse notó que las piernas le temblaban. Por un instante temió vomitar el café sobre el teclado. Para recuperar el control de sí mismo inspiró profundamente; para distraer el temor abrió varias ventanas con los periódicos del día y comenzó a leer las noticias de actualidad. A los pocos minutos andaba ya lanzando miradas furtivas más allá de los clientes que le flanqueaban, sin perder de vista la pantalla frente a él. Al rato, su respiración se relajó. Nada en aquel lugar delataba cualquier otra actividad que la que anunciaba en sus escaparates. Los estantes llenos de bolígrafos, paquetes de DIN-A4 y *post-it* cohabitaban con los ordenadores con conexión de banda ancha. Los clientes entraban y salían de aquel lugar, realizando sus compras con prisas, sin prestarle la más mínima atención. Después de una hora comenzó a bostezar. Los nervios habían desaparecido, pero pronto empezaría a sentir las secuelas del agotamiento en su cuerpo.

—¿Has bajado la música que te pedí? —Manuel giró la cabeza a su izquierda. Un hombre de tez morena, en el que no había reparado hasta ese momento, se dirigía al joven que se encontraba sentado a su izquierda.

—¡Estoy en ello! ¿Quieres calmarte y dejarme hacer? —dijo con una sonrisa burlona—. ¿De dónde has sacado esa shirt tan charra?

—¡Oye, puto, tengo prisa! ¡Algunos de nosotros tenemos chamba! —respondió agresivamente el recién llegado, apoyando su cuerpo sobre el brazo derecho, a escasos centímetros de los ojos de Manuel. En aquel instante, éste dejó de prestar atención al mundo que le rodeaba. Una serpiente tatuada recorría el antebrazo de aquel desconocido, para enroscarse en su muñeca. Aquella visión tan inesperada provocó que reculara con torpeza. Al levantarse sin mirar dónde ponía el pie, Manuel tropezó con la chica que se encontraba a su espalda. El ruido hizo que aquel tipo se girara con desgana para mirarle durante unos segundos.

Volvió a sentarse. Algunos de los clientes del establecimiento le dirigieron una ojeada por un instante, regresando con igual rapidez a sus quehaceres. El corazón amenazaba con salírsele de su hueco. No había contado con aquella reacción tan instintiva de su mente, ante la presencia de unos tatuajes tan semejantes a los que recordaba cada noche en sus pesadillas.

Intentó centrar su atención en la pantalla frente a él, pero la sangre le golpeaba las sienes con una furia desconocida. Toda su supuesta entereza empezaba a desmoronarse. Comenzó a leer un artículo sobre política local, pero le fue imposible entender nada. Aquellos dos tipos seguían hablando a su lado, pero tampoco era capaz de centrar la atención en sus palabras. Decenas de veces había escuchado de boca de sus pacientes lo que a él le ocurría en esos momentos, y aunque parte de su trabajo era ponerse en el lugar de aquellos a los que tenía que ayudar, jamás imaginó que el pánico fuera una sensación tan inabarcable. Intentó recuperar la serenidad cerrando los ojos y comenzó a escuchar su cuerpo. El ruido claro del agua que se aleja crecía en su cabeza. Sentía que una gran ola, mucho más alta que el más alto de sus temores, se venía hacia él, y a cada mirada que le echaba, la sentía crecer y engordar gracias a su propio miedo. Finalmente, no pudo más y se encaminó hacia la salida. Cuando ya agarraba el pasamanos de la puerta escuchó la voz del dueño del local.

—¡Señor, señor! —Manuel supo de inmediato que se dirigía a él. Se detuvo e intentó recomponer su semblante.

—¿Sí? —respondió con pretendida naturalidad.

—¡La lana!

Volvió sobre sus pasos y pidió disculpas por su descuido. Dejó un billete de veinte pesos sobre el mostrador y la sonrisa del gerente le confirmó que no había pasado nada. Al alcanzar la calle giró para introducirse en el callejón que corría por el lado izquierdo del edificio. Al instante sintió cómo la náusea le inundaba el pecho. Aguantó hasta que no pudo dominar más el contenido de su estómago, se dobló sobre sí mismo y vomitó. El dolor de las heridas del vientre le hizo sollozar. Tras limpiarse el pecho volvió a la calle principal, miró en ambas direcciones y, sin saber muy bien hacia dónde ir, se alejó de aquel lugar.

El conductor del Chevrolet plateado, aparcado a veinte metros al otro lado de la calle, le observó con curiosidad. Sin apartar la mirada, cogió un cigarrillo y lo encendió. En el salpicadero un vaso de papel de Starbucks aún mantenía caliente el resto del café. El conductor se subió las gafas oscuras con su dedo corazón, sorbió el resto de su desayuno, y comenzó a calcular mentalmente. Tras otra calada a su cigarrillo arrancó el coche pero, cuando ya dirigía su mano hacia la palanca de cambios, reconsideró su decisión. Volvió a apagar el contacto y observó cómo Manuel se alejaba por el fondo de la calle, zambullido entre la marea de gente que subía por las aceras hacia aquel lado de la ciudad.

El europeo gastó el resto de la mañana deambulando de un lugar a otro, con la esperanza de recuperar la serenidad. Sin dar una tregua a su orgullo se preguntaba quién se había creído yendo allí, si a la primera de cambio había estado a punto de caerse redondo por el pánico. Caminaba sin rumbo, dirigiéndose las acusaciones más hirientes que supo componer. A ridículo se sumó patético, que tuvo que compartir las mismas frases con esperpento, cómico e infeliz.

Después de tres horas las calles abandonaron su habitual rectitud para comenzar a serpentear. Manuel levantó la mirada y contempló las casas a su alrededor. Había llegado a un barrio muy distinto de donde había arrancado. Observó los coches aparcados en las puertas y supo que la gente que vivía allí sesteaba en Antigua, el Canal de Hobe o cualquiera de esos lugares cuyo lujo el resto del mundo, por más que forcemos con afán nuestra imaginación, jamás llegaremos a imaginar. En todas las capitales del mundo existen barrios como ése, barrios de gente verdaderamente rica, aquellos que no saben lo que tienen, con calles arboladas y setos tupidos, que crecen como oasis en medio del vertedero. En la clave de sus entradas está tallada la indolencia, blasón de su linaje. Nada les afecta o conmueve, ningún ruido les inquieta, mientras se rodean de otros barrios, a modo de oferentes arrodillados en círculo ante el ídolo al que quieren engatusar. Barrios con otra gente, perezosos a su vez pero más por resignación, aprendizaje enfermizo que les ancla en el encogimiento de hombros, mientras la vida les pasa por delante de sus narices. Manuel los había contemplado en Barcelona, Río de Janeiro o cualquiera de las grandes urbes que recordaba haber pisado, en una repetición tan exacta que asustaba, al mostrar lo estólido y predecible que era el ser humano allí donde hubiera decidido habitar.

Se acercaba la hora del almuerzo. Arriba, un cielo tan sólido como una caja de cartón llena de agua. Buscó a su alrededor una salida de aquel lugar, justo para darse cuenta de que varios ojos uniformados le miraban desde los puestos de entrada de alguna de aquellas propiedades. Tras decidir que lo mejor era volver sobre sus pasos, retomó el camino andado. En menos de quince minutos volvió a estar rodeado de casitas bajas, de hombres que no reparaban en él, ocupados en vivir sus propias vidas, en donde la ociosidad se gastaba en buscar un nuevo negocio o inventar cualquier cosa que les permitiera seguir adelante.

Regresó al hotel y, tras comer algo en la habitación, durmió un par de horas. A media tarde volvió a la calle. Había superado el pánico y, con ánimo renovado, volvió al bar de esa mañana. Tras tomar un café en la misma mesa, se dirigió hacia el callejón. La puerta de hierro del local estaba entreabierta. Asomó la cabeza hacia el interior. Estaba oscuro, pero pudo distinguir unas cajas apiladas y varios estantes metálicos llenos de objetos que no lograba reconocer. Con sigilo logró que la puerta cediera, permitiéndole introducir toda la cabeza. Al fondo, la luz del comercio iluminaba gran parte de la estancia. No había nadie. Sobre una mesa observó un reflejo metálico. Inclinándose todo lo que pudo, logró distinguir un largo cuchillo con empuñadura de plástico. En aquel momento un movimiento en su costado le alarmó, justo en el instante que sintió la boca de un arma en su sien.

—¡Será mejor que no se mueva! Saque la cabeza de ahí y gírese —le ordenó una voz fuerte a su espalda.

—¡Yo no quería...! ¡No iba a robar! ¡La puerta estaba abierta! —respondió de forma atropellada.

—¡Otra vez usted! —afirmó aquel sujeto ante su sorpresa—. ¿Qué diablos hace? ¿Qué busca? ¡Usted no es ninguno de...! ¿Quién es usted? —le preguntó contrariado aquel hombre.

Manuel se le quedó mirando. Tenía la tez ligeramente morena y un gran bigote negro, pero, a pesar del arma que blandía en su mano derecha, no sintió temor de aquel tipo. Ante el titubeo del joven, decidió sacar su placa.

—¡Soy policía federal! —aclaró, mostrándole su identificación—. ¡Por lo que parece usted es extranjero! ¿Chileno?

—¡Español!

—¡Gachupín, está bueno! —respondió el policía con una sonrisa de complicidad—. Me va a explicar qué hacía mirando... —Dudó un instante, perdiendo la mirada por el oscuro hueco que había dejado la puerta—. ¡Será mejor que hablemos en otro lugar! Tengo el carro aparcado ahí cerca.

El Chevrolet plateado dormía al borde de la acera. Manuel subió con cierto temor, pero no tenía otra alternativa si no quería empeorar su situación. Aunque desde que comenzara a gobernar el PAN la corrupción de la policía había bajado abruptamente, por su cabeza no dejaban de correr mil historias sobre la afición de las fuerzas de seguridad a la mordida. El interior estaba sucio. El cenicero no admitía ni una colilla más y, para sentarse, tuvo que tirar varios vasos de papel y el envoltorio de lo que debía de haber sido el almuerzo del funcionario.

—¡Le he visto esta mañana! —prosiguió sonriente—. ¿Le sentó mal el desayuno? —Manuel frunció el entrecejo. El policía señaló el callejón y aquél entendió.

—Parece que no se me da muy bien pasar desapercibido. A estas alturas debe de conocerme todo el barrio.

—¡No lo creo! Tan sólo yo. Aquí todo el mundo vive su vida. ¡Estamos muy acostumbrados a no meternos en donde no nos llaman! —El recién llegado cambió el gesto—. ¿Por qué le interesa tanto ese negocio?

Manuel inspiró hondo. Cualquier excusa que contara a aquel sujeto le iba a sonar extraña, por lo que se decidió por la verdad. En veinte minutos aquel tipo conoció todo lo que Manuel sabía sobre la extraña muerte del abogado, su posible relación con una familia de un barrio humilde de la ciudad, así como una descripción, lo más pormenorizada posible, sobre el brutal asesinato de sus dos miembros. El policía le dejó hablar. Manuel observó su rostro cuando llegó a los detalles más escabrosos de su historia, pero no pudo observar ningún gesto que denotara un mínimo de sorpresa o desagrado en el policía.

—¿Cómo ha dicho que se llama?

—¡Manuel! ¡Manuel Artacho Henz!

—Manuel Artacho, me llamo Ignacio, Ignacio Laredo. ¡Inspector Ignacio Laredo! —Le tendió la mano.

El mexicano buscó en su bolsillo y encendió un cigarrillo. Durante unos instantes pareció reflexionar, llevando su mirada del rostro de Manuel al escaparate del local, que, a esas horas de la tarde, ya había encendido las luces de su interior.

—¿Cuándo dice que debió de volver ese tipo de su país?

—¡Debe de hacer unos veinte, veintitrés días a lo sumo! —intentó concretar Manuel—. ¡No puedo estar muy seguro!

—¡Ese detalle es muy interesante!

—¿Le conoce? ¿Sabe quién es?

—No le puedo asegurar quién es, pero tengo un amigo que estará encantado de escuchar su historia —le respondió, dirigiéndole una sonrisa franca y tranquilizadora.

—¿Un amigo? —le interrogó Manuel, entrecerrando los ojos con preocupación.

—¡Ha hecho un largo viaje y se ha arriesgado mucho para intentar saber qué intenciones tuvo ese tipo para hacer algo semejante! —El policía lanzó la colilla de su cigarrillo por la ventanilla y, con calma, le miró intentando leer más allá del fondo de sus ojos—. ¿Por qué?

Manuel suspiró profundamente. Pensó en recurrir a la venganza para justificar su empeño, pero inmediatamente desistió ante lo poco consistente que resultaba en aquella situación. A la vista de su comportamiento de esa mañana, nadie podría creer que él era uno de esos tipos que esperan serenos el momento oportuno de saldar cuentas, por más dolorosas que resultaran sus heridas.

—¿Serviría si le dijera que no puedo quitarme de la cabeza lo que le vi hacer en aquella habitación? ¡Este tipo llevó a cabo una matanza delante de mí! —respondió el psicólogo—. ¡Metió la mano dentro de la garganta de aquel hombre y quiso quebrarle la columna vertebral! Lo hizo sin dudarlo, sin pestañear, sin una razón lógica, si es que en el mundo existe alguna.

El policía cabeceó. Pareció volver a sopesar lo que estaba a punto de hacer y finalmente se decidió.

—¡Creo que puedo ayudarle! —Tras pronunciar esas palabras volvió a sonreír—. Aunque, para serle sincero, creo que no me queda más opción si quiero que no le maten. ¡Es usted el peor espía que he visto en mi vida!

Manuel le devolvió la sonrisa y asintió ante la afirmación de su compañero. El policía arrancó el automóvil y se sumergieron en las calles de aquella inmensa ciudad.

Capítulo
XXXII

El tráfico en aquellas horas comenzaba a volverse sólido. Atravesaron la ciudad en dirección sur hasta que, tras dos horas, lograron salir de las grandes avenidas y perderse por los callejones de un barrio residencial de casitas bajas. Muchas estaban inacabadas, mostrando los hierros a través de los forjados, como los mechones despeinados de una dama recién levantada. Frecuentemente se podía adivinar el proyecto de segunda planta, tal vez abandonado para mejor ocasión, y muchas de ellas tenían las fachadas aún sin enlucir.

—¡Aquí vive mi amigo! Quiero que le cuente todo lo que me acaba de decir —comentó el policía, encendiendo otro cigarrillo mientras señalaba con la barbilla un edificio cercano.

—¿Quién es? —preguntó inquieto Manuel.

—¡Es policía, como yo! —Dudó un instante—. Pero del otro lado.

—¿Del otro lado? ¿Qué quiere decir?

—Es norteamericano, un federal. Trabaja como enlace desde hace años con nuestro cuerpo. —Y mirándole con una sonrisa añadió—: ¡No se preocupe, es buena gente!

Manuel siguió los pasos del mexicano hasta la puerta de un apartamento, en la primera planta del edificio que le había indicado. La puerta sólo estaba encajada, pero el mexicano no pareció alarmarse.

—¿Bob? —gritó.

Nadie contestó. El policía le hizo un gesto y Manuel le siguió hacia el interior. La estancia estaba en penumbra, con las persianas casi cerradas. Por todas partes había papeles, carpetas y un sinfín de fotografías. El policía se dirigió hacia la ventana más cercana y la abrió de par en par. En ese instante Manuel se dio cuenta de que las paredes estaban igualmente cubiertas de fotografías y folios de color amarillo.

—¡Mi amigo es bastante desordenado! —intentó justificar el policía—. Nos conocemos desde hace tiempo, pero nunca le he visto ordenar nada de lo que tiene aquí.

De la habitación al fondo salió un ruido. Primero fue un siseo, un suave roce de varios lienzos. Luego un gruñido, como el ronco graznido de un pájaro, para finalizar en una queja en un lenguaje casi humano. Casi al instante la figura de un hombre alto, pelirrojo, de cabeza cuadrada y ojos grandes, se plantó ante ellos, ocupando todo el vano de la puerta. Sin ninguna duda acababan de despertarlo y, por el olor que desprendía, seguramente acompañado de un fuerte dolor de cabeza.

—¡He traído a un amigo!

—¡Pero por qué narices lo traes a mi casa! —atinó a decir aquél con un fuerte acento texano.

—¡Tienes que escuchar su historia! ¡Creo que nos puede ayudar a averiguar a quién fueron a recoger los de la M6 en el aeropuerto!

—¿Éste? ¡Perdone, señor, no le conozco! —prosiguió el gigante en tono condescendiente—. Pero dudo mucho que usted esté metido en los *business* en los que mi amigo y yo andamos liados.

—Me llamo Manuel Artacho, acabo de llegar de España —terció el psicólogo contrariado—. Y he venido a buscar a un tipo que hace unas semanas mató a tres personas en mi país. Dos hombres y una niña de apenas nueve años. Yo fui testigo de dos de esos asesinatos. —Manuel se dirigió hacia las fotografías de la pared y, señalando una de ellas, clavó su mirada en él—. El tipo que lo hizo tenía un tatuaje como éste.

Los dos policías se dirigieron hacia allí, para cruzar inmediatamente miradas de complicidad.

—¿Sabe con quién está tratando? —le preguntó el norteño.

—Me han hablado de la Mara. Pero a mí lo que me interesa es averiguar la razón de aquellos asesinatos.

El norteamericano cerró los ojos durante un instante, intentando organizar su cabeza y decidir el siguiente paso a dar.

—¡De acuerdo! —respondió finalmente—. Voy a hacerme un café, sólo será un instante. Siéntense por ahí.

Los recién llegados escucharon el trasiego en la cocina y el baño durante casi veinte minutos. Manuel entretuvo la espera revisando los cientos de notas y fotografías que cubrían toda la habitación. Cuando ya comenzaban a inquietarse ante la tardanza, volvió a aparecer ante ellos. Su nuevo aspecto dejó sorprendido al forense. Llevaba recogido su pelo encendido en una pequeña coleta y los ojos parecían haber vuelto a su tamaño natural. Un pantalón ancho de lino y una camisa estampada de color crema le otorgaban el aspecto de un turista recién llegado de las playas del Yucatán.

—¡Ya estoy entre los vivos! —afirmó, sorbiendo su café—. ¿Me cuenta esa historia tan interesante de la que habla Laredo?

Manuel repitió una vez más los acontecimientos de las últimas semanas, sin ser interrumpido por ninguno de los dos policías. Al finalizar, Bob miró a Laredo. Éste le respondió afirmando en silencio.

—¡De acuerdo, le contaré algo que usted no sabe! —comenzó a decir, dirigiéndose hacia una de las paredes—. La M6 es una de las bandas más agresivas que actúan en DF en estos momentos. Debe entender que todos estos grupos comenzaron como pandillas, pequeñas asociaciones de grupos de chicos que buscaban proteger sus barrios o controlar el tráfico de droga en una zona determinada. Desde hace décadas mi gobierno está preocupado por su proliferación, por lo que pidió al FBI que las vigilara. Tengo compañeros aquí —prosiguió señalando en un mapa de América Central—, en Bolivia, Perú, Ecuador, Nicaragua y México.

—¡Todas estas organizaciones están formadas por gente muy joven! —terció el mexicano—. Entre los trece y los veinticinco años. Latinoamérica y el Caribe son las regiones con mayores desigualdades del mundo y también con la población más joven. Para que usted se haga una idea, aproximadamente el treinta por ciento de la población tiene entre diez y veinticuatro años.

—¡De esta gente, el sesenta por ciento vive en la pobreza! —apuntó Bob—. Lo que hace que la tasa de homicidio juvenil sea el doble que en África y treinta y seis veces mayor que en Europa. En un escenario así el abandono de los estudios y las fugas del hogar generan que muchos de estos chapulines terminen en la calle, donde sufren agresiones y abusos. Tras las guerras de los años ochenta muchos de estos chicos comenzaron a organizarse en pandillas. Lograban con ello una identidad común, un lugar de pertenencia, protección y un medio de vida entre la miseria.

—Al principio —prosiguió Laredo—, los norteamericanos prestaron ayuda a los gobiernos locales. Con ello comenzó un mayor control y aumento de la represión. De esta forma, en Guatemala se estableció el plan Escoba, en el Salvador el Mano Dura, que luego se transformó en el Súper Mano Dura, y en Honduras el plan Libertad Azul.

—¡Lo que no ha servido de nada! —afirmó el norteamericano.

—¡Más bien de poco! —ratificó el mexicano.

—En estos momentos en Ecuador —aclaró Bob, señalando nuevamente el mapa—, los Latin Kings y los

Ñetas tienen una organización muy sólida y fuertemente ramificada en las ciudades principales. Los Latin Kings de Guayaquil tienen treinta y cuatro fracciones, es decir, treinta y cuatro bandas, y cada una reúne un mínimo de cincuenta jóvenes, según la DINAPMEN*. Por su lado, los Ñeta cuentan con dieciséis fracciones en Guayaquil, con un número muy similar de miembros. Calculamos que unos setenta mil jóvenes forman parte de estas organizaciones, fundamentalmente provenientes de las provincias de Guayas y Pichincha. Se dedican a los robos y asaltos. —Movió el dedo de lugar—. En Bolivia las cosas son ligeramente diferentes. Las pandillas aquí están más vinculadas a las drogas, pero también llevan a cabo hurtos en la vía pública y comercios y agresiones físicas y sexuales a mujeres. En todas las ciudades importantes —Bob dudó un instante hasta que encontró lo que buscaba—: La Paz, El Alto, Cochabamba y Santa Cruz, hemos localizado al menos cien bandas, con una media de cuarenta chicos en cada una. En Colombia la violencia es aún superior. En los últimos diez años, sólo en la ciudad de Medellín han muerto más de cincuenta mil jóvenes. Las autoridades locales calculan un número idéntico en Bogotá y Cali.

—¡Dios mío! —exclamó Manuel.

—¡Sí, esto es una masacre! —prosiguió Laredo.

—En el Perú se ha hecho notar la influencia de Sendero Luminoso y el Movimiento Revolucionario Tupac

---

* Dirección Nacional de Policía Especializada en la Protección de Menores. [*N. del A.*]

Amaru —afirmó el norteamericano—. Muchos de sus miembros han terminado en las bandas, aportando sus conocimientos sobre armas y la organización militar. A principios de los noventa, ya con las guerrillas en retirada, las pandillas tomaron las calles de las ciudades. A finales de esa década contábamos con más de dos mil quinientos grupos de jóvenes organizados. En ciudades como Callao tenemos a los Corongo, los Gallos, los Chucuito o Cuadra Ocho. En Lima los Satánicos, los Drogos, Holocausto, Dumbos, Paradero Once...

—¿Y en México? —preguntó Manuel.

—En México comenzaron a instalarse en Chiapas y la zona fronteriza con Estados Unidos —le aclaró Bob—, pero el problema con el que nos enfrentamos ahora mismo es otro. Tras varios años de historia, hemos registrado tres grandes facciones en el país, divididas en unas cuatrocientas bandas. Como en todos los países, las luchas por el control del territorio han sido continuas. Sin embargo, existía un liderato más o menos consentido por todas ellas.

—¡Ahorita el problema está en la lucha por el poder! —concretó Laredo.

—Hace dos meses, el que parecía que iba a lograr encabezar todo este desorden apareció muerto debajo de un puente cerca de Indios Verdes. —Bob mostró una carpeta a Manuel. Dentro se encontraban las fotografías que había realizado la Policía Federal en el lugar del crimen—. Como puede ver, se ensañaron con el muchacho. Se llamaba Ernesto Gualberto Fierro Domínguez y tenía veintiún años. Todo un ritual de mutilaciones, pero nada que no hubiéramos visto antes.

—¡Todos nos alarmamos porque sabíamos que aquello iba a comenzar una guerra! —apuntó Laredo—. Pero no ocurrió nada.

—Sí. Desde el principio pensamos que la desaparición del líder iba a desencadenar inmediatamente una guerra entre bandas. ¡Hay tres candidatos! —El norteamericano señaló un organigrama ubicado en la pared de la ventana, en el que Manuel no había reparado hasta aquel momento—. Éste es Antonio González Monzón, alias Macholo. Tiene veinte años. Está relacionado con treinta y dos asesinatos. Controla dos distritos del sureste y tres table-dance en el centro de la ciudad, así como toda la prostitución y el tráfico de armas y drogas de entrada desde Colombia. —Manuel se fijó en el rostro amargo de aquel chico, que bien podía haberle servido un café en un bar de Madrid.

—Tiene el respeto de su gente, pero para el resto de bandas no alcanza el poder de este otro. —Laredo señaló la fotografía que se encontraba a la izquierda de la primera.

—¡Luis Séneca da Silva Domínguez! —indicó Bob, señalando con un dedo el rostro del adolescente—. Diecinueve años y veinte asesinatos. Maneja todo el tráfico de personas que vienen del sur, aunque ahora anda un poco tocado porque nuestro querido amigo Laredo ha logrado estropearle varias operaciones en la frontera.

—Conseguimos interceptar dos avionetas de coca en Tlaxcala y un narcosubmarino preparado para zarpar en

Buenaventura —aclaró el inspector—. Hace tres meses detectamos que las cuentas de dos funcionarios de aduanas habían engordado rápidamente. Uno de ellos se había comprado un BMW que intentó ocultarnos, pero las cuentas de las compras con la tarjeta de crédito de su mujer eran escandalosas. Como no podíamos probar nada, decidí cambiarles de puesto y poner gente de nuestra confianza. Policías del norte que no tuvieran familia o conocidos allí. Entonces lo intentaron con ellos y pudimos desmontarles la operación.

—Es una debilidad temporal —prosiguió el norteamericano—, pero muy inconveniente para sus aspiraciones en estos momentos, con lo que llegamos al tercero de esta ecuación.

El agente federal dio un paso hacia atrás, descubriendo la última fotografía. Los ojos del rostro del asesino volvieron a cruzarse con la mirada del forense.

—¡Dios mío, es él! —exclamó Manuel. Ambos policías se miraron.

—Su amigo Laredo ya lo había pensado —comentó Bob—. Por eso ha querido traerle aquí. Está usted ante el más peligroso de este trío. Se le conoce sólo por su apodo, Xolo. Tiene entre diecisiete y veintiún años. Su carrera ha sido meteórica. Hace tres años nadie le conocía. Era un chico más de una pandilla de barrio. Entonces todo cambió. Creemos que estuvo implicado en el asesinato del hijo de un empresario, amigo íntimo del gobernador de este estado. —El policía cogió otra carpeta de la mesa y se la tendió a Manuel—. En el golpe murieron sus dos guaruras. La familia pagó el rescate cuando comenzó a recibir los dedos del muchacho, pero el chico no apareció. Después de tres meses encontramos sus restos en un desagüe cerca de aquí. Según los médicos forenses debieron de haberlo matado el mismo día del secuestro, pero el secuestrador tuvo la sangre fría suficiente para tener a toda la policía de la ciudad en alerta durante semanas. Aquello le granjeó el respeto de todos los grupos, y si pensamos que el rescate debió de rondar los dos millones de dólares, grandes fondos para comenzar a escalar en la organización.

—Tenemos localizados algunos de sus negocios y varios locales nocturnos que frecuenta, pero no tenemos ni una sola prueba contra él —comentó Laredo.

—¡Excepto por usted! —afirmó Bob.

—¡Exacto! Si es cierto lo que usted dice —prosiguió Laredo—, e identifica claramente a este tipo, yo podría informar a la policía de su país para que la INTERPOL cursara una orden de detención y extradición a su patria.

—¡Pero acaban de decirme que no saben cómo encontrarlo!

—¡No exactamente! —respondió el norteamericano—. La policía no sabe dónde encontrarlo. Mi amigo y yo sí.

—No les entiendo.

—En el mundo de la delincuencia transnacional existen muchos intereses creados. Nuestros respectivos gobiernos en ocasiones no quieren que vayamos demasiado deprisa. —El norteamericano dejó la taza sobre una pila de papeles—. O consideran que no es el momento político adecuado para dar un golpe que puede desequilibrar la balanza de poder. Míreme a mí. Hace dos años éramos cinco. Trabajábamos en una oficina con todos los medios que podíamos desear, pero no siempre convenía lo que hacíamos. —El norteamericano chasqueó la lengua—. Supongo que llegamos demasiado lejos a la hora de aclarar las ramificaciones de algunos de estos negocios. No sé exactamente lo que pasó, pero ahora esto que ve es toda la infraestructura de la que dispongo.

—En mi caso ocurrió algo semejante —dijo Laredo—. En estos momentos, en mi departamento, no sé a quién puedo contarle lo que averiguamos y a quién no. Por esa razón, nos guardamos muchas de las cosas que descubrimos.

—¡Todo cambió hará cosa de quince meses! ¡Mataron a mi compañero! —prosiguió taciturno Bob—. Estábamos a punto de completar una investigación sobre el tráfico organizado de personas a través de la frontera norte. Los asuntos en la frontera son siempre muy complicados. Allí tienen jurisdicción el ejército, la Agencia Federal de Investigación, la Policía Federal Preventiva, la Federal de Caminos y la Preventiva Municipal. Todo un pandemonio —afirmó, encogiéndose de hombros—. El caso es que teníamos puesta vigilancia a un grupo de empresarios que poseían maquiladoras en Ciudad Juárez, pero alguien nos descubrió y todo se fue a la mierda. A mi compañero lo cosieron a balazos. La prensa nos acusó de no respetar las leyes federales del estado. Uno de los implicados del lado norteamericano se acogió a la declaración Alford* y llegó a un acuerdo con el tribunal para declarar contra los demás implicados; para resolver el problema diplomático, el resto de mis compañeros volvieron a los Estados Unidos. Desde ese momento, prácticamente sólo me dedico a emitir informes mensuales de lo que observo.

—¡Pero hemos seguido trabajando! —dijo Laredo—. Averiguamos lo que le acabamos de comentar. Se avecina una guerra por el poder y, me temo, somos los únicos que conocemos quién va a optar por hacerse con el liderato. Para muchos de mis colegas esa guerra no es asunto suyo.

—¡Que se maten entre ellos! —afirmó Manuel.

—¡Algo así! —comentó Laredo—. Un análisis simple llegaría a esa conclusión. Pero Bob y yo estamos convencidos de que, si dejamos que todo se resuelva como tememos, estamos a las puertas del nacimiento de una inmensa organización.

—Piense que un grupo criminal de este tamaño —aclaró Bob con énfasis— puede generar beneficios muy superiores al Producto Interior Bruto de muchos estados. Sería el inicio de un gobierno paralelo, un gobierno que no acataría las leyes que los ciudadanos votan, que no dudaría

---

* En una declaración Alford, el detenido, ante las preguntas que le dirigen, responde con la fórmula *nolo contendere* o *no contest,* con la cual no se declara ni culpable ni inocente, sino que deja todo en manos del tribunal, con el que previamente ha llegado a una oferta determinada sobre su condena y las condiciones de revisión de su libertad condicional. [*N. del A.*]

en corromper a las instituciones que no se avengan a sus intereses. Y todo esto en la capital del estado federal.

—¡Entiendo! Ustedes me proponen que yo identifique a ese tipo y así poder detenerlo. —Ambos policías asintieron—. ¡Pero el riesgo que yo corro es enorme!

—¡Con un testigo directo en un delito cometido en otro país la INTERPOL tendría que intervenir! Ninguno de nuestros estados podría entonces escurrir el bulto, y usted estaría protegido por la policía en su país, no por las nuestras.

Manuel recordó las palabras de Ana, la orientadora del colegio de la niña asesinada. Todo el mundo esperaba que alguien hiciera algo, que alguien se encargara de aquel asunto, y ahora le tocaba a él decidir. Sin duda había llegado hasta allí por esa razón, pero eso no impedía que sintiera aquella soledad que amenazaba con robarle el aire del pecho. Paseó la mirada por toda la habitación, sin parar en ninguna de las fotografías y notas que el viento de la tarde movía con suavidad, hasta enfrentarse de nuevo a los dos policías que, en silencio, parecían saber qué estaba pasando por su cabeza. Había decidido no vivir una vida sin ataduras, pero no tener ataduras no era lo mismo que ser libre.

—Supongo que para que el mal triunfe sólo hace falta que los hombres buenos no hagan nada —atinó a decir.

—¡No tiene que decidir nada en este momento! Si quiere puedo llevarle al hotel y lo piensa. Llama a su mujer y... —Laredo se interrumpió.

—¡Será mejor que no lo piense! —respondió Manuel a su ofrecimiento—. Corremos el riesgo de que salga huyendo en el primer avión.

—¡No se preocupe! —concluyó Bob, intentando ofrecer una confianza que era consciente de no disfrutar—. Iremos con cuidado.

—¿Qué tendríamos que hacer? —preguntó Manuel con un hilo de voz.

—¡Tenemos que asegurarnos de que es él y, en ese momento, detenerle! —respondió Laredo. El rostro tranquilo y suave de aquel hombre había desaparecido, tornado ahora en un gesto de disposición y vigor.

—¿Dónde podríamos ir a buscarlo? —preguntó Bob a su colega.

—¡Lo mejor sería que fuéramos a descansar ahora! —Cruzó los dedos detrás de la cabeza y miró al techo—. ¡Mañana es martes! Seguramente lo encontraríamos en el local de la iglesia de Todos los Santos.

—¿En el Distrito Rojo?

—¡Exacto, amigo! —respondió Laredo.

—¡Habrá mucha gente!

—¡Precisamente! —aclaró el mexicano—. Nos interesa pasar lo más desapercibidos posible.

—¡Muy bien, quedamos en los Azulejos mañana a las ocho! ¡Iremos en tu coche!

—¡OK!

El regreso al hotel transcurrió entre ruido y humo, sin que una palabra se hilara con otra. Al despedirse, Manuel sintió el respeto en la mirada de Laredo.

—Si mañana llego y en recepción me dicen que se ha marchado...

—¡No se inquiete!

—¡Escuche! —insistió el policía—. Ni Bob ni yo podríamos reprocharle nada. ¿Entiende? La mayor parte de mis compañeros no quieren líos. Son policías como podrían ser panaderos. ¡Lo entenderíamos!

—¡Gracias! Hasta mañana.

Manuel subió a su habitación y, tumbado sobre la cama, cerró los ojos con la intención de ordenar todo lo que había ocurrido aquel día. Había viajado a aquel lugar con el deseo de lograr respuestas, tal vez a su vanidad, tal vez a su conciencia, tal vez a aquella insistente pregunta que le asaltaba cada noche, justo en el momento en que lo alcanzaba el sueño. Sin embargo, tras escuchar a los dos policías había recordado que, en el mundo interconectado, Satanás hacía tiempo que había desaparecido, subsumido en las vetas de un sociedad entregada a la inmediatez, vendida a la recaudación de una noche, otorgada como una virgen gitana. Azazel ya no es corpóreo, ya no necesita icono, color u olor, ya no es preciso invocarlo o levantarle un altar en torno al cual sus seguidores susurren sus mil nombres. El asno se había secularizado, empapando el lado más seductor del hombre, tornado ahora en elegante dandi, erótica dama o hinchado joven que se revela ante su opresor, incomprendido y altanero, volviéndose más fácil a los infantes ojos de los humanos que pueblan el presente. Paseante de elegante traje, el Caído deambulaba en aquel preciso instante por el paraíso perdido, mientras sus risotadas sordas dejan un rastro de perfume ambarino. Su tiempo ahora lo gasta en contemplar de qué forma, mientras tanto, los hombres alcanzan el sueño, distraídos por mil luces encerradas en cajas, sin reparar en el bello ardid de aquel que hace creer que no existe.

Capítulo
XXXIII

Cerca del Parlamento, rodeado de edificios de piedra oscura y barrotes de tres pulgadas, se encuentra la Casa de los Azulejos, una construcción colonial que sorprende por estar cubierta por hermosas piezas de cerámica azul y blanca, entre somnolientos edificios que parecen asomarse asombrados sobre ella. Su interior, reconvertido en cafetería por la cadena Sambors, guarda un hermoso patio engalanado con frescos monumentales. Las columnas, troncos de palmera decorados con formas vegetales, elevan la primera planta por la que transcurre el pasillo, logrando un espacio amplio y claro que invita a dejar escurrir las horas sin prisa, mientras saboreas un pastelito con un café negro.

—¡Disculpa la demora! —dijo Laredo mientras se sentaba y, con un delicado gesto, llamaba al camarero—. Cada vez odio más manejar en esta ciudad.

—¡Por unos minutos pensé que había cogido ese avión! —respondió Bob, mirando a Manuel que, distraído por el espectacular patio, observaba la cristalera que cerraba el techo.

—¡He estado a punto de hacerlo en dos ocasiones! —respondió éste con una sonrisa, y dirigiéndose al camarero de negro delantal que se les había acercado dijo—: ¡Tomaré un café con leche y un dulce como el que toma ese señor!¡Este sitio es una maravilla!

—¡No podría vivir sin un Sambors! —respondió con una sonrisa el norteamericano—. ¡Si no existieran los Sambors habría que inventarlos!

—¿Te ha llegado el reporte de lo de esta noche? —preguntó Laredo al norteamericano con naturalidad. El norteamericano negó con la cabeza mientras se llevaba un trozo de tarta de manzana a la boca—. Han averiguado finalmente cómo debió de ocurrir todo por los restos químicos que habían quedado en los huesos.

—No tenía ninguna esperanza de que quedara algo para analizar —dijo Bob.

—¡Pues al parecer así ha sido!

—¡Perdón por meterme en donde no me llaman! —les interrumpió Manuel—. ¿De qué narices hablan?

—Hace dos semanas los federales de Caminos encontraron unos huesos cerca de Reynosa, en la frontera con Texas —respondió Laredo—. Entre los restos se encontraron trozos de una cartera en la que había varias anotaciones que hacían referencia al grupo de Xolo, concretamente al lugar que vamos a visitar hoy. Entonces nos llamaron para averiguar si echábamos de menos a alguien.

—¡Estupendo! —atinó a decir Manuel, sin saber muy bien cómo tomarse lo que estaba escuchando.

—Según lo que pude entender —prosiguió Laredo, dirigiéndose a su colega del norte—, el forense ha concluido que los huesos fueron quemados muchas semanas después de que se llevara a cabo el asesinato. —Miró la mesa cercana—. Según el médico, al arder, los huesos pelados difieren enormemente de los que se queman dentro de un cuerpo. Los huesos quemados directamente reaccionan al fuego encogiéndose, cambian de color, pero no se alabean tanto como cuando están dentro del cuerpo.

—¡Entonces fue un ajuste de cuentas como imaginamos al principio! —afirmó Bob.

—¡Estoy seguro! —Sorbió su café—. Debieron de volver después de unos días; tal vez pensaron que podríamos descubrir alguna prueba y regresaron al lugar donde lo habían abandonado para quemarlo. Para ese momento los coyotes debían de haber devorado la mayor parte del cadáver.

—¿Quién creen que era? —preguntó Manuel con un hilo de voz.

—Pensamos que era Arturo Ramos, el lugarteniente de Xolo. Últimamente le había comenzado a hacer sombra entre sus hombres —respondió Bob.

—¡Aunque la razón real no fue ésa! —Laredo miró a Bob con una sonrisa cómplice en el rostro—. Arturo rondaba a la novia de Xolo. Durante el tiempo que estuvo en su país los vimos varias veces juntos. Supongo que eso le condenó.

—¡Debemos irnos! —atajó el pelirrojo, mirando el reloj—. ¿Manejo yo?

—¡Jamás! —respondió el mexicano con una sonrisa.

Tras pagar la cuenta, aún tuvieron que conducir durante una hora hasta llegar al lugar que buscaban. La mañana se había levantado gris y clara. A lo lejos, los volcanes dormitaban como ancianos con el estómago lleno, mientras las pirámides se preparaban para una nueva avalancha de turistas. Laredo aparcó, como era su costumbre cuando iba a vigilar algún local, a unos veinte metros al otro lado de la calle.

—¡Ése es el sitio! —le indicó con la barbilla el norteamericano al psicólogo. La fachada estaba pintada en un azul claro. Manuel atinó a leer el letrero sobre la puerta.

—¡Una iglesia!

—¡No exactamente! Es un centro religioso, pero actúa como una especie de club social en el barrio.

—En estos momentos la Iglesia católica ha comenzado a entender el grave riesgo que constituye para su hegemonía la introducción de las iglesias protestantes a través de locales como éste —aclaró el mexicano—. Se instalan en los barrios más humildes de las ciudades y logran hacer llegar su ayuda de manera inmediata. Son accesibles, van a visitar a los vecinos, les consiguen un trozo de techo, ayuda para reparar el desagüe o les llevan un poco de comida. —Volvió la cabeza a Manuel, sentado detrás del asiento del copiloto—. ¿Cómo te vas a negar a ir luego a sus locales si la iglesia de tus padres está lejos, brilla cubierta de pan de oro y como única solución al alcoholismo de tu marido te pide que te resignes?

—¡Entiendo! —respondió Manuel.

—¡Aquí nadie habla con la jura! —afirmó Laredo.

—¿Perdón?

—¡La policía! —aclaró el federal—. Si saben que eres policía te dejan en paz, pero nadie te habla. Todos se vigilan, unos a otros, por si cuentas algo, aunque sea la indicación de una calle.

—¡Ya comprendo!

—¡Será mejor que nos vayamos relevando! —señaló el norteamericano, mirando a Manuel—. ¡Usted y yo nos vamos a dar un paseo! Dentro de una hora sustituiremos a Laredo.

—¡OK! —respondió el mexicano.

Durante toda la mañana se fueron reemplazando en la vigilancia. Todos llevaban un móvil para localizarse inmediatamente si aparecía su objetivo. Tras la primera hora los nervios desaparecieron del estómago del psicólogo. Comenzó a familiarizarse con los rostros de los que por allí deambulaban, entrando y saliendo del local o gastando la mañana hablando, apoyados contra la pared. Al final del día, el aburrimiento y la frustración se habían adueñado de su ánimo.

Al día siguiente utilizaron el vehículo del norteamericano, volviendo a repetir el sistema de la jornada anterior. Manuel nunca se quedaba solo. En ocasiones permanecía en el coche con uno de los policías, mientras que en otros momentos salía del vehículo para estirar las piernas con el que estaba libre en ese instante. Compraban la comida en un puesto ambulante cercano y, para matar el aburrimiento, a media tarde se acercaban a un Stardust a dos manzanas de allí.

El tiempo de espera sirvió a Manuel para comprender mejor lo muy diferentes que resultaban aquellos dos sujetos. Cuando estaba con Laredo él apenas tenía oportunidad de abrir la boca. El mexicano no dejaba de contarle historias de su vida, de su familia, de lo que haría cuando se jubilara, de un viaje que hizo a Alicante en los años setenta detrás de una española que había conocido en Tijuana. Por el contrario, cuando le acompañaba el norteamericano, la mayor parte del tiempo permanecían en silencio. Manuel, agotado por la eterna espera, gastó horas y horas en contemplarle. Su rostro transmitía la tristeza de las peceras, aunque resultaba tranquilizador y digno de confianza.

Pronto, algunas de las personas que entraban y salían de aquel lugar le llamaron la atención. En la mayoría de las ocasiones su presencia destacaba tanto como un taxi en mitad de un atasco. Sin embargo, alguno de ellos no dejaba indiferente a nadie que se cruzara en su camino.

—¿Conoces a ese tipo? —preguntó Manuel al norteamericano al final de la mañana.

—¿Quién?

—¡El tipo de la camiseta amarilla! —aclaró Manuel.

—¡Inquietante! ¿Verdad? —sonrió el policía—. Es uno de los sicarios de Xolo. Lleva con él poco tiempo, pero le tiene en gran estima. De momento le podemos relacionar con el robo en una platería de la plaza del Zócalo, pero esperamos recabar más pruebas.

Manuel se concentró en aquel sujeto. El horror que su rostro provocaba se encontraba en la sensación de inacabado que, más pronunciado en el lado izquierdo y justo por debajo de la nariz, le otorgaba un aspecto de organismo embrionario detenido en su proceso de crecimiento. Resultaba grotesco, pero no desagradable. Aunque esa mirada hablaba de sus actos de lascivia, con la misma claridad que si los hubiera pregonado a los cuatro vientos, era ese conocimiento íntimo de estar ante un animal brutal lo que provocaba temor al que lo contemplaba.

—¡Todos estos tipos son de otro mundo! En Occidente la muerte ha sido expulsada de la vida —añadió el norteamericano—, ahogada bajo una montaña de perfumes, velocidad y tetas falsas. Si alguien comete la inconveniencia de morirse, se le envía a un lugar donde los profesionales de los cadáveres limpian el cuerpo, lo maquillan, lo recomponen si el tren lo hizo pedazos. Entonces vienen los profesionales de los transportes de cadáveres y lo ponen en manos de los profesionales encargados de archivar los cadáveres en una pared. Todo deprisa, limpio y sin rastro. —Un ruido al fondo hizo que volvieran las cabezas. Tres tipos enormes estaban zarandeando a un cuarto que intentaba disculparse por algún tipo de ofensa sin sentido—. Pero estos tipos no morirán así —prosiguió, señalando con un dedo, sin soltar el vaso de plástico que sostenía—. Sus madres les pondrán una camisa blanca, nueva y limpia. Sus putas les llorarán y beberán su pulque favorito. Sus amigos, después de haber acabado de repartirse los enseres del muerto, se follarán a las putas borrachas. Sólo en ese momento el muerto se marchará tranquilo. ¡Cuando todo esté en orden!

—¿Esto no puede ser de otra manera? —El barullo a sus espaldas congregaba cada vez a más gente. Manuel miró a su alrededor, volvió la mirada a Bob, y retornó la vista a su lugar inicial.

—¿Puedes construir una jungla y lamentarte luego de que se llene de fieras? —le interrogó éste—. Colocarse con pegamento o coca, para quedar tendido el resto de la tarde, ha sido el mejor instrumento del gobierno para controlar los deseos de los movimientos que se le han opuesto en las últimas cinco décadas. Los anarquistas, los antisistema, los paramilitares, los revolucionarios o los pandilleros. ¿Qué más da? Todos buscan colocarse con alguna sustancia que les adormezca, les abandone en el lugar artificial donde la realidad no les permite llegar. Mientras tanto el estado mira, con cara de padre preocupado, pero satisfecho porque va a poder ver el partido sin que nadie le moleste.

—Si piensas así, ¿por qué haces este trabajo?

—¡Me gusta mi trabajo! Creo que soy útil. Si no lo hiciera tal vez me lanzaría a ser como ellos.

Manuel escuchaba a aquellos dos sujetos con afecto creciente. Bob hablaba con la rotundidad de los muros levantados para separar pueblos; grave, imponente y artificial. Por su lado, Laredo dejaba escapar comentarios que parecían leves susurros, pero en donde la verdad y la crueldad se daban la mano sin posibilidad de sentirse ofendido. Viviendo en una época tan oscura como la que más, en la que las imágenes de la violencia se sirven a través del televisor, escamoteando al lector el dolor y la desesperación de las víctimas, estar junto a aquellos dos policías resultaba una experiencia llena de frescura y sinceridad.

—¡Santo cielo! —exclamó Bob, mirando por el retrovisor—. ¡Van a matar a ese pobre diablo!

—¿Intervenimos? —interrogó Manuel.

—¡Ni en mil años! —respondió el norteamericano—. Tú mantén la mirada en aquella puerta. —Volvió a la escena a sus espaldas—. ¡Dios, al final lo van a matar!

Media hora después llegó Laredo y ellos, hartos de los burritos del puesto ambulante, se marcharon a comer a un restaurante que habían localizado aquella misma mañana, dos calles más allá. El sol del mediodía calentaba el interior del vehículo. Laredo, recién comido, les vio marcharse calle arriba, mientras se retrepaba generosamente en el confortable asiento de cuero. Casi al instante comenzó a sentir el peso de sus párpados. Después de frotarse la cara con energía, sacó un paquete de Delicados de su chaqueta. Encendió un cigarrillo y bajó ligeramente el vidrio, pero a las dos caladas se cansó. En aquellas horas la calle se había quedado desierta. Incluso el vendedor ambulante se había marchado, sin duda al encuentro de alguna zona de oficinas donde buscar mayor negocio. Intentó localizar música en la radio del coche. Los noticieros parecían copar todas las frecuencias. Tras dar dos vueltas completas al dial, consiguió sintonizar una emisora donde radiaban corridos norteños. La locutora presentó a Los Destellos de Nuevo León. El policía intentó seguir la letra de la melodía. Antes de que terminara la canción se había quedado dormido.

Abrió los párpados de golpe, sin temor a que sus ojos salieran disparados, mientras el corazón le golpeaba el pecho con la fuerza de un portazo. Sudaba a mares. Miró su reloj de pulsera; había pasado cerca de una hora. Por un instante temió que el cigarrillo que había estado fumando hubiera caído al asiento, pero inmediatamente recordó que lo había lanzado por la ventanilla antes de dormirse. Tenía la boca seca. Dirigió su mirada a su izquierda. Un niño le observaba con curiosidad desde la acera. Entonces buscó a sus compañeros al fondo de la calle, mientras intentaba secarse el pecho con un pañuelo. Entrecerró los ojos y creyó verlos, rodeados de un grupo de cinco personas que llevaban la misma dirección. La puerta del local estaba cerrada. Parecía vacío, pero entonces algo llamó su atención. El niño giró la cabeza a su derecha y, como impulsado por un muelle invisible, salió corriendo calle arriba. Laredo se quedó mirando la carrera del crío. Tras perderlo en la primera esquina se retrepó en su asiento para alcanzar un mejor ángulo de la imagen del retrovisor. Entonces descubrió qué había alertado al chiquillo. Xolo subía por la calle, con las manos metidas en unos vaqueros enormes y vestido con una camiseta amarilla y negra, seguido de otros tres muchachos más jóvenes, que no mostraban ningún empeño en disimular las pistolas que tenían agarradas en los bolsillos. Laredo volvió la mirada para buscar a sus com-

pañeros y descubrió que, donde antes había estado el puesto de comida, ahora se encontraba el tipo de la cara inaca-
bada, acompañado de otro adolescente que no había visto
nunca. Casi inmediatamente, el primero descubrió al grupo de Xolo, levantó la mano y sonrió.

Manuel y Bob, ajenos a todo esto, volvían al coche
bajando la calle, entretenidos en animada charla. El español levantó la mirada para buscarlo; dos tipos que les
daban la espalda le impedían verlo, por lo que tuvo que
inclinar la cabeza para evitarlos. Tras localizar el vehículo
volvió a la animada conversación que mantenía con el norteamericano. Habían comido en un restaurante regentado por un argentino burlón que había decorado las paredes del local con camisetas del River Plate y de la selección
nacional. Al darse cuenta de la nacionalidad de Manuel,
con educación pero no sin cierto grado de socarronería,
había comenzado a criticar el modo en que los equipos de
fútbol españoles esquilmaban la cantera de los equipos
de su país a base de talonario. El yanqui, ignorante de cualquier detalle sobre ese deporte, no había dejado de hacer
preguntas a Manuel sobre sus reglas desde que habían salido del restaurante.

Dentro del coche, Laredo comenzó a temblar como
un cocainómano al darse cuenta de su cercanía. El pánico
se adueñó de su cerebro aún medio dormido. El español
y Xolo se iban a encontrar frente a frente dentro de unos
segundos, y se devanaba por decidir qué hacer. Agarró el
teléfono pero no quedaba tiempo para advertirles. En aquel
preciso instante las nubes quisieron abrirse. Un millón de

rayos de luz amarilla iluminaron de inmediato la calle, provocando que todos volvieran la vista hacia el cielo. Laredo los vio caer con la nitidez de un grito infantil, dorados, rectos y afilados. Agarró la manilla y abrió la puerta del coche. El inesperado gesto llamó la atención de los dos tipos que tenía frente a él, pero aún peor fue que los cuatro sujetos que llegaban por detrás no pudieron obviar la culata de la pistola que el policía tenía oculta en su espalda. La visión de la oscura forma contra la camisa blanca de Laredo fue suficiente para que todos sacaran las manos de los bolsillos.

Manuel no escuchó la primera detonación, pero sintió claramente cómo la bala pasó silbando a un par de palmos de su oreja. Bob no tuvo necesidad de volver la mirada hacia el origen del ruido para que su cerebro ordenara a sus piernas lanzar el cuerpo a su derecha, arrastrando consigo al sorprendido psicólogo. En dos segundos, y sin entender por completo cómo había comenzado todo, los siete sujetos sostenían sus armas y comenzaron a usarlas. La gente de la calle comenzó a correr y gritar. Laredo estaba cubierto con la portezuela de su vehículo, pero apenas tenía ángulo para repeler los disparos a sus espaldas. El grupo del asesino se había refugiado entre un Ford negro y un Chevrolet Avalanche abollado. Sus manos asomaban por encima de las carrocerías, disparando sin apuntar. Delante de Laredo, los otros dos secuaces estaban parapetados tras un gran cubo de basura metálico. Bob había caído sobre Manuel. En la caída habían rodado hasta un saliente del edificio.

—¡Tenemos que largarnos de aquí! —le gritó Bob.

—¿Y Laredo?

—¡Corra hacia allí! —El norteamericano señaló la puerta de un comercio cercano. Sin esperar a que Manuel hiciera el más mínimo gesto, le agarró del pecho y lo arrastró tras él hacia aquel lugar—. ¡Maldita sea! ¡He dicho que corra!

Manuel se precipitó en el local justo en el momento en que una bala rompió el cristal del escaparate. Una lluvia de vidrio cayó sobre su espalda. Quiso girarse, pero una vez más el federal le empujó para que se dirigiera hacia el fondo del lugar.

—¡No se detenga! —le gritó a pocos centímetros de la cara—. ¡Corra hacia la trastienda!

—¡No podemos dejar...! —Manuel decidió no finalizar la frase. El policía había sacado su arma y volvía sobre sus pasos hacia la puerta del comercio.

Cubierto por la puerta, Bob observó qué estaba ocurriendo en la calle. Laredo se había refugiado dentro del coche, que comenzaba a presentar una gran cantidad de impactos en su carrocería. Desde allí intentaba repeler a sus agresores, pero era indudable que la desventaja numérica era excesiva. A apenas cuatro metros delante de él se encontraban los dos sujetos que, momentos antes, había visto hablando animadamente frente al establecimiento que ahora le servía de refugio. Al fondo de la calle debía de haber otro grupo, porque los disparos se escuchaban altos y claros desde allí. Agarró con energía el picaporte de la puerta, e inició el gesto para salir a ayudar a su colega, pero un grito a su espalda le detuvo un instante. Del local azul, al otro extremo de la calle, habían salido dos tipos portando armas automáticas que comenzaron a utilizar al momento, sin esperar tan siquiera a apuntar o estar cerca de su objetivo, barriendo el coche amarillo del mexicano. Bob creyó ver cómo alcanzaban a Laredo antes de volver al interior del comercio. Buscó con la mirada y encontró el rostro aterrorizado de una de las dependientas.

—*Where's the back door?* —gritó a la dependienta, que se encogió de hombros al no entenderle.

Se escuchó un nuevo tableteo en la calle, acompañado de disparos aislados. Manuel se acercó a la temblorosa muchacha y, agarrándola con el brazo por encima de los hombros, le preguntó con suavidad. La mujer señaló unas cortinas verdes en un ángulo del comercio, y ambos se dirigieron hacia allí sin necesidad de más explicaciones. La salida iba a dar a un callejón estrecho al que asomaban las espaldas de varios edificios de ladrillo rojo. Los disparos sonaban cada vez más distantes, ahogados por la altura de aquellas construcciones. El policía comenzó a correr y Manuel, tras un momento de vacilación, le siguió.

Tres manzanas más allá se detuvieron. El norteamericano contempló su pistola, sonrió sardónicamente y la guardó en la funda que llevaba en la cadera. Le faltaba el aire. Se había recostado en un gran contenedor gris que, ante la alarma de Manuel, comenzó a golpear con los puños. Unos instantes después se agachó, apoyando las doloridas manos en las rodillas, e inspiró hondo.

—¡Estamos solos! —afirmó sin mirarle—. ¡Nadie sabía lo que hacíamos y nadie nos va a echar un cable!

—¡Pero los compañeros de Laredo...! —replicó Manuel, girándose hacia el callejón que les había llevado hasta allí.

—¡A los compañeros de Laredo les enviarán para que investiguen lo que acaba de ocurrir, pero no van a entender nada! —afirmó, elevando el tono—. ¡Dentro de una hora, en ese lugar no quedará más rastro que el cuerpo de un policía cosido a balazos!

Manuel no se atrevía a responderle. Prefirió quedarse quieto, observando su reacción. Tenía la esperanza de que, de un momento a otro, la rabia de aquel gigante se articulara en una frase con sentido.

—¡Y ahora sabe que lo vigilamos! —continuó el federal—. No podremos acercarnos a él.

Manuel entrecerró los ojos. El tono de voz de su compañero comenzaba a cambiar.

—¿Y entonces?

El norteamericano se le quedó mirando. Tras unos segundos, el gris se alejó de su rostro y sonrió. Al incorporarse observó el paso indiferente de decenas de chilangos que cruzaban presurosos entre los bloques en los que finalizaba aquel lugar. En la esquina, un tipo repartía publicidad a algunos de los viandantes. Manuel miró hacia allí. Aquel sujeto sólo se dirigía a algunos hombres a los que, tras seguirles brevemente, les entregaba una pequeña tarjeta que aquéllos solían guardar rápidamente.

—¡Entonces no nos queda más remedio que hacer lo contrario! —respondió Bob en voz alta.

—¡No le comprendo! —se quejó Manuel, pero el norteamericano ya había arrancado el paso en dirección a aquel tipo. Cuando alcanzaron la calle principal, el tipo se les acercó. Por un instante dudó si entrar al norteamericano pero, al ver a Manuel, aquel hombre, moreno y sonriente, se encaró a él.

—¡Gold's Queens, Mister! —le espetó sin más—. ¡El mejor table-dance de Ciudad de México. —Le entregó una tarjeta rosa—. ¡Si va allí diga que le manda Horacio!

Manuel miró la tarjeta, dio las gracias a aquel sujeto, y se la guardó en el bolsillo de la chaqueta. Tuvo que apretar el paso para lograr alcanzar al federal.

Capítulo
XXXIV

De lo que es conocido por el ser humano, únicamente una pequeña fracción se hace consciente en algunos de los que así se proclaman. Los otros, conocedores del horror indescriptible que provoca la conciencia y el conocimiento, temerosos de que les obligue a actuar en consecuencia, a protestar, a tomar partido, prefieren sumergirse en aguas claras, con los pantalones remangados hasta los tobillos, y ceder así parte de su humanidad para convertirse en árboles, piedras o pájaros que adornan en la orilla, que viven de contemplar y recoger los frutos que la humedad del río les regala sin esfuerzo. Pero ese pequeño grupo está perdido, piensa que aúna mayor libertad que los que miran desde la orilla, sin darse cuenta de que su impulso es su propio cáncer, un invasor que les agota, estrechando sus gargantas, inundando sus estómagos hasta hacerlos inservibles para su inicial función, sin que pareciera que esto les importara gran cosa.

Manuel siguió al norteamericano, dejando atrás a cientos de tipos como ésos, sujetos que pasan por la vida mirándola desde las piedras de la orilla, subidos en coches plateados que devuelven humo al cielo. Tras coger un taxi y volver a caminar durante otros veinte minutos, llegaron a un local oscuro y hundido en el fondo de una calle sin tráfico. Aquel edificio se exhibía como una vieja dama canosa, vestida con su chaqueta de terciopelo, limpia aún, ajada en los codos, hoy brillo de lo que fue destello.

Durante todo el trayecto habían permanecido en silencio. Bob con la mirada perdida en el horizonte, Manuel intentando arrancar algún gesto de su rostro. Después de tantos años de soledad, aquella mueca del norteamericano se había convertido en una muestra involuntaria de independencia ante la complacencia general, priapismo filosófico apenas compartido, pero que le permitía mantener cierta higiene mental mientras nadaba en el légamo caliente dominante. El portero no les prestó la más mínima atención, y casi desde el momento en que el portón se cerró tras ellos, el ensordecedor ruido les bañó, cubriéndoles de un plástico que les aisló del mundo de fuera. Aquellos lugares tenían aquella virtud, balnearios de ciudad que permiten olvidar las bocas que te esperan en el hogar o las órdenes acumuladas sobre el escritorio, mientras mujeres de colores se contonean sobre estrados de cristal.

Bob se dirigió hacia la barra y pidió dos cervezas. Manuel comenzó a beber sin un solo reproche, mientras su mirada se preguntaba qué hacían allí. Una lengua de acero y cristal dividía el local. Sobre ella varias mujeres se paseaban, insinuándose a las dos docenas de clientes que, cubiertos por la capa de aislante, sonreían queriendo creer que era para ellos, y sólo para ellos, para quienes bailaban. Las camareras paseaban incesantes por las mesas, sirviendo licor dudoso en vasos de colores. Cuando apenas había tomado un par de tragos, el policía se presentó con dos pequeñas copas en la mano.

—¡Es Reposado! —le dijo al oído con un grito—. ¡Seguro que le sienta bien!

Siguieron bebiendo sin hablar, dejando que el tiempo ocupara su asiento. Bob, con una frecuencia casi matemática, se dirigía a la barra, volviendo con pequeñas copas de tequila y cerveza rubia en la mano. Pasada una hora, la música cesó de pronto, permitiendo escuchar las conversaciones de los clientes que, casi de inmediato, se interrumpieron. Los altavoces anunciaron la inminente aparición de una bailarina que provocó el aplauso y los vítores unánimes del público. Al instante, todas las luces se apagaron. Un foco rojo se centró en las cortinas que daban paso a las bambalinas. Como una diosa de otra época, un cuerpo de bronce rasgó el raso azul, saliendo con paso de yegua decidida y segura hasta la mitad del estrado. El clamor arreció, mientras el comienzo de la música arrancó los primeros quiebros de sus caderas. Manuel se quedó mirando a aquella escultural mujer, embobado por la belleza de la princesa azteca.

—¡Hermosa! ¿Verdad? —le interrogó Bob sin apartar la mirada.

Sin esperar respuesta, el norteamericano metió la mano en sus tejanos y sacó un billete de diez dólares. Con gesto decidido lo agitó delante de su cara y la mujer se acercó a la mesa que ocupaban a los pies de la pasarela. Sin cejar un instante en su baile le ofreció su costado. Bob atinó a colocarle el billete en la tira del tanga dorado.

—¡Es una princesa! —dijo el policía—. ¡Se llama Débora!

Manuel abandonó su sonrisa.

—¿Qué hacemos aquí? —le interrogó con aspereza—. ¡Laredo...!

—¡Es bonita, muy bonita! —respondió Bob mientras seguía la música con torpeza. Sacó otro billete y repitió el gesto. La chica, que no debía de tener más de diecinueve años, se acercó confiada al policía. En esta ocasión le ofreció que se lo colocara entre las piernas. Manuel no entendía qué estaba haciendo su acompañante. Pretendía mover los hombros al ritmo de la música, pero su contoneo era tan burdo que provocaba las risas de las mesas cercanas. Bob metió el billete con descaro en el tanga de la chica, demorándose en sacar la mano. La bailarina le sonrió, apoyó los brazos sobre sus hombros, y le respondió con un beso al aire. En ese momento, Bob hizo un movimiento rápido e inesperado, para alguien que daba muestras de estar borracho, y susurró algo al oído de la chica. Manuel creyó ver un instante de vacilación en la coreografía. La chica miró a ambos lados y, con el gesto de contrariedad, se levantó y prosiguió su número. Manuel miró en derredor, pero nadie pareció haberse percatado de lo que acababa de ocurrir.

—¿Qué pasa? —interrogó al policía. Bob había vuelto a moverse como antes, levantando el alborozo y complacencia de las mesas cercanas que, entre vítores y aplausos, le invitaban a seguir divirtiéndoles.

—¡Muy bonita, muy bonita! —gritaba cada vez más Bob, que ahora parecía forzar su acento.

—¿Qué narices hace? —Manuel estaba cada vez más furioso. Bob, sin perder la sonrisa, le cogió por el hombro.

—¡Ésa es la novia de Xolo! —le dijo al oído—. ¡Ahora sabe que estamos aquí!

Manuel respondió abriendo los ojos con incredulidad. Todo había ocurrido delante de decenas de personas que, copa en mano, habían sido testigos inconscientes de un reto entre dos tipos a los que les traía sin cuidado la certeza de que al día siguiente al menos uno de ellos estaría muerto. Manuel se hundió en su sillón. Una camarera les renovó la bebida.

—¿Por qué está tan seguro de que vendrá solo? —le preguntó, aún desorientado por lo que acababa de pasar.

—Le he dado muchas vueltas esta última noche. Creo que fue a tu país para borrar su pasado. —El español escuchaba con interés renovado—. Esos tipos se venden ante los suyos por su dureza. No pueden tener debilidades. Si su novia es un problema, tiene que demostrar que puede deshacerse de ella sin vacilar. De algún modo, nuestro amigo debía de estar unido a ese abogado y pensó que podía ser un punto flaco si quería conseguir el poder. Por eso lo quitó de en medio, antes de que nadie lo descubriera y pudiera aprovecharlo de alguna manera.

—¡Es perverso!

—¡Por supuesto! ¡No puedes esperar del caimán más que dentelladas! —Señaló las cortinas por las que ya aparecía otra bailarina—. Seguramente ella le está llamando en este momento. Él le dirá que no le cuente a nadie lo que ha ocurrido. —Consultó su reloj—. ¡Son cerca de las diez! Creo que tenemos unas cuatro horas antes de que pueda desembarazarse de sus colegas y venir aquí. Tal vez algo más, si pensamos que los compañeros de Laredo deben de estar un poco revueltos.

Manuel guardó silencio por un instante. Finalmente levantó la copa.

—¡Por Laredo! —brindó.

—¡Por mi amigo! —replicó Bob.

Siguieron bebiendo durante dos horas más. El norteamericano parecía estar en su salsa, mientras Manuel apenas podía articular un pensamiento sensato. La morena no volvió a aparecer en toda la noche; sin embargo, cuando la mesa corría el riesgo de desplomarse bajo el peso de los vasos, Bob protagonizó otro numerito con una nueva chica que fue celebrado con mayor alborozo por la clientela presente. Manuel estaba absolutamente seguro de que su compañero quería llamar toda la atención posible de los presentes, pero el alcohol le hacía imposible descubrir el porqué de aquella conducta.

—¡Él me envió a la niña! —Manuel arrastraba cada vez más las palabras.

—¿Qué? —El norteamericano no le estaba prestando la más mínima atención, ocupado en hacer gestos a dos muchachas que paseaban entre las mesas sonriendo a los clientes.

—¡No lo entiendo! ¿Por qué? —se interrogó a sí mismo.

El federal le miró de hito en hito. En aquel momento sentía una tremenda lástima del español.

—¡Le advertía! Es una más de sus estúpidas normas. Esta gente está llena de ellas. —Terminó su bebida—. Cuando se dan cuenta de que su enemigo se encuentra demasiado cerca, su asqueroso código de honor les dice que tienen que enviarle un mensaje. Normalmente, usan a sus mujeres como emisarias. Les dicen que se den un paseo delante de la casa de su enemigo, o que vayan a comprar en la misma tienda en la que compra la madre de éste. ¡Con eso suele bastar!

—¿Qué sentido tiene eso?

—Si sigues adelante es que desprecias su amenaza. Entonces...

—¡Le estás diciendo que no tienes miedo!

—¡Algo así!

Manuel guardó silencio.

—Quiere decir que... ¡Yo fui el culpable de la muerte de ese hombre y de esa niña!

—¡No, mi querido imbécil! Culpable es siempre el que aprieta el gatillo. Usted no supo leer. ¡Eso es todo!

—¡No sé si eso me consuela! —Manuel hundió aún más la cabeza entre los hombros.

El policía levantó su pequeño vaso, sorprendido de que estuviera vacío. Agarró la botella que acababan de dejar sobre la mesa y se sirvió de nuevo.

—¡Esto es veneno!

—¿Veneno? —preguntó Manuel con los ojos prácticamente cerrados—. ¿Remedio, tóxico o droga abortiva?

—¿Qué mierda dice? —interrogó con una sonrisa alcohólica.

—Tanto en griego como en latín *venenum* significa esos tres conceptos. ¿A que es divertido?

—¡No sé qué decirle! Su concepto de lo divertido es muy diferente del mío.

—El sujeto que elaboraba los remedios y el envenenador se llamaban igual. —Manuel buscó por un segundo en su cabeza—. *¡Veneficus!* —Comenzó a reírse histriónicamente.

—Creo que ha llegado el momento de que nos retiremos —respondió el policía con una socarrona mueca en el rostro.

Las dos mujeres a las que Bob había sonreído se sentaron junto a ellos. El norteamericano comenzó a piropearlas, sonriendo y sirviéndoles de su botella.

—¡Este pueblo es grande! —afirmó, señalando a la mujer de su izquierda con el vaso en la mano—. ¡Hasta que llegué a México no me di cuenta de lo feas que son las mujeres de mi país!

Manuel apuró su copa. La muchacha morena que se había sentado a su lado le miraba con curiosidad. Inclinó la cabeza con suavidad sobre el hombro izquierdo y le dedicó una sonrisa que le hizo creer, por unos segundos, en la sinceridad de su gesto. Los blancos y alineados dientes, orlados de oscuro carmín, le lanzaron muy lejos de allí, a lugares de leyenda donde el hombre nunca ha dejado tirada una lata vacía.

—¿Qué le ocurre, español? —le gritó el norteamericano en tono burlón. Su acompañante le rodeaba con los brazos y comenzaba a besarle por el pecho desnudo.

—¿Por qué? —atinó a preguntar Manuel, sin esperar ninguna respuesta.

Su pareja le pasó la mano por el pelo con suavidad, esperando que volviera hacia ella su atención. Manuel insistió en su postura.

—¿Qué diablos quieres? —le interrogó el agente, adelantando ambos brazos. Su joven acompañante, ajena a sus diatribas, se sentó a horcajadas sobre sus rodillas y comenzó a jugar con su corbata.

—¡No deberíamos estar aquí! —Su voz se perdía bajo el ruido de la música del local.

—¡Hoy ya no podemos hacer otra cosa! —le replicó el agente; tras un instante de duda el norteamericano se levantó inopinadamente, derribando a su pareja. Llegó hasta Manuel y, colocando la boca a unos centímetros de su cara, apostilló—: ¡Recuerde que lo más probable es que mañana esté usted muerto!

Manuel lo miró de hito en hito, entrecerrando los ojos hasta que no fueron más que dos cuchilladas. El americano volvió a su lugar. Con gesto cortés, levantó con ambas manos a su pareja. Inclinándose hacia ella, le dijo algo que Manuel no pudo oír y aquélla le respondió con un gesto para que le siguiera. Sin despedirse, el norteamericano fue tras ella, cuidando de no llevarse por delante la mitad de las mesas del local, hasta perderse en un recodo oscuro del fondo.

Manuel, sumido en una niebla alcohólica que apenas le permitía distinguir la ensordecedora música, se quedó mirando fijamente aquel lugar durante unos segundos. Su acompañante insistió en su querencia, y con una suavidad inesperada le acarició la punta de la nariz, consiguiendo al fin su atención. Su sonrisa volvió a aparecer, logrando hacerle sentir la arena blanca y caliente bajo los pies.

—¿Cómo te llamas? —se le ocurrió preguntar.

El rostro de la mujer menuda fue el retrato de la sorpresa.

—¡Quiere saber mi nombre! —respondió tras una nueva sonrisa la prostituta—. ¡Vaya, hoy tengo suerte!

Manuel abrió la boca, pero ninguna palabra salió de su pecho.

—¡Me llamo Eva! ¿Te gusta?

—¡Mucho! Es un nombre muy bonito. —La mujer sirvió dos copas.

—¡Salud! —Ambos apuraron su bebida.

Con la barbilla le señaló el lugar por donde había desaparecido su compañero.

—¿Quieres?

—¡Sí! —respondió, deseando prolongar el placer de ver aquella sonrisa todo el tiempo que el dinero podía permitírselo.

Tras el recodo, una estrecha escalera subía a la primera planta; subieron deprisa, dejando atrás, poco a poco, el ruido que hasta un momento antes les bañaba. Al final, dos pasillos azules. La mujer volvió la mirada para indicarle que la siguiera, y prosiguió hasta detenerse en una puerta sobre la que apoyó la oreja. Tras comprobar que estaba vacía, agarró el pomo y le apremió a pasar dentro.

La estancia apenas permitía una cama y un pequeño lavabo en un rincón. Por el balcón entraba el tibio aire de la calle. De repente, Manuel reconoció allí el mismo olor que había percibido en las manos de aquella mujer.

—¡Jabón! —dijo con voz queda.

Sin duda ella misma se encargaba de limpiar la habitación, deseando que sus acompañantes estuvieran tan cómodos como si hubieran sido sus propios hijos los que durmieran allí aquella noche. La mujer comenzó a desabrocharle la camisa.

—¡Yo no, yo...!

La prostituta, tan acostumbrada a que los hombres la asaltaran nada más cerrar la puerta, lo miró con extrañeza. Un instante después sus ojos se abrieron como dos balcones negros empujados por el desconcierto.

—¿Estás entero? ¿No estuviste nunca con una mujer como yo? —le preguntó con gesto goloso.

Manuel esbozó una sonrisa. La mirada tibia de aquella mujer alcanzó sus hombros y se abrazó a su cuello, para después escurrirse hacia su cintura como un viento alisio que añora volver al ecuador. En aquel transcurso, las manos del hombre abandonaron su ociosidad, para entretenerse con los pliegues de su blusa, maldiciendo el mucho alcohol que las volvía torpes, bendiciendo el mucho alcohol que encendía las yemas de sus dedos, hasta convertirlas en el instrumento más sensible sobre sus pezones. Con habilidad, la mujer manejó su miembro, que comenzó a descollar entre sus pequeños dedos. Ambos se miraron a los ojos. Se sonrieron y juntaron sus labios con gesto hambriento.

—¡Me tienes que pagar! —le dijo con suavidad.

—¿Cuánto toda la noche? —le preguntó Manuel, mostrándole el dinero que le restaba, arrugado sobre la palma de la mano.

—¡Con esto será más que suficiente!

Despertó cuando ya la luna comenzaba a bostezar. La garganta le ardía, hecha cartón. La luz azul de la marquesina del local se colaba entre los listones de la veneciana, multiplicándose sobre las gotas de sudor que corrían por la espalda de la mujer. Con un dedo anduvo su hombro derecho, perfiló su costado y alcanzó los pronunciados hoyuelos sobre sus nalgas. Aunque el sueño había reparado la mayor parte del menoscabo, el alcohol aún tutelaba sus sentidos. Sin embargo, una extraña lucidez regía ahora su entendimiento, una clarividencia que, sin esfuerzo, ubicó cada una de las proposiciones que apenas unas horas atrás se agolpaban en su mente, como objetos amontonados en una almoneda sin clientes.

Con la frente apoyada sobre las morenas nalgas de su amante, dejó que el torrente de sus pensamientos se volviera estruendo, que el estruendo decayera en rugido, que el rugido se hiciera rumor. Tras unos instantes, el último barrunto ocupó su sitio y el ruido cesó. En ese momento sintió un fuerte dolor en torno a sus ojos. Los había estado apretando con tanta fuerza que la tensión le crispó el rostro.

Una vez más levantó despacio la frente al aire de la noche. De inmediato, mil gotas de sudor corrieron por su frente, volviendo salado su aliento. La mujer gimió en sueños, logrando que Manuel reparara en ella con la mirada. Sonrió ante el recuerdo de la suavidad de sus gestos, el olor a jabón de su vientre y la calamidad de su suerte por haber nacido pobre. Con un suave gesto acercó sus labios y le besó los hombros. Una sonrisa brotó de sus ojos aún cerrados.

Agarrar sus caderas y sentir la erección de su sexo fueron uno. Con energía la trajo hacia él, provocando un gemido somnoliento desde la almohada. Recorrió con los labios sus costados, sintiendo el blando nacimiento de los pechos, la pronunciada curva de la recia cadera bajo la piel, y dejó que el tiempo no importara, consciente de que ella no lo echaría en cuenta. Al alzar el rostro descubrió, una vez más, su sonrisa conspicua, deseando como nunca que el dinero fuera la respuesta para poseerla para siempre.

Con habilidad se montó encima y la penetró. No encontró ninguna resistencia. El ruido de los ejes de un carro de naranjas sobre el adoquinado acompañó los golpes sobre su carne, que temblaron a cada embestida como palmadas sobre un odre. En unos minutos sólo quedaron sus respiraciones entrecortadas, los ojos muy abiertos apoyados en el techo gris de la habitación, y la insistencia de su pulso.

Dormitó por un instante, sólo fue un instante, y entonces lo encontró allí. La luz envolvía su cuerpo, que le otorgaba un irreal tono azul. Estaba completamente desnudo y por todo movimiento advirtió el humo del puro que sostenía en su mano izquierda. Su sexo, largo y grueso, colgaba brillante, recortado contra la masa oscura del arma que empuñaba.

—¡Ese cabrón está aquí! —susurró el norteamericano sin apartar la mirada de la ventana. Fuera, el ruido de la calle crecía, anunciando el fin de la tregua que concede la noche.

Sorprendido, Manuel volvió la cabeza hacia la puerta de la habitación. Estaba cerrada. Al regresar la mirada vio que el agente asomaba sus dientes en una grotesca mueca de máscara china.

—Llevo aquí cinco años. Me he quedado sin mi último compañero. Todos los días contemplo cómo mis colegas de promoción ascienden, crían a sus hijos y llevan una vida tranquila apartados ya de las calles, ocupan despachos que yo jamás veré. —Dio una chupada larga a su puro, logrando que la brasa de su extremo le iluminara por unos segundos el rostro—. Cuando llamo a mis jefes, todo son largas. No hay personal, me dicen. ¡Tu trabajo es fundamental, no podemos dejarlo! —Levantó el arma a la altura de su pecho y la amartilló—. ¡Todo mentira! ¡Nunca volveré!

—¿Qué vamos a hacer? —le interrumpió Manuel.

De algún lugar detrás de él sacó otra arma y se la ofreció.

—¡Tengo una idea!

Manuel cogió el arma por la culata. Le sorprendieron su peso y el tacto liso y frío.

—¡Yo nunca he disparado un arma!

—¡Es fácil, mucho más que aguantar la rutina!

Capítulo
XXXV

Un calor de cuchillo, un cielo adornado con un ojo que todo contempla, con la actitud del turista harto de ver ruinas tras siete días de viaje organizado. Calles sin dueño. Los periódicos llegan a los kioscos de prensa, alimento de un mundo que gasta la memoria de los peces. A lo lejos se escucha la prisa de las mujeres que planchan camisas de los maridos de otras. Hace rato dejaron a sus hombres, que luego salieron para conducir coches prestados, con los que transportar a niños de otros que mañana serán sus gobernantes. En el momento en que el ruido quebró la copa del alba, Bob y Manuel se asomaron al pasillo. El sonido procedente de la planta baja aún les llegaba por las escaleras a su espalda. Al frente, el pasillo se interrumpía a menos de diez metros, bifurcándose. Manuel observó a hurtadillas la mirada alcohólica del norteamericano. La rojez de sus párpados delataba que no había dormido.

—¡Está allí! —afirmó Bob con total seguridad. Manuel entrecerró los ojos, queriendo distinguir alguna silueta en el fondo oscuro, mientras terminaba de abrocharse la camisa.

—¡No veo a nadie!

—¡Estoy seguro! ¡Me espera!

Manuel se giró hacia él. Su tono comenzaba a alarmar al psicólogo.

—¡Bob, ahí no hay nadie!

—¡Me lleva esperando demasiado tiempo! —prosiguió y, sonriendo, le puso una mano en el hombro—. ¡Quédese aquí!

El gigante de pelo rojo comenzó a andar con paso decidido hacia el fondo oscuro del corredor. Manuel se quedó, con los ojos entrecerrados, mirando su armonioso cuerpo desnudo recortado contra la oscuridad del fondo. Bob levantó el brazo y disparó. Por una décima de segundo desapareció la negrura, ahuyentada por el fogonazo del arma. El ensordecedor ruido del disparo provocó que de todas las habitaciones comenzaran a brotar golpes y murmullos. Un segundo fogonazo de un segundo disparo. La pared del fondo volvió a despedir trozos de yeso y ladrillo. Manuel dio un paso adelante. Bob había consumido la mitad del camino cuando, al tercer disparo, el psicólogo pudo ver cómo frente al americano se encontraba el asesino. Al reconocerlo, de forma instintiva Manuel adelantó los brazos. Bob volvió a disparar, pero esta vez su fuego fue devuelto. El ocupante de la habitación contigua a la suya asomó la cabeza. Era un tipo pálido, con la melena rubia desgreñada, que sostenía con su mano izquierda una toalla enrollada en la cintura. De forma absurda, comenzó a reclamar su derecho a dormir. Manuel se quedó, atónito, contemplándole. Una bala silbó sobre su cabeza. El quinto disparo acertó en el hombro del asesino; Manuel pudo ver cómo el golpe le lanzaba contra la pared. El tipo de la toalla, borracho, se giró hacia él sin dejar de pedir explicaciones. Cuando llegó a su altura se detuvo y dejó de hablar. Manuel sintió como si le hubiera escupido en la cara. Entonces aquel dobló las piernas y cayó boca abajo a sus pies. Tenía el cráneo abierto.

Bob volvió a disparar. Manuel no escuchó el impacto en la pared, pero Xolo había tenido tiempo suficiente para replicar varias veces al fuego del norteamericano. Inmediatamente todo quedó en silencio. Nadie detrás de las puertas que daban al pasillo. Ningún gesto en los pistoleros. Con temor, se acercó a su amigo. Estaba de pie y, con la mano izquierda, intentaba tapar los agujeros en su estómago.

—¡Dios mío! —le susurró Manuel, mirando las heridas—. ¡Tienes que sentarte!

—¿Está muerto?

—¡Debes sentarte! Voy a ir a llamar a...

—¿Está muerto? —gritó esta vez el norteamericano.

Manuel dudó un instante. Volvió la mirada hacia Xolo y mintió.

—Sí, Bob, está muerto.

El coloso dobló ligeramente las rodillas, pero consiguió reponerse. Una segunda sacudida y Manuel no pudo con su peso. Su cuerpo cayó hacia la izquierda. Manuel se acercó a su cabeza, pero allí la vida había huido. Con la mirada recorrió su cuerpo, la mano ahora desnuda, y el suelo cubierto de casquillos y sangre. Un chasquido metálico a su espalda le hizo empuñar el arma que el federal le había dado. Sentado en el suelo y con la espalda apoyada contra la pared, Xolo le miraba. En su mano izquierda aún sostenía la pistola. Manuel fue hacia él y, con la punta del pie desnudo, le desarmó sin esfuerzo.

—¡Tú! —comenzó a decir incrédulo al reconocerlo—. ¡Deberías estar muerto, maldito hijo de la chingada!

—¡No lo hiciste bien! —le respondió con asco—. ¡No eres ni tan duro ni tan listo como te creías!

El asesino comenzó a reírse. Bajó la mirada hacia su muslo derecho. Se desangraba. Con esfuerzo, intentó taponarse la herida, pero le fallaron las fuerzas. Manuel le ayudó en el segundo intento, sosteniéndole la mano para impedir aquel río púrpura.

—¿Qué tenías contra aquella pobre gente? —le preguntó con miedo.

—¿Es eso lo que te come?

—¡Respóndeme! —le contestó más fuerte, apretando con fuerza el muslo. El intenso dolor desencajó el rostro del asesino.

—¡Basta! —resopló, al tiempo que Manuel aflojaba su tenaza—. ¡Mi mamá! Mi mamá me enseñó a esperar —comenzó a decir—. Me enseñó a usar a los demás sin que ellos se dieran cuenta, con una sonrisa en los labios, mientras medía el modo en el que me desharía de ellos, lo que tardarían en morir entre mis manos. —Una tos repentina les anunció que los pulmones comenzaban a encharcarse—. De chamaco me encontré con un cuaderno que había robado a otro de la clase. Era otro chamaco como yo, de una familia pobre como la nuestra. Yo pensé que se me enfadaría, que me castigaría durante toda la semana sin salir del cuartucho en donde vivíamos. Pero no dijo nada. Miró aquel cuaderno y luego me lo devolvió. Sólo tuve que prometerle que no se lo contaría a nadie.

—¡Aquella gente no tenía nada contra ti!

—¡No te enteras de nada! —respondió, sonriendo y negando con la cabeza—. Con el paso de los años me volví más valiente. Al silencio de mi mamá se sumó el respeto de mi clase. Y luego el temor de los comerciantes del barrio. Y luego el de los policías. Yo les miraba, les miraba y sabía que ellos tenían familias, departamentos, carros, cosas que podían perder, mientras yo no tenía donde dormir. Cuando descubrí aquello, entendí que nadie podría nada contra mí. Podrían apalearme, enjaularme o mandarme lejos, pero yo tenía mucho más poder que ellos porque nada me ataba, no tenía algo que lamentara perder, no necesitaba dar cuentas a nadie y no tenía ningún sitio al que volver por la noche, más allá del que me lograra cada día.

Un nuevo ataque de tos les interrumpió por unos instantes. Manuel temió que muriera antes de contestarle, y sin reparar en lo que hacía, le ayudó a limpiarse el rostro cubierto de sangre.

—¡Continúa! —le suplicó.

—¡Te gusta mi historia! ¿Verdad? —sonrió Xolo—. Luego un día ocurrió algo que hizo que todo fuera más fácil. Un viejo se me encaró cuando mi compadre y yo quisimos robarle la bolsa. Teníamos trece años. Habíamos estado bebiendo en una pulquería cuando mi socio lo vio. Temblaba bajo el sol del mediodía, cargado con una bolsa de papel en la que debía de llevar la comida. Era nomás que tenía hambre y nada de lana, por lo que me lancé sin pensar. Le dije que aflojara lo que traía, pero el bato no lo soltaba. Tardé unos segundos en actuar. Mi broder cambió el gesto cuando no supe reaccionar; al ver sus ojos entendí que si no hacía algo habría perdido todo su respeto, y fue entonces cuando lo sentí por primera vez. Una ola de calor que jamás olvidaré, la coca más alucinante que un idiota como tú nunca probará. Le agarré del cuello y le golpeé, le golpeé, le golpeé hasta que su puto rostro fue pulpa bajo mis nudillos. No sé cuánto tiempo estuve allí, pero cuando volví en mí estaba sudando y mi compadre gritaba como creisi, haciéndome señales para que nos marcháramos. Miré la bolsa y cogí una banana. La pelé y me quedé mirando a aquel guate. Aún respiraba. Las burbujas de sangre le salían de algún lugar de la cara. Desde aquel día todo fue más fácil, mucho más fácil.

—¡El hombre! —le gritó Manuel desesperado—. ¡Háblame del hombre y de la niña! —le ordenó, agarrándole de la camisa encharcada.

—Al poco me di cuenta de que mis compas necesitaban que les guiara —prosiguió el asesino—, que les llevara por el camino que yo mismo acababa de iniciar. Todos estaban en la misma situación que yo, pero no habían logrado jalar sus miedos. Entendí que solos no eran nada pero, si los tomaba juntos, los chapulines de mi clica se transformaban en hombres bravos y fieros, con los calores de la nerviolera en las verijas, dispuestos a cualquier cosa para complacer mis órdenes. La pandilla les daba sentido en un lugar donde los caciques de las maquiladoras y la jura decían lo que teníamos o no teníamos que hacer. Entonces mi mamá, antes de morir, me dijo que existían ese tipo y la niña.

—¿Quiénes eran? —le preguntó Manuel, y de repente, encontró la respuesta—. ¡Tu padre, eran tu padre y tu hermanastra! El hombre que tu madre abandonó cuando vino aquí.

—¡Muy bueno! ¡Sí, señor! Al final resulta que eres un gachupín listo. Mi mamá sólo me habló del abogado que le llevó los papeles cuando vino aquí. Le llamé varias veces, pero el puto laier no quiso decirme nada si no le daba dinero. Luego quiso más y más. Entonces le amenacé y ya no me cogió el teléfono. Por acá las cosas iban cada vez más deprisa. Pronto iba a estallar una guerra, por lo que no me quedó más remedio que viajar a tu país.

—¡Los mataste para no tener nada que te atara! —Nada más decirlo sintió lo absurdo y sencillo de aquella razón—. ¿Necesitabas eso? ¿Quién se iba a enterar?

—¿Y qué más da? ¿Te imaginas qué pensarán de mí mis guates cuando sepan que he sido capaz de matar a mi papá y a mi hermanita? —respondió el asesino—. ¡Para mí no eran nada ese puto y su niñita retrasada! Ahora soy libre para siempre. Nadie podrá nada conmigo. Nada me ata ni importa. Todo lo puedo coger sin tener que hincar la testuz, como tú haces a diario, sirviendo a gente que te paga por gastar tu tiempo para ellos. No sois nada para mí y eso hace que esté por encima de todos. Ahora cogeré todo lo que me negaron, todo lo que quiera o se me antoje.

—Pero... —Manuel negó con la cabeza—. ¡Siempre habrá alguien que tenga más poder, más hermanos, más armas que tú! ¿Entonces?

—¡Entonces me preocuparé! Ahora eso no es importante. Cuando la guerra termine estaremos preparados para brincar el Suchiate. —Xolo apoyó la barbilla contra su pecho y le miró fijamente a los ojos—. ¿Te acuerdas de aquel güevón? —Le sonrió, dejando ver todos sus dientes teñidos de rojo—. ¡Es espantoso lo que tarda en morir un idiota!

Manuel guardó silencio. Durante unos segundos se quedó mirando a aquel sujeto y, sin ruido, dejó de sostenerle la mano con la que estaba intentado evitar desangrarse. De inmediato, el herido emitió un gemido, cerró suavemente los ojos, y dejó de hablar.

Cuando salió a la luz intentó aclarar el curso de los hechos que acababa de contemplar. El cielo apostaba por desplomarse sobre sus hombros, sin menoscabo de otras acciones que cruzaran su entendimiento. De pie, bajo un sol ajeno y orgulloso, fue incapaz de poner en orden los acontecimientos de la noche pasada. En su pecho sentía la tristeza inmensa que provoca el ruido de la tierra sobre el ataúd. Sin embargo, una sensación extraña que rebotaba en su memoria descendía desde sus sienes, inundando todo su cuerpo. Una ola de calor que jamás olvidaría, la droga más alucinante que un idiota como él nunca volvería a probar.

XXXVI

Lo más enrevesado suele tener una respuesta sencilla. La sencillez es la esencia de la belleza. La simpleza del dulce sabor de un melocotón. La ingenuidad en el razonamiento de un niño. La inocencia de un amor adolescente. La candidez en la mirada de un perro. La sencillez es el principio de todo lo grande, y se ubica tanto en la ecuación que arrancó al Universo de la oscuridad como en la gota que mide el tiempo en las entrañas de la Tierra. La sencillez explica la vida, la muerte, el amor y el odio. La sencillez da razones que el conocimiento no alcanza.

Manuel entró en la habitación de Marcelo. Había sacado un café en la máquina del pasillo, que humeaba desafiante entre sus manos, y comenzó a tomarlo en pequeños sorbos. Marcelo tenía el rostro tan pálido que su piel parecía una débil gasa que apenas podía contener el azul de sus venas, tan claras y marcadas que remedaban trazos furiosos de carboncillo contra un lienzo virgen. Su respiración era lenta y cada vez más trabajosa. Un catéter epidural asomaba por su hombro izquierdo conectado a un gotero. En otro gotero, Manuel pudo leer Tramadol y Toradol.

Contemplar aquella vida, a unos minutos de su extinción, no le trajo mayor calor, mayor dolor, mayor rabia; únicamente el deseo de no querer irse de allí, de dejar escurrir el tiempo, sencillamente, mientras acababa su café.

De un bolsillo de la chaqueta sacó su grabadora. Apretó el diminuto botón y la dejó en la almohada, junto a la cabeza de su amigo. Inmediatamente, la voz de Marcelo llenó la pequeña habitación, una voz enérgica, joven y clara que ya nunca más volvería a brotar de su dueño.

—¿Por qué crees que nos llevamos tan bien tú y yo? —preguntó Marcelo.

—¡No tengo ni idea! —respondió Manuel.

—¡Porque los dos sabemos que, en esta vida, sólo disponemos realmente de una cosa!

—¡Una cosa! —repitió Manuel casi como una pregunta, mientras que con la cabeza asentía.

—Sí, todo nuestro capital se limita a una única posesión.

Manuel sonrió de oreja a oreja, consciente de lo que Marcelo le iba a contestar.

—¡El ahora! —dijo finalmente.

Manuel asintió. Después volvió la mirada a los árboles de la calle.

—¡Este momento! —prosiguió el joven—. El resto nada importa. Cuando tienes una enfermedad como la mía, no te preocupas por acumular, por recoger o recopilar. Mañana puedo tener una crisis. ¿Para qué serviría entonces tanto esfuerzo?

—Sin embargo, tú siempre me has hecho muchas preguntas. Me has pedido explicaciones del porqué de tu enfermedad, la causa de que no consiguieras alcanzar tu sueño de ser arquitecto o... —Manuel levantó ambas manos al aire—. ¡La razón por la que tu padre nunca te dijo lo mucho que te quiso!

—¡Sí, es cierto! Todo eso me preocupaba antes. Ahora no. ¿Recuerdas cuando comencé a aceptar mi enfermedad?

Manuel negó con la cabeza, guardando silencio mientras su memoria intentaba inútilmente organizar los días pasados.

—¡No, sólo recuerdo tu rabia y muchos porqués!

—Al principio no entendía qué razón había para que yo pasara por todo esto.

—¡Todos buscamos razones! —dijo Manuel—. Las necesitamos. Sin ellas nuestro mundo carece de sentido y todo debe seguir el patrón lógico.

—¡Exacto! Pero yo buscaba razones más allá, quería entender. Entonces tú me enseñaste que realmente nada de eso es cierto. Que todo es mucho más sencillo. —Marcelo inspiró hondo—. *In rebud quibuscumque difficilioribus non expectandum, ut quis simul, et serat, et metat, sed praeparatione opus est, ut per gradus maturescant.*

—En cualesquiera asuntos un tanto difíciles —tradujo con esfuerzo Manuel—, no hay que aguardar a que sea uno mismo el que siembre y el que coseche, sino que hace falta preparación para que maduren paso a paso.

—Más o menos. ¡Bacon era un tipo listo!

—¡Pero murió congelando pollos! —bromeó Manuel.

—Tú me enseñaste que en los cuentos infantiles encontramos lo bueno y lo malo, la luz y la oscuridad, la bondad y la maldad. ¡Todo tiene su contrapunto! Pero en la vida real...

—¡En la vida real nada es así de sencillo!

—¡Exacto! —exclamó con seguridad Marcelo—. ¡Apenas unos pocos acontecimientos responden a los pares que tanto nos gusta! La mayor parte de las cosas son complicados laberintos que ascienden. Nosotros buscamos dominarlos, sin caer en la cuenta de que durante todo el tiempo que nos cuesta entenderlos ellos han mutado, transformando su trazado y haciendo inútil nuestro esfuerzo. ¡Por eso dejé de preguntarme el porqué y busqué lo cotidiano, lo manejable, aquello que tenía entre las manos y me hace feliz sin más!

—¡Como una conversación!

—¡Por ejemplo! —Marcelo se retrepó en su asiento, dejando de prestar atención al psicólogo—. Como conversar contigo, como mi trabajo de jardinero. El Holocausto liberó a la raza humana de preguntarse por la existencia de Dios. ¡Ahora todo es mucho más simple!

Este libro
se terminó de imprimir
en los talleres gráficos de
Unigraf, S. L. (Móstoles, Madrid)
en el mes de marzo de 2009

Suma de Letras es un sello editorial del Grupo Santillana

www.sumadeletras.com

Argentina
Avda. Leandro N. Alem, 720
C 1001 AAP Buenos Aires
Tel. (54 114) 119 50 00
Fax (54 114) 912 74 40

Bolivia
Avda. Arce, 2333
La Paz
Tel. (591 2) 44 11 22
Fax (591 2) 44 22 08

Chile
Dr. Aníbal Ariztía, 1444
Providencia
Santiago de Chile
Tel. (56 2) 384 30 00
Fax (56 2) 384 30 60

Colombia
Calle 80, 10-23
Bogotá
Tel. (57 1) 635 12 00
Fax (57 1) 236 93 82

Costa Rica
La Uruca
Del Edificio de Aviación Civil 200 m al Oeste
San José de Costa Rica
Tel. (506) 22 20 42 42 y 25 20 05 05
Fax (506) 22 20 13 20

Ecuador
Avda. Eloy Alfaro, 33-3470 y Avda. 6 de
Diciembre
Quito
Tel. (593 2) 244 66 56 y 244 21 54
Fax (593 2) 244 87 91

El Salvador
Siemens, 51
Zona Industrial Santa Elena
Antiguo Cuscatlan - La Libertad
Tel. (503) 2 505 89 y 2 289 89 20
Fax (503) 2 278 60 66

España
Torrelaguna, 60
28043 Madrid
Tel. (34 91) 744 90 60
Fax (34 91) 744 92 24

Estados Unidos
2023 N.W 84th Avenue
Doral, FL 33122
Tel. (1 305) 591 95 22 y 591 22 32
Fax (1 305) 591 74 73

Guatemala
7ª Avda. 11-11
Zona 9
Guatemala C.A.
Tel. (502) 24 29 43 00
Fax (502) 24 29 43 43

Honduras
Colonia Tepeyac Contigua a Banco Cuscatlan
Boulevard Juan Pablo, frente al Templo
Adventista 7º Día, Casa 1626
Tegucigalpa
Tel. (504) 239 98 84

México
Avda. Universidad, 767
Colonia del Valle
03100 México D.F.
Tel. (52 5) 554 20 75 30
Fax (52 5) 556 01 10 67

Panamá
Vía Transísmica, Urb. Industrial Orillac,
Calle Segunda, local 9
Ciudad de Panamá
Tel. (507) 261 29 95

Paraguay
Avda. Venezuela, 276,
entre Mariscal López y España
Asunción
Tel./fax (595 21) 213 294 y 214 983

Perú
Avda. Primavera, 2160
Surco
Lima 33
Tel. (51 1) 313 40 00
Fax. (51 1) 313 40 01

Puerto Rico
Avda. Roosevelt, 1506
Guaynabo 00968
Puerto Rico
Tel. (1 787) 781 98 00
Fax (1 787) 782 61 49

República Dominicana
Juan Sánchez Ramírez, 9
Gazcue
Santo Domingo R.D.
Tel. (1809) 682 13 82 y 221 08 70
Fax (1809) 689 10 22

Uruguay
Constitución, 1889
11800 Montevideo
Tel. (598 2) 402 73 42 y 402 72 71
Fax (598 2) 401 51 86

Venezuela
Avda. Rómulo Gallegos
Edificio Zulia, 1º - Sector Monte Cristo
Boleita Norte
Caracas
Tel. (58 212) 235 30 33
Fax (58 212) 239 10 51